拥抱月亮入睡

王忆 著

中国妇女出版社

图书在版编目（CIP）数据

拥抱月亮入睡 / 王忆著. -- 北京 ：中国妇女出版社，2022.2（2023.4重印）
ISBN 978-7-5127-2117-3

Ⅰ.①拥… Ⅱ.①王… Ⅲ.①诗集－中国－当代 Ⅳ.①I227

中国版本图书馆CIP数据核字（2022）第027680号

选题策划：杜晓峥
责任编辑：张　于
封面设计：李　甦
责任印制：李志国

出版发行：中国妇女出版社
地　　址：北京市东城区史家胡同甲24号　　邮政编码：100010
电　　话：（010）65133160（发行部）　　65133161（邮购）
邮　　箱：zgfncbs@womenbooks.cn
法律顾问：北京市道可特律师事务所
经　　销：各地新华书店
印　　刷：北京中科印刷有限公司

开　　本：145mm×210mm　1/32
印　　张：7
字　　数：128千字
版　　次：2022年2月第1版　　2023年4月第2次印刷
定　　价：49.80元

如有印装错误，请与发行部联系

『谁叫它给了我另一片天地』
——王忆诗集序

何言宏*

阅读王忆的诗稿时，正在赶写一篇关于作家史铁生的文字。王忆的诗中有几处写到轮椅上的自己，每读到这里，我就会联想到同时在读的“史铁生”。在一首题目叫作《橘黄身影》的诗中，王忆写她因为“喜悦”于弟弟的“新进步”而购物庆贺。诗中的情感温馨、美好，非常动人。她写自己操控着小车在一家零食店里挑选零食，身着橘黄色服装的店员温暖体贴、细心周到地帮助着她——当她“从一个角落里，

* 何言宏，著名评论家，上海交通大学教授，博士生导师。

拿手指衔出购物篮”时，“一个橘黄色的身影伸出橘黄胳膊替我／接上了购物篮，随即跟在我身后／装进我挑选的食物”，并且始终“保持着微笑”。她小车的“操纵杆上挂了满满一包酸甜可口”的零食，满心欢喜地想象着“这肯定要让弟弟乐坏了”。

这首看似寻常的诗歌，写到了家庭和商店这样两个分别属于私人性和社会性的不同空间，充满其中的是一种浓浓的暖意、喜悦和亲情之乐。但就在这样的情感氛围中，在诗的结尾，诗人陡然又写她听到“橘黄身影对另一个同色系的人说：没有什么比健康更重要的了”。这样的感叹和话语对轮椅上的诗人来说，自然很敏感。不过也正如诗中所说的，一想到将要“乐坏了”的弟弟，“满心的欢喜，让我不介意”；但是在另一方面，诗人在结尾特意写下这一幕情景，并且让其与这首诗中整体性的情感氛围、与诗人的心情，也与诗人亲情伦理和家庭空间中的喜悦与欢乐形成对照，正说明了诗人的“介意”。因此，在我看来，这首诗最关键的词语，便是“介意”。词语在诗境或语境的压力下，获得了非常丰富的、两歧性的张力，从而也释放出能量，深化了诗的情感。

我之所以在此特别就一首诗多说几句，只是想揭示，王忆诗中的这细节，实际上体现或代表了其诗歌主体的独特方面。从我所读的这部诗稿来看，王忆诗中的诗歌主体，是一个温情、纯粹、善良和对世界充满爱的主体。正如她的一首诗中所说的，她不愿意做一个孤独的灵魂（《不做孤独的灵魂》），她奉持着向世界积极开放的诗歌伦理。在这样的基础上，她的主体的内部、主体的精神深处也很敏感、多思，并且对自我和对世界的缺憾亦多感知，偶有“介意”。前一个方面，她很类似史铁生，于轮椅上所投向世界的目光，是那样的深情与纯净，充满着爱；后一个方面，她对世界和自我的缺憾在“介意”的后面有着包容与宽宥，而史铁生，却与其有别地时常会有穷根究底的不甘或终极性的追问。

所以，我对王忆诗中的主体，有很特别的欣赏与钦佩之情。王忆的诗歌基本上抱持着这样一种精神姿态，非常鲜明地突显着她独特的主体形象。于是我们在她的诗中，经常会看到一个虽然“经受多舛的命运／疾病的折磨、坎坷的经历”（《冬日焰火》），却仍自尊、独立、坚强（《哭》）并且对世界温柔以待（《书·牧》《忘了》《让风景停留》《与黑夜对望的时光》）的形象。王忆经常会写生命的暂驻，所以像“飞机从空旷中划过”的“闪电那般急促的痕迹”（《有时挺倔强》）、“迟早会幻化成水”的云朵和“坠地的叶”（《十一月》）等易逝的事物，常会引发其人生感想。人生尽管“并不那么完美”（《有时挺倔强》），到底有着暂驻的悲伤，但在王忆看来，即使像“一瞬即逝的流星”，也要做一颗能够“温热”黑夜的流星（《温热流星》）；即使像烟花，也要做“一束独立而骄傲的烟花”（《都随火花去吧》），要做“坚强而喜悦的焰火／最终将在寒冷中温暖绽放”(《冬日焰火》),像那只有“一个季节的逗留”的鲜花,在其“怒放”之后“无悔地迎接再一次凋零”(《怒放之后》)——这是何其美好和可贵的人生哲学!

王忆虽然强调自尊与独立,也常体验和表达自我的孤独,但同时,她又如我在前面所述及的,很重视与人的“交集”,她“不做孤独的灵魂”。她说:“我这一生或许不能走许多的路/但一定会遇到许多的人”,“在所遇见的人里/他们是黑夜里闪耀的繁星/每一段交集/编织成整片明亮星空/星空那么浩瀚无际/可以容纳很多渺小的梦/而你像是指尖萦绕的萤火/不能紧握,无法触碰/从不说明存在的原因/仅是闪烁一丝微妙光明/我就不愿承受这孤独的命运”(《不做孤独的灵魂》)。我很愿意将这里的诗句看成王忆的伦理,竟如宣言般的、独属于王忆的诗歌伦理——它出于王忆内心中的光明,“繁星”般地“闪耀”的、“闪烁”着的“微妙光明”。正是本着这样的光明,王忆的诗歌书写了她与“许多的人”特别是朋友与亲人之间美好的感情。

王忆的一些诗中,会有一个有时被叫作“你”的“他”。《遇见他》一诗,记述了诗人与“他”“意外”且“必然”的相遇:“必须承认,遇见他/就从一夜之间长大/屏蔽周遭的声音,打码眼前的景象/看不到所有的异样目光/眼神里,心里都只有他/那是从未有过的欢喜/从未有过的天真,天真到/以为可以一直活在假象里”。对于诗人而言,“他就是赖以存活的氧气”。所以在《我想起你的时候》《雨天》等诗中，诗人一次又一次地想念着他。她写自己“时间倒退的时候，我就想起你／想起你的时候，觉得何时何地／都这么恰逢其时”，并且会在甜蜜和隐秘的怀想中，“上扬起没人能懂的嘴角”。在《冬藏》《余生光景》和《永慕》中，她甚至设想着把“你”冬藏起来，陪伴着自己，设想在“余生”的光景中能在人群中远远地看见“你”的表情、“你”的身影。王忆的《永慕》，是我这些年难得读到的一首非常优秀的爱情诗。她设想等“你变老了我不再年轻了”的时候，能够“驻守进一座山谷里／建造一间与你为邻的房子／每一天清晨呼吸着／带有你味道的空气／然后踏遍每一寸／你曾走过的步履／／在阳光灿烂的晌午／我要在院落里／劈柴生火煮饭／让你看到在不远方／升起一道不为人知的／袅袅炊烟／这是与你气息交融的香气／／等到日落了／炽热的眸子深情望向／苍老的我与整座爱巢／我要给它取名叫永慕／那不是为爱孤独的谢幕／那是对你永无止境的仰慕”。“永慕”，作为爱巢的名字，且驻守在山谷，与自己终身仰慕的“你”为邻，这是何等的诗意与浪漫！

当然，在“他”或在“你”之外，王忆的《喜悦》《今日大雨》和《抹茶与蛋糕》等诗作，还书写了美好的友情。但我其实特别爱读，也每每会深受感动的，是她写自己家人的作品。她写自己与母亲散步，写长大了的她“一整个夏天／

我都与母亲一起散步／不像幼年被抱着／也不像童年被搀着”，而是操控着她的小车，“不紧不慢地跟在她身后”（《与母亲散步》）。“这么多年过去，我还是没有长出能跑的腿”——这样的诗句，寻常、素朴，内蕴的情感令人动容，令人百感交集。王忆的《流年聚散》《预定爱情》和《给它取名叫“薯片”》等，还写过全家人生活的温馨与欢乐。她的几首写弟弟的诗篇，如《撸串》《夜与好》《叛逆期》《不能提名字的年纪》和我起初所细读的《橘黄身影》，个中的情景、细节与姐弟之情，让我们会心、喜悦，也会让我们生出诸多美好的祝福。

不过，正如我们前述所知道的，王忆的诗歌并不仅止于书写她的个体自我、亲人与朋友等所构成的私人空间，她的很多诗作还书写了她就医（如《气短》《呼吸》《只如初见》）、游历（如《山海关》《古北水镇》《东直门南小街》《无问西东》）等社会经历，书写了她在广阔的自然之中的种种体悟（如《万物》《慈悲》《拥着月亮入睡》《下了一季的雨》《牧鹤，单顶》《滇池海鸥》《鸽子窝》等）……尽己之力，王忆的诗歌表现着自我，也向社会和世界充分开放，她所拥有的，果真不是一个孤独的灵魂。而且我以为，她的心灵中还有着光明，绝不止于“一丝”和“微妙”（《不做孤独的灵魂》）的一片光明。正是以这样一颗光明的心灵，王忆以诗表达着自我，书写着世界，也黯淡或超越了其所“介意”的一切，创造出一片自己的天地、诗的天地。也正是在这片天地中，王忆以其光明的心灵，穿透或照彻着被其所注目与体验的物事。诸般物事，亲切、明朗，散发着王忆心灵的光晕、诗的光晕。在一首叫作《空想主义》的作品中，王忆曾以“空想主义”这样的字眼，也以“谁叫它给了我另一片天地”这样的诗句，来反讽或自我解嘲地说自己对文学这个“坏东西”的沉迷与耽嗜。我期待着王忆在她的诗歌天地中不断展现出新的景象。

目录

美好如诗

生活如句

时光如海

生命如歌

这一年

诗与人的象征

美好如诗

依然美好

眼神来自一个最柔软的视角
看到了什么，其实并没有那么重要
倔强的候鸟徘徊无人的街角
你选择呜咽还是鸣叫？
沉寂吧
看别人欢心雀跃地舞蹈
脑海里莫名失了音效
也许雪花只能在北方飘摇
篝火却将透亮的星燃烧
啼叫，候鸟盘旋或远绕
你在城市的哪一角
都还是人间存留的美好

与母亲散步

一整个夏天
我都与母亲一起散步
不像幼年被抱着
也不像童年被搀着
我们就只是一起散了散步

我们总是趁着天还没黑透前
寻着夏的光亮，找到一丝清凉
母亲时而在前边迈着干练健步
我不紧不慢地跟在她身后
这么多年过去，我还是没有长出能跑的腿
然而却有了自由操控的车
所以，我可以无忧地跟在她身后
只要稍稍加速一点，我们就走成了并排

就这么的，我和母亲仅在方圆几里内散步
天越黑了，草丛里的光就越亮
每走两圈便有熟识的人跟上来与她攀谈

有人说，她也算是苦尽甘来

母亲告诉我

她的电瓶车上，每天清晨都有一只黑猫

赖在车座上不肯离开

仿佛就想起了那些年

驮着我从南到东的日子

不做孤独的灵魂

我这一生或许不能走许多的路
但一定会遇到许多的人
若将许多论为数量值
那么相遇必将是多么肤浅
我不愿肤浅地过完这一生
在所遇见的人里
他们是黑夜里闪耀的繁星
每一段交集
编织成整片明亮星空
星空那么浩瀚无际
可以容纳很多渺小的梦
而你像是指尖萦绕的萤火
不能紧握，无法触碰
从不说明存在的原因
仅是闪烁一丝微妙光明
我就不愿承受这孤独的命运

永　慕

或许今生我们注定的相遇
是为了此生注定的离别
可你却从不曾离我远去
我就守在尘世的静寂里
无人知晓地爱慕着你

我总是想着，等有一天
你变老了我不再年轻了
我要驻守进一座山谷里
建造一间与你为邻的房子
每一天清晨呼吸着
带有你味道的空气
然后踏遍每一寸
你曾走过的步履

在阳光灿烂的晌午
我要在院落里
劈柴生火煮饭

让你看到在不远方
升起一道不为人知的
袅袅炊烟
这是与你气息交融的香气

等到日落了
炽热的眸子深情望向
苍老的我与整座爱巢
我要给它取名叫永慕
那不是为爱孤独的谢幕
那是对你永无止境的仰慕

冬日焰火

一束绚丽火花
从小镇的黑夜绽放至黎明
那是为了迎接一个新生命
庆祝一段人生的开始
可旅途并不像焰火那般精彩夺目
冬天的冰雪总是难逃命运的较量
当她经受多舛的命运
疾病的折磨、坎坷的经历
那又能怎样呢?
冰雪迟早都会融化
小草会生长出坚韧的新芽
阳光会照耀在稚嫩的脸颊
坚强而喜悦的焰火
最终将在寒冷中温暖绽放

未命名的种子

一年，一月
一日，一时
眉眼狰狞片刻，几百日已过半
四季，过多久才等来炎夏？
等待，等多久才算长久？
还来得及吗？如果可以回到起点
低眉浅笑，怎么会回得去
轮回是最得力的推手
顺着的，逆着的
都得往前走

此刻，多么生动的时刻啊
一刹梅雨，一瞬晴日
每张面孔都挣扎着
每一双手都慌忙着
终于等来如夏的时刻
未曾期望收获一株株饱满的麦子
只想重新播撒一粒粒未命名的种子

慈　悲

太阳躁动，林间蝉鸣
树与影百无聊赖
相互辉映
一切都是热腾腾的样子
是这个时节该有的样子
不打算再向这夏季索取些什么
因为，已经没什么可以索取
那就留下些什么
能留下什么呢？
还能为了什么留下？
慈悲
看到了世间仁慈的悲喜
想到这儿
我就把夏天真正还给了夏季

只如初见

一场雨
从北往南一直下
这就像几天前
一辆“复兴号”
从南往北一直驶
两月仅是一季
剥开伤口去复诊
所幸安然

就这样过了许多年后
医院终不再是令人惧怕的地方
更像是去回顾以前
回眸一段惊艳生命的光阴

当真实走进文本
又从文本拉进现实
但愿故事就是这样
伏笔开头，从未写完结局
就当每次相逢都恍如初见

无法确定

当然无法确定
那是不是光
啊——是春天的时节
恍惚中发觉
那笑容和春天的光浑然一体存在
很可能在还没有确定的时候
他就已经照了进来
从四月盎然到六月灿烂
从相视一笑到挽起双手
镜像里倒映出
如此相像的神态是超乎遇见的存在
应该还会有七月炽热
抑或在盛夏里释然
这依然是无法确定的
也许涟漪已渐渐浮出
也许尚未确定
就快结束……

从握手到拥抱

夕阳西下

天空拥有波皱不平的情绪

它是细腻的，是柔软的

是触目可及的

太美妙了，等来了

这一拥抱

久一点吧，像第一次握手那样

久一点吧，像四周泛起掌声那样

久一点吧，像从来没有拥有过那样

人与人之间种下什么样的种子

才会开出未知的花朵

对于未来

从来都是不确定的

甚至是不抱希望的

因此波皱情绪情愿

就让它波皱着

别太紧凑，也别再散开

从握手到拥抱

这距离是刚刚好的

刚好这世上多了这么个人

感

我从未觉得这个世界有多好
就像这个世界的确很糟糕
的确很糟
糟糕到一片树叶随时
也能掉入混浊发臭的旋涡

而只在五月，一个还不算
灿烂的时节
你投来一抹恰巧微笑
使我恍惚，觉察人间仍有
阳光浸透般的美好

走

一个人
要走多远多长的路
才算是漫长而遥远
我一直在往前走
带着疑问，带着迷茫
却不能停留
一个人虽不能经历山水
也不足以跨越海洋、风浪
却始终不能停留
现在只能选择向前
因为经过了年少
路过了青春
秋风萧瑟，叶落纷飞
黄昏从天上将逝去的年华染红

走……

当没了停留的理由

脚步变得沉重

旅程变得漫长

唯有曾经的短暂

给予今后道路匆匆又狭长

我很好

中央广场闪烁起
圣诞的霓虹，一切
久违了

逃离拥挤人潮，屏蔽
尘世喧嚣
有些遗憾也快要退潮
当可以模糊看待周遭
街边最后一片叶子
也许尚未凋零
没了枯叶与红花的对比
希望时间可以过得快一点
再快一点

十二月很好的月份

爱与被爱

都将彻底释放

或重新，继续

我很好

是因为我知道

你很好

一支口红而已

不知道是不是因为
年纪大了的缘故
开始关注口红的色号
有一天对着镜子
竟发觉素颜面孔是这样暗淡无光
下边两片干瘪瘪的嘴唇，没有一点气色
生活是如此糟糕
更应该保持微笑
于是，开始探索
豆沙红与姨妈红的区别
如何稳定颤抖的手
精确位置，准确涂抹
母亲并不赞同我
“东施效颦”的举动
小女孩自自然然有何不好

她自己却将口红当作

胭脂使用

不止如此，她不知道这还可以

当眼影涂鸦

她当然也不知道

三十岁之后我每晚

做的梦都变老了

止　于

零点四十分，午后的咖啡因
充斥整个房间
我知道，这一定不是
最坏的事情，手机
百分之二十电量填满
百分之一的探望
界面亮度
逐渐暗了下来
我在对话框输入“你好”
之后，言语将止于春天以前

怪　梦

总是要做一些怪梦

才可以拓展想象力

一个作家

想象力能让一件物件

动态般存活

也不再避讳谈论死亡

写作使庸俗之人豁然开朗

所以死亡不会意味

到此的结束

很可能是另一种

意想不到的开端

我梦见有一个男孩出现

他是个很好的男友

瘦瘦高高的模样

温温暖暖的气质

说一些甜甜的话

只是有些遗憾

还没能看清他的脸

这个人在梦里就死亡了

然而，也许

他应该不只会在梦里出现

阳光的雨

我坐在太阳下

打了个喷嚏

仿佛邂逅

一场阳光的雨落入

掌心

午后之后

阴天，傍晚，车窗外
大约是十几年前的光景
近得仿佛昨日
远得如同隔世
下午沉睡很踏实
隔绝蝉鸣与热浪
三十六摄氏度算得了什么
树影摇晃，灵动或是忧伤
光与热无法交替
躲进梦境意外相遇
一再回眸，再三确认
午后时光
沉沦了就沦陷吧
哪怕一切已来不及

某人将我从梦中摇醒

一杯卡布全然浇醒

就算是沼泽

何必要救起一个沦陷不愿

醒来的人?

想到牧人与夏天一起离开

眼泪不自觉就会掉落下来

谷雨不结果

雨生百谷

没有人会知道

百谷是否会开花

开花是否会结果

就算结了果

落了地，成了实

又将是一次重新轮回

百谷被滋养后

开花、结果

都不是最终目的

没有人会在意

落地果实有多甜蜜

毕竟，有些爱

只是爱了就而已

流　淌

风，撩动短短发梢
发尾灵动浅浅长啸
叶未黄，夜已央
你在看吗？
我总以为时光在成长
怀念总会随之去流淌
无谓手掌斑驳，皱痕绵长
反正从春到夏世事无常

你在看吗？
啊！原来我们相背已经走了那么长
多么好的反方向
多么勇敢的力量积成一串不输天真的追光
我总以为时光在成长
阳光还能倒映出尘土的羁绊与回响

你还在看吗？

是在流淌的就让它去流淌

光与影依然交错

树叶还未泛黄

历史绵延，匆匆也漫长

反正从秋到冬早已无惧风霜

余生光景

当梧桐飞絮模糊了眼睛
当流年更改了岁月街景
这一路坑洼不平的痕迹
便是我半生逝去的光阴
倘若有一天人群之中
还会出现你的身影
迷离的眼睛还能看见
你遥远的表情
这将会是我余生
最期待的光景

轻薄的纱

距离上一次去那座城市
已是近十年
穿过高速进入，原来
记忆也是会瓦解
时间最适合叫人脱胎换骨
很庆幸是现在的姿态
如果当初知道
十年后会这样来到那里
那么，十年前还会去吗
我想一定不会的
海鸥飞过沧海
原来并不稀奇
所以二十二岁犯过的稚气
于三十二岁之前
只是蒙蔽过的一层轻薄的纱

今日大雨

今日，大雨

一切还未苏醒

雷声轰鸣依旧昏暗

这是两年后的夏日，沉闷

堵塞所进入鼻息的气体

也是那年夏天

在金鸡湖畔，月光皎洁

室内几人面庞晕开了红光

推杯换盏，碰出比夏更加热烈的声响

谈论诗歌，谈论当下

无所惦念，无所顾忌

杯中气泡泛泛而起

不虚此行来看你

跨越世纪的长河
原谅我，还是无法用脚步丈量
与你相遇的距离
时间说，你离我太过遥远
远得能日夜看见，但终究无法触碰

我站在高高天台上见你
从绿荫下经过
那一瞬间，绿荫开了花
天蓝如镜子一般映照出
羞涩与喜悦
我停在街边往来喧嚣中见你
撑一把黑伞走过
那一刻，雨也停了
昏暗天边出现一道鲜为人知的彩虹
点缀了一段青春的彩色

我坐在咖啡馆角落见过你
依然神采奕奕，侧身路过
我清楚看见你眼睛里有光
我心中被点亮

或许天地山河都可知
我曾无数次去看你
没有漂洋过海，始终风雨兼程
这一生究竟还要
走多少路才能真正遇见你
答案是，太久，太长……
答案也是，不虚此行来看你……

一起说话的人

——给 Hazel

时隔一年

我们各自

拖着身上的壳

见面

走了很长一段路

才寻摸一个适合说话的地点

给你带一本小说

又劝你最好别看

有些反感店铺里的背景音乐

太吵，我们只想好好说会儿话

说实话到最后我也没有尝出比萨具体的味道

只顾得上气不接下气

说一些看似没用的话题

我得说，那些有的没的

只想对你说

你没能给我带来小本子 4.0
那是与我诗歌匹配的
来自你的理解
亦如总有一些时间要与匹配的人而约
你送了我去年写的卡片
只言片语，确实不错的礼物
因此要求明年也把今年的补上
就像我们迟早还是会见面
从来没有特别为你
写一首诗
一落笔竟成了碎碎念
仿佛在你面前
聒噪一下午停不下来
这也许就是我
没有其他女朋友的原因

时过境迁
我们都是身上背了壳的人
我们也都有了决定一生挚爱的人
我相信你会和挚爱之人携手今生

我会继续遨游文学的世界
我相信你终究会带着他来见我几面
我会带着书本对你絮叨做不成的梦
我也相信今生你就这么坐在我对面
陪我聊聊天

2020年

外界一直很混乱
病毒还在跳跃
不安情绪时刻在骚动
无数人在生死之间
来回求索
无数人选择闭关
躲进旮旯角落，祈求
自我安宁

有段日子一切都静止了
任何地方像被什么挖走了一大块
烟火空缺，喧嚣缺席
我和很多人一样选择
闭关，事实上行动使我
一直闭关，以至于不那么恐惧
我正式拓展新的文体

写小说，短篇，一万字以内
设定几个人物，给她们添上各类
轨迹与命运
我是真不信我写不好
凭什么写不好呢
不久，房间角落堆积一摞
目录里印有我名字的文学杂志

很多结果都是熬出来的
我喜欢这个“熬”字
汤熬着熬着就浓了
夜熬着熬着就亮了
事熬着熬着就成了
因此，我熬到了第六年
终于为持证身份
又一次正了名

别问我为什么开始写小说
我觉得是没有开始，而是
一种等了很久的回归
回归打开脑洞的本身，回归
第三人称的叙述

回归理想创作的初始者

我热爱诗歌
但我更热爱作家这种职业
2020 年，我写下的
终于不只有遣词短句
还有带有时代印记的
唯美篇幅
《疫爱情》悲痛而凄美
《乘风破浪女骑手》温情而傲娇
《七楼那女人》不堪而悲悯

我选择终日闭关而不选择持久闭塞
我选择自我修正而不选择强求混沌

生活如句

但　愿

玉兰树下，我和母亲谈及过往
母亲说她最喜欢栀子花香，像极了
孕育我时吃过的萝卜香
我，生来孤注一掷
对待风景只会落笔成诗
必要时，拍一张需修整的图像
注脚留下忽明忽暗的时间
或许还有闪烁不定的未来
但愿，未来不只是未来

沉默是虚无的语言

午夜

沉默的时刻

地板沉默着

窗帘沉默着

编辑器沉默着

大概

楼下长椅也沉默了

许多年来

每个人都以自己的方式

沉默

或自我约束或独行其乐

或忙碌也成为一种虚无

有好几次想提起嘴角

都已变得麻木

只有进入绿洲

才得以看见

一个人站在废墟之上

无声地呐喊吼叫

她面对的

是虚无的对象

与虚无的空间

绝缘体

不小心踩着了你的影子
你会感到疼痛吗?
还是已经停止了心跳

很早以前以为你
已经跳出了黑夜
不会再有阴影存在
但也不觉你已走进太阳下
周遭的人都认为你是
一个坚硬的物体
除了生死没有什么能够打动你
直到你将生死也置之度外
直到你谈起去年夏天
直到你一直存在一个虚无的空间

如果做的不是噩梦
你是不是早就能够预测至今天
一个人对一个人的绝望

绝不只是一个噩梦那么偶然

婚姻也不过是戏剧一场

你的影子并非奢求宽广

也并非求得了余生

阴影的面积

千里之外

希望你走到太阳下

看一看比绝望更深刻的方向

与黑夜对望的时光

此刻
我选择与黑夜对望
眼中
没有了深情与惆怅
趁青丝还未变为白发
我目送过往
与现实谈理想

此刻
我选择与黑夜对望
心中
面向尘世静谧瞭望
上帝没有关上的窗
一定是对我存有的期望

此刻
我选择与黑夜对望
趁年轻的生命还有

掷地有声的回响
再来谈谈理想吧
哪怕无脚踏破风浪
别对未完成的事情
灰心沮丧

那就枕眠做一场美梦吧
等到夕阳又一次落下
此刻
再来与黑夜对话

相见欢

不懂得画口红的年纪
素面朝天
是纯洁或是呆傻
蓝天蓝得透亮
云色渲染与世界温度
我用如河流的光芒
搜索滞留在夏季的倒影
那还是在
不懂得画口红的年纪

立　冬

有些地方去得多了，朋友圈里
满屏就都是那里的图像与消息
介于存在不同的意义，我着实
是喜爱故都的秋
有人留言反问：金陵的秋也很美吧
我想，是如此的

一阵空旷后，我决定去填补
昨夜所缺失的空隙
又在一窗黄昏里醒来，这才
恍然大悟，白白浪费
一个下午的时间
这要是拿来偷偷跑出去
约会多好

因此，我点了一杯
排名第一的奶茶
而就在今天下午，那位女诗人

第五次光临了这座城市

上一次见她还是在

零点敲响之前

然而，我本打算去购买一本新年日历

日历是红色、单向的

立冬，是时候要盘算新的日子了

吸完奶茶里最后一颗珍珠

Q 弹的劲儿还撕扯于唇齿之间

仿佛咀嚼出了这句诗的意境

万　物

这个时节

桂花弥漫芳香

果实浸透甜蜜

月圆即将完整久别的饥渴

一方戏台

争奇斗艳与欢欣鼓舞

缤纷上演

万物越是香甜

而你不了解的

越是疾苦

让风景停留

长江通向彼此的血脉
走上桥头承诺终身誓言
这，应该是令人向往的愿景

晴天雨天
总会遇到别样的风景
请别将未完成的爱
托付给他人
他人即便穿越也不是你
顺境逆境
都是人生必须面对的真理
相信我
你去哪里，我就往哪里去

我早已认定
你必定是今生唯一
停留的风景

破　晓

总会这样
没心没肺地过了
一天又一天
意志在太阳下山前清醒
这一天再次即将归零
楼下的猫没有一天不流浪
日出而歇，日落而动
半夜还不安分哀号
不免引起误会
它这一生如此太糟
我何尝不是这么
黑白颠倒
随时等待思绪的破晓

温热流星

你忽然落进了手心
让我措手不及
又心生欢喜
总以为是握住了
一瞬即逝的流星
而它却温热了
黑夜里的孤寂
映红了闪泪的眼睛

我低头望着你
你温暖着掌心
想象这一刻
你对我眨眼睛
彼此诉说摧折命运
你从黑云里飘零
我在不安中流离
心中是否都深藏
不能言说的秘密

我们都是一颗

惴惴不安的流星

划过璀璨的轨迹

又不知会落向哪里

……

我想起你的时候

时间倒退的时候，我就想起你

想起你的时候，觉得何时何地

都这么恰逢其时

回头想想，过去的岁月是那么仓皇

我是那么渺小

再长久总是短暂

手掌里的年华眩晕出人生中另一副模样

我想起你的时候

以为早已逃脱旧日里的容光

然而，还是上扬起没人能懂的嘴角

怒放之后

去年此刻
另一座城市，另一片天地
耳机里灌满京味的音符
而听着这些，向往的却不是那座城市
你若问：当下好吗？
我不知道该如何回答
何为好？何为不好？
都是用不同的方式虚度着这些时光
就像我看着一棵树从枯枝发芽
发芽开了花，那些花开的时候是
那么放肆，那么奔放
怒放之后便对世间不屑一顾凋零
现在只剩一身茂绿立在那儿等待
一个季节的逗留
然后无悔地迎接再一次凋零
你能说这不美好吗？
不能！这太完美了
一生所爱只在经过与曾经

一百米

事情总是截然相反的
曾经出不去的拼了命也要出去
只有一百米的距离
挖空心思，费尽周折
冲破脑袋也要奔向那一百米的距离
因为，当时是
这一百米就是全世界
是人间唯一见得着光的地方
后来呢
几百米，几千米，几万米
都不再是遥远的距离
一张车票
眯一觉，听几首歌
它们便太近太近
那些年哼过的歌一直还滞留在列表
多像是那一百米，就算用尽全部力气
也没能够把音符和风景都看透……

喜　悦

每晚十二点之后睡，凌晨一点半醒
早晨六点多起床……
除十二点之后睡，别的
并不是我的作息时间
微信是个好东西，近段时间带来了喜悦
至少睡前能看见
至少睡醒就能听见
我听着你传递的音乐
看了你分享的故事
也读了你喜欢的诗歌
真好！一点没变
特别是那些音乐和诗歌
好像听了，看了
就与你对了话
是啊，我听了看了同你一样的诗和歌
却清楚知道，你并非也看过我写的诗歌
但这并不妨碍我继续喜悦

书·牧

再次回到阔别多日的小屋
一股清澈的墨香被身体吮吸
这几年花光大部分的积蓄
都堆砌在这儿
让巴掌大点儿的地凸显拥挤状态
很多人都会说：你读过不少书吧
事实上，反而令我有些汗颜
我应该是翻过不少书
真正读的，翻来覆去也只是偏爱的几本
诗歌，我极少看国外作家
翟永明、北岛、海子……
书籍又何尝不是牧者的存在
那我必是躺卧在牧者怀中的羊羔
所以，安心睡吧，小羊
天一亮，又会见到人间最温柔的脸庞

给它取名叫“薯片”

父母一直对于饲养宠物这件事

表示强烈的不接受

尽管如此

凭借超强的记忆力

我还是回忆起小时候

爸爸给我买过几只羽毛斑斓的鸟儿

他将它们锁在塑料鸟笼里

帮我给它们投食喂水，只是叫我切记

不能打开笼子的小门，否则这些鸟儿必定

瞬间实施越狱计划

妈妈呢！在爸爸长期出差时

她和我一起养过小白兔

白茸茸的身子，桃红的眼睛

每天盘缩在破旧纸箱里

靠着生水和青菜续命

我每天醒来看它一眼

睡前也看它一眼

颇感新鲜

许多年之后，我有了弟弟
他是个对宠物情有独钟的孩子
即使是邻居家的“饭团”
他也赋予它怜悯之心
而他难免会埋怨爸妈说什么都不能答应
给他领养一条像“饭团”那样的泰迪
我说，如果我们养一条狗就给它
取名叫“薯片”吧！很香，很脆
还会非常欢乐，因为这与“乐事”有关
弟弟捧着幽怨的脸叹气说：应该会很难！
我也叹了一口气：饲养的鸟儿和白兔
我都没来得及取名字
它们便离开了

晚　樱

一段烦琐之后
电影搭配膨化食品
幻化为最平庸的快乐
快乐延续到，楼下晚樱开了
多少年前一直误以为
它是海棠
见不着太阳，你会不会觉得
人间是冷的
也许吧，也许海棠自知无法依旧
所以等来了风，又等来了雨
仅此一夜，吹落成迟来的粉色

橘黄身影

今天难得上街购物
弟弟有了新进步是喜悦的
所以购物的缘由也是喜悦的
从一个角落里，拿手指衔出购物篮
一个橘黄色的身影伸出橘黄胳膊替我
接上了购物篮，随即跟在我身后
装进我挑选的食物
每样小食都是一小份
每一小份都有一种令人向往的味道
购物篮里装满了牛肉粒、牛肉干、杧果片
我操控着小车又绕了一圈
发现橄榄粒也是不多见的
就客气地说：麻烦再拿两包这个
没拆封就露出一股酸甜
跟在身后的橘黄身影保持着微笑
买单结束，那抹质朴笑容送我出了门

操纵杆上挂了满满一包酸甜可口的“来伊份”

我想这肯定要让弟弟乐坏了

满心的欢喜，让我不介意

橘黄身影对另一个同色系的人说：

没有什么比健康更重要的了

不　变

如今以这样的方式出现
每日，准时
是想唤醒我的等待吗？
还是知道，我一直在等待
这样出现，算是给我的希望吗？
我知道不是！可——
又觉得是
你出现了，每一天都持续更长时间
似乎就没有离开过
我还是在等待，或许不曾停歇
只是，这次换成
偶尔出现，时常关注，持久忍耐
不变的是：我仍然扮演路过的角色

不能提名字的年纪

哈！他也到了不能提某个名字的年纪
是青葡萄的酸涩，但又有些甜
青果一样执拗，倔得九头牛拽不住的抓狂
其实，不难理解
一个名字就是一个小世界
越单纯的故事或许越不想见光
很能明白那种只需要黑暗的隐蔽
不能让任何人知道
不渴望被解剖
半个字也不要提
扮大人的心理：这事跟你有什么关系
这就是青，还带着痛楚的涩
长着刺，很是尖锐的那种
你若胆敢提起一个字，他必定会乱剑横飞
七窍流不流血那是另说
魂飞魄散是一定的

他终于到了不能提名字的年纪

这是他的小秘密

单纯得不愿被打扰

其实也不难理解他的心境

谁都会走到这样喜忧参半的年纪

让秘密就成为秘密

无外乎

默不作声成全这不成熟的美好

叛逆期

他不喜欢地理
更不打算弄明白地图上的
地理方位
四大洋七大洲
跟他毫无瓜葛
南方地区有没有红土壤
或北方是不是黑土地
“与我无关”四个字在他脸上
纹路比路线清晰
就像他的方向感一直很好
这也与地理老师无关
果然，喜欢什么
跟谁有关，有很大的关系

他正处于叛逆阶段

没人理解得了的叛逆

无可救药的叛逆

有时也如发了疯一样的叛逆

可这叛逆

也怨不得他

谁让这地理总跟不喜欢他的人有关

夜与好

夜渐渐挣扎
黑去，可以代表沉睡
也可以代表沉思
正如他坐在电脑面前
反反复复，辗转反侧
不眠不休煎熬思量
一篇不知所云的自传体文章

他问我：你说自传体
为什么要写自传体？
他又问：什么叫自传体？
他开始了抓耳挠腮式的咬文嚼字
我告诉他，那是第一人称的表达方式
你是第一人称，讲一讲自己的故事
可你都有哪些故事呢？
要我来写，说来倒去不过是想追溯起
你婴儿时期的事情
记得那一年，你撒撒娇要我抱

还对我说：我看到你眼里有个好宝宝
好宝宝看到好吃的
总想着带一个回家给我

后来好宝宝长大啦
我们成了只在天黑之后
打照面的“室友”
你背上了沉重
“累”代替你所有语言
上帝造就万物皆有使命
我只愿你曼妙余生
不必背负太多负累

操　心

我给我的老师
发了一条微信
这令我鼓了一肚子勇气
最后一次听他讲课
我十四岁
写得一手好作文
他的评语也次第而来
相互辉映
上一次见面
他陪我共同站在讲台
我也被称为别人口中的小老师
他从不给我微信点赞
就像过去从不当我面读我的习作
今天我鼓了一肚子勇气
给他发微信
他感动
我终于有一天也会为孩子操心

撸　串

大约二十多年前，在苏北小城
一所中学的路边，每逢傍晚四五点钟
一排烟火气从街头传到街尾
那时还没有素鸡或火腿肠这些
杂七杂八的品种
仅是一把胡椒粉
一根发亮的铁棍子
就串起
许许多多少年的寥寥炊烟

三四年前，我和两三好友
偶然在街边摊吃夜宵
这会儿才明白，此刻行为叫“撸串”
我看着一位三十几岁的男子身上围着花布围裙
满头蓬松，似炭黑的手一把抓住
顾客点好的肉串
在不见烟火的电烤箱里正反做着手艺
而他的头发却长满火气和油烟

后来有一回，我带着弟弟偷摸
到楼下烧烤店去解馋
实则我们并不爱吃肉
只点了韭菜和金针菇，上面撒了各种调料香粉
再抬头朝屋顶不锈钢烟囱望去
一道带着忽忽悠悠的黑烟向黑夜冲去
然而我想，他会不会是生错了年代
因为他永远不会尝到真正少年的炊烟

烂苹果

一个苹果烂了
是经过高温的炙热
和长久的搁置
溃败终归成为它的
宿命

一颗心死了
也是经过浓烈的被爱
和恒久的冷落
最后化为灰烬也不过是
理所应当的反应

我爱你　仅此而已

若有一天你知道，我爱你
我必定能想象出
你诧异的表情
你不用怀疑，也不必讶异
没有任何复杂的原因
我爱你，仅此而已

我爱你，仅此而已
没有因为，亦没有所以
如果一定要有起因
大约是从些许无意而起
可能是你无心的一句话
一瞬间善意的表情
一轮出现在我眼眸里的侧影
一刹面向我流露微笑的不经意

也可能只是你在晴空万里的好天气
刚巧穿了一件颜色是我喜欢的外衣
但这一切，都不足以构成我爱你的原因

我爱你，仅此而已
你是一片让人迷失的森林
我就这样心甘情愿地走进
忘却了身后的繁花似锦
只愿深陷仰慕的沼泽里
偶尔相逢一盏摇曳的烛光
那便是我爱过的证明
眼前是暮色夕阳
退后是荒草丛生
恍惚间，真的相信
这就是我理想的诗情画意

还来不及救赎自己
就已跌入迷恋的深渊里
我如同一个孩子

只懂享受当下的欢愉

世上哪有那么多想好的事情

爱上一个人哪里需要那么多勇气

只要见到你，全世界尽是快乐的气息

我寻不到未来的可能性

也没想过明确的目的地

不管你是否相信或应允

我爱你，仅此而已

时光如海

时过未境迁

每天，清晨

每一个……阳光洒落眼角的时候

刚好被你的音符唤醒

再划过一串“早安”的问候

声音、诗歌、短语这些

连接起来不过几分钟，也许更短

但却是如此美好的开始

啊！这真是太不容易了

以为再不会触碰这么柔软的时刻

可它就这样悄无声息地又来了

我曾经写下“没有比此刻更好的时候了”

现在，又想说：真的，没有比此刻更好的时候了

要怎么办呢？长河再长又如何

我又不能相信有时过境迁这回事了

抹茶与蛋糕

下午我喝抹茶的时候
隔空给老友点了一份巧克力蛋糕
她说，和我已相识二十年
第一次见，是十三岁那年
突然感到一阵唏嘘：二十年
已经有那么久了吗？
似乎是前几年才见过，刚一起谈过天
日子过得使人忘记了计算
时间也不是拿来计算的
我忘了从什么时候开始不联系朋友圈里
曾经的朋友
忘记应该是从“都很忙”开始
她告诉我他们的近况
欣慰，我们都很好

各自忙碌，各自欢喜

她又说起，孩子已经八岁，上小学

真好！

傍晚，骑玩具车的幼童

经过身边笑着叫了我一声：

“阿姨，你好！”

奔涌的漓江

在所有热情到来之前
漓江是平静的
就像没有人可以预料
夏天已悄然到来
你说：就跳下去吧
趁江水尚浅，趁年华炽热
就该不计后果地奔涌

后来，夕阳也惊醒了
“是啊，就跳下去吧
当情绪奔涌的时刻
就不要克制了吧
毕竟值得澎湃的瞬间真的已经不多了”

象鼻山

眼前的江不是江
宁愿想象成
一泊安宁的湖水
巨大的动物从原始走来
停在湖中小憩
吸吮着淡淡湖水
或下一秒仰天长啸
嘶鸣出一段不为人知的
神话

淡淡的风从久远酒窖吹过
散发出一个古老的传奇
已经过了很久，故事
也已不知该从哪儿说起
当意识到存在时

它早已在此处落了地
生了根……

看，身旁那么多人
你在近处
也在远方

西街东行

城市与城市
总有相近的地方
面孔与面孔
也有相似的神情
从西街向东行进
请允许我将所有情绪
逆向而行

你看
堆满人间的许愿牌
风儿一吹
多少情不自禁在
世上流动
里尔克说：
“爱，很好
因为爱是艰难的”

请将我的情绪逆向而行

总有一种情感会追随漓江

逆流而上

喀斯特

凹凸不平的山川
以想象力呈现
每个人眼中不同的形态

母亲背篓里的孩子
仰面望天的男子
九匹马争先恐后地追逐
不重要
这些都不重要
背篓中也许不是孩子
而是汹涌奔来的洪水猛兽
仰面朝天的男子也许只是
被灌醉了象鼻山深藏的酒精
流下痴情的泪，淌成川流不息的江水

九匹马，一定是不存在的意象
我更愿相信，云是心的形状
阐述一群正在跳动的灵魂

在广西想你

——纪念逝去的闺密

飞机还在盘旋
距离落地还有几英尺的遥远
就像你在此处的遥远
我来到你生长的城市
你消失的第六年
我们好久不见

难以预料来到这里
听见很多与你相近的口音
好像是在替你说
你来了！真好！

这里的山与水生育了你
你存在过每一座山与山之间
就像你也存在过梅花与湖水之间
还记得
我们第一次聊天就说起过

山水与山歌

那时候怎么会预料

我如今可以来到

也怎么会预料你已消失多年

当你已成一片灰烬

落地南京

那就让我替你再来

看一看家乡的长河与落日

走一走你曾徒留的路线

流　星

头发开始打结
油腻腻的
不安与烦躁
重新打开记忆
阀门
没有真正关闭
一触碰就如火山喷发
江河泄洪
我预见会是这样，改变多少
也改不了悸动的顽疾
没有什么是一定值得等待的
而等待却可以
顽固不化地等待
这是疾病，是强迫症，是屡教不改
是执迷不悟的虔诚
但又会被谁看到?
不重要，确实不重要
你能说一周下了五天的雨
是为等流星迫降人间吗?

安静了

一定要等到夜深人静
鼾声香甜
世界才安静
世界安静了，故事才开始
冬天的脚步越来越近
断翅秋叶随风再次起飞
飞——另一种追逐的启程
或为着陆，或继续流浪
但
这都不是最终目的
世界安静了，波动的画面一幕幕上演
秋天要走了，想留的，飞逝的
都遥远吧……
柏拉图永恒的精髓不是谁都可以学会
一片叶子上天入地的声响
轻微又伟大
世界安静了，风尘仆仆而来的
不是人影，而是模糊清晰的幻想

梦　见

昨夜梦见星辰
梦见月亮，梦见
一路追着光
也梦见了
你花白头发，拄着拐杖

忽而明白，一夜惊梦
你已是不期的归来

流年聚散

当我听闻有人想卖房子
我第一反应是：
有人想卖掉那段回忆
卖掉那些年的麻将声
和羊肉串的味道
好些年都没再闻过那种味道了
说是久违了，其实是遥远了
多年后的此刻
木头与瓷砖大概都已经腐朽
窗外那琅琅读书声
第八套广播体操声依旧萦绕耳畔
湖中亭的校园
温馨与家的时光在流水之间
走成了渐行渐远的天街

我忽然想到

一场流年聚散

人生来就为离别而生

那百叶窗落满每片尘土

几十年来将一段记忆就堆积在那儿

如今是到了该吹散的时刻

安　好

现在，是真的什么都做不了了
时间已过，想做的，应该是来不及了
从三十等到初一，又从初一盼到十五
忍耐让日思夜盼化成一场
循环数百日的空欢喜
也许吧，是时候过上波澜不惊的日子
窗外阳光那么明媚
足不出户成了最后的安全区
向往的人儿就在掌心里
不说上一句就写成最完美的祝福

沉　寂

终于熬过最微妙的时候
允许自己长长地
长长地舒一口气
当下，是下一个关口
今晚我选择沉寂
他正用另一种视角看着我
是贝加尔湖的夜色
深邃而透彻
我选择沉寂
也许是时候该将一些物品埋葬
毕竟，一些时候也不再会来到
为何深夜里要自说自话
停下吧！没什么再可说的了
沉寂，放下，然后释然
一切都该这样

祭日聚

发出“家乡已是异乡”
许多无关紧要的人点赞留言
家乡已是异乡
我的家自然不是这里
几分钟后，大姐并没有
点赞留言
直接问：在哪儿?
我点开加号，发送位置
新弄里
不土不洋的名字，于我而言
是极为陌生的喧嚣
大姐亲昵责备，为何不早说
早说就早一些聚
我笑，这样也挺好
毕竟时间会长翅膀，一转眼
划过天际，冲破数年云霄
这样坐着聊聊真挺好

姐夫留白了头发，一进门
嬉笑说，小姨子回来啦
哈，“小姨子”如此称呼
也已久违多年
浑浑噩噩的日子就像
一条从清澈到混浊的沟渠
有时流着淌着就看不到边
早忘了上一次来到那座
小城是多久之前，只感叹
应该是很久很久之前
至于上一次围炉团聚
一定是在清明时节
天上和地下都是
烟火气
错峰祭扫如同错峰搭车
在特定时期轮番
去探望那些翩然远去的灵魂

那一次唯独
没有大姐和姐夫
他们的孩子在外地读书
因此生活落得清闲

他们也开始计算准备
退休的日子
我说起在南京的生活
夜以继日，时常黑白颠倒
用几寸键盘敲下
过去不敢想象的现实
正话总得反说
忙！真是忙
忙到自嗨不已

临别时，能说的
净是没有任何文采的感谢
也只有谢谢，才足以真实表明
所剩无几的珍惜
十九楼的窗外陌生而漆黑
仿佛又一次提醒我：该回家了
我猜想
下一次促膝长谈
或许又是在某个祭日

拥着月亮入睡

今夜我躺在斑马背上
不再数遥远的星星
而是拥着黑暗里最亮的月
安然入睡

你是我黑夜里
最闪耀的光芒
我将你从天空中摘下
贪婪地拥入怀中
照亮幽暗的心房
把你的闪亮带进我的梦乡

你是我黑夜里
最闪耀的光芒
斑马在梦的草原上飞翔
无论它将会驮我去哪方
幽静的山谷
或是蒙蒙的云塔

你都是指引方向的灯塔

你是我黑夜里
最闪耀的光芒
你总在最灰暗时
来到我的身旁
仿佛可以把所有希望
瞬间点亮

梦里哪有永远的黑暗
现实哪有永恒的闪光
浅望欢愉，不写忧伤
你就是最明亮的光芒

笔记本

我拥有一本像画卷一样的笔记本

我特别不谦逊地在里面

写下横七竖八的歪扭斜字

而或许就是因为它太过庄重

所以，我只想它

也拥有我的文字

我甚至会认为自己是一个自私的作者

呈现给你们的内容

都是从自我出发，太多时候

没有顾虑到你们的感受

然而，我无法说抱歉

那本笔记本，应该是我见过最别致的

想要拥有它的时候，没有想过拯救谁

事实上，也拯救不了谁

尽管每每打开，内心会有一些慰藉

从西直门到东直门

这在过去应该是很远一段距离
如今却很快
只不过跨越了 21 年的时间
21 年前，那个穿白大褂的人见过我
我应该也见过他
但我们都没有印象，一点也没有
21 年后，不知算是有幸还是不幸
我再次落到他的手术刀下
在西直门，一刀下去
我会爬了，也能坐了
在东直门
他挑动了我颈脖上两侧的神经
成全我跟外界一次性的对话

东直门南小街

我从南方赶来

恍惚抵达

即刻便要归去

眸中一切还是原来的样子

陌生的城市

幸存着莫名熟悉

昼夜篡街盛满多少

惊鸿刹那

我从南方赶来

天一明就要归去

有些侥幸

至少存留过某一刻

都曾记得的掠影

北京最后一夜

北京最后一夜
早该昏昏欲睡
此刻却与时空中的人交杯
零点时分，时间可否停留
想一想，究竟还有几分可留

北京最后一夜
人生假若只如初见
怎惧岁月空流转
如初，只怕是
被时光遗忘的谎子
宁可贪婪庸俗
亦不愿被遗忘
默念：北京，北京

古北水镇

哪里是镇？
说到底一切都是空旷的
何处有水？
看清了全部都是干涸的
方位是偏远的
纳兰仍旧是孤独
诗词注定是落寞
造一座城
不过是为填满心里无底的坑
建一间房
不过是想等来如初的人

山海关

从山顶出发
潜入海底呼吸
一块城砖就是一堵
坚硬不摧的倔强
无数块砖连起就是
撞了不回头的逞强
从山顶出发
蜿蜒至海底，距离何止两万里
北通八达岭，西至嘉峪关
引无数伟人竞折腰

海子终究是个年轻的孩子
他一定预测到
面朝大海不一定是春暖
但属于他的生命之花
注定要在北戴河开放
今晚，我不关心任何人
亦不挂念柴米油盐

我只想蜷曲身子听涛声
听那些从海面翻滚上来的浪花
把诗词一浪接一浪拍打上岸

我不清楚自己是登了多少级台阶
才爬上了天下第一关
但登顶的气势与呐喊是不能缺少的
俯瞰八卦阵，耳畔听到英雄豪杰
气壮山河，震耳欲聋的回响声
从幻听中跳出，这更像是迷宫
里边的人想出来，外边的人要进去
宫里宫外各自试探，各自纠结
各自徘徊在未知的路上

鸽子窝

不提伟岸，也不谈沧桑
我们……只谈你
都说这是你的领地
是你临近大海的栖居地
可雪白身影寥寥无几
树丛里有很多人造的
你的窝
却常常被人类占领
旭日东升，浪潮如蓝天白云一样平静
海滩重新武装起坚硬
你是否早已从蜗居中逃离

人造的窝、人造的岩石
人造的风车……
一定要等我彳亍上山顶
才略睹到你偶然孑然一身的飞迹
……

滇池海鸥

寒冬余晖引出丝丝寒意
滇池
以为是那么遥远不可及
而贝加尔湖的篝火
始终冉冉升起
在你的眼睛，或在我的怀里
从西伯利亚飞来的海鸥
踮起脚尖落在我的肩上
或落在你的心上
它叫着，如同婴儿啼哭
又仿佛催促爱人归来
那泊天然存在的静谧
是卷曲女孩多年期盼
她并不是沉睡
只是在等
等着成片樱红鸥鸣
结伴而来
等到从蓝色眸里一眼望穿
那些年遥远的等待

在鲁迅故居

鲁迅河的水
清远深幽，如果
青苔还未腐朽
墨汁必将在这里涌流
百草园里儿童在
乐园中奔走
一亩方田，百草绽放出
文学与理想的追求
阿 Q 说过
走自己的路让别人去说
所以
你们就去说吧
反正人人都有自己的路要走
就像闰土一样曾被虚构
在鲁镇一样真实存活
从百草园到三味书屋
乌篷船承载着伟大的思想
荡漾去故乡的荷塘

无问西东

大雪后的昆明还沐浴春的暖意
以山川做背景
眺望窗棂一泊静谧
是谁等来了七彩祥云
蔓延至民主的草坪
七子之歌一唱三叹盼归情
南，失缺一根弦的长击
家徒四壁，危亡可及
一二一天降血雨，茅草屋顶狼烟四起
质杆桢栽命脉延续
炮弹轰响纵使莘莘学子青春沸腾
血染大地
富国兴邦“两弹一星”
刚毅坚卓最朴实的原理
铸就了伟大爱国真理

思成徽因也曾把爱巢筑在此地

一双璧人用尽毕生打造钢筋水泥

多年后，七彩祥云闪耀这片人杰地灵

可有多少人得知

奋斗的青年向来无问西东

柔软记忆

七月，还未到流火纷飞
身披云霞飞过海岸线
从烈日盛宴赶往另一场热火朝天
成年以后的盛夏都应该有一场
像样的旅行，如候鸟迁徙
一次远走换来一次受洗
我说
想去海边走走
双臂就被高高举起
双脚歪曲陷进浅咖啡色沙丘
第一次依附大海胸膛站立
听一叠叠浪花击响岛屿的曼妙
海风是否吹拂五千年已不重要
面朝的何止是大海
凌霄花并不是只有春暖才会开
当海浪、沙滩都见证了
我留下凹凸足迹
这就是今夏最柔软的记忆

在海一方

在天一方，在海一方
漫步港城的沙滩上
渔火阑珊
闪烁灵动火光
漆黑掠影追赶潮汐
追赶大海黑色的步伐
把错念扔进汪洋
不论有没有了远方
一转身，回眸人间流光
有缘擦身而过的人
哪怕天各一方
也不曾沮丧

坐在黄姚古镇喝咖啡

第一次来这儿
就想从梯田弹跳至
青石古镇
喝一杯卡布奇诺
一饮而尽，闭目正是晨曦
睁眼已经日落
慵懒的黄昏覆盖
慵懒的时间
用眼神和丈量翻阅千年的诗篇
会有什么样的情绪
让眼前的凌霄花攀缘远方的家
会是什么样的动容
让我想起
你也曾从那条鲤鱼街走过

守望楼

没有瞭望和枪眼
守一座小城的平安与希望
守望成了一种习惯
男人守望冲锋，女人守望富足
老人守望宁静，孩子守望乐趣
山体与河流
守望人们的向往
这是一个附带寄托的名词
经过这里的人
不动声色地守候盼望
哪怕沦为终其一生的孤独

牧鹤，丹顶

额头一点红色
比幼儿更显活泼
比成人更显淡定
白身黑颈屹立
诗意栖居东方湿地
雪花纷飞
展开臂膀脚尖力挺
旋转跳跃
芭蕾舞不停歇
上演一场盛大的天鹅湖
待季节交替
一番凌空翱翔，双飞天际
择一鹤，度一生的诗情画意
你可曾听说，许多年前
牧鹤女孩英勇深入芦苇荡

一次救赎令年轻的生命

幻化成为一只仙鹤

流传一段真实的故事

鹤依旧纯真

逝去年华依旧洁白

冬　月

时间来到冬月

是什么让过往又一次

重新翻越

请允许我再一次怀念

这未尽人意的一年

生命如歌

当你笑了，我选择慢了

伤口都结痂了
还有什么好怀疑的?
每一天，每说一句
人都能听懂的话
都在提醒我：你不一样了

伤口都咧嘴笑了
它挑逗着神经
最近瘙痒得厉害
它美誉自己
不是丑陋的伤口
而是迟到了二十五年的金口
可你
为什么要迟到二十五年呢?
难道那些年吐不出的唾液
注定是要先落在纸上吗!

早这样好好说话要多好
何必等到快三十岁的年纪
迟了吗？
似乎也不算太晚
也许更早一些，就多一些与世间的争辩
而如今痉挛松懈了
我亦不愿再去争辩了
他们一再提醒我：慢下来，慢下来
慢下来，或许会更出彩

伤口结痂了
我想我还得坚持磨砺
新生的肉体会替代
沉默多年的言语
就让什么都慢下来吧
让许多事都循序渐进重新生长
至少长成你能听懂的模样

少 年

一束光，轮回中洒下

时间慵懒躺在眉间，恍惚，晕眩

多么切合的时刻，一首《少年》

吟唱出青涩年月和不为人知的爱恋

在黑白琴键之间，虔诚一笑

那些年，也曾是朝与暮追光中的少年

春风不曾荡漾

夏日终归会热烈

至少，那段路用力走过

少年的任性，倔强，狂热

那些白日做的梦

就在某些地方藏着，不必破灭

也不用实现

岁月还是跑在了灵魂的前面

少年，年少时的人

还会再见吗？

你只是个胆小鬼

今天，他来了

我们坐着聊天

我说：你头发怎么花白了?

他抽了抽鼻子，笑笑说：

你不知道吗? 我已经老了

怎么就老了呢? 我不明白

他说：你的心思我知道

你花了青春的等待，我也知道

不！不!

你不该知道，我不想你知道

我说，或者你可以装作不知道

永远也别说知道

别说，就当作一切都是我们看到的样子

我们坐着聊天

就好像从来都没有的对话形式

你花白了头发，还拄了拐杖

我猛然站起，向反方向逃离

不是这样，不是这样

这是个天大的误会

一声霹雳惊雷

双目直瞪周围

只听余音绕耳：

你只是个逃避真心的胆小鬼

秋　收

秋收

在这个即将落叶纷飞的时节

还能收下什么呢？

收下黎明四五点点点星光

还是收下凌晨幻想中的太阳

这不都是满满的期望吗

期望明亮，期望闪耀

当期望成为期望中的悲悯

好吧

那我便不再做这样的期望

毕竟困意的眼睛实在是

支撑不到凌晨或黎明

梦境自然也并不靠谱

梦里我也一样

追不上那辆驶向未知的公交车

冬　藏

藏点什么才好呢?

藏一点七八月份的烈日吧
把夏天的暖藏进入冬的被子里
这样雪天就有了睡懒觉的理由
藏一点十月中秋的桂花吧
捧着热咖啡
也能闻到童话里的甜美
春天，有些遥远
然后呢?

藏一些从街角捡回来的碎片
到了冰天雪地，也不乏拿出来拼凑
也许还能拼凑成理想中的转角
再藏点糖果、烛火和一盏高脚杯

立了冬，就是与上帝见证的时刻

接着还要继续藏些什么才好呢?

呵……

你说，要是也能把你藏起来

一块儿来过这个冬天该多好!

忘　了

夏日，适合狂欢的日子

只是忘了

忘了清晨如何让雨露与太阳相遇

忘了

忘了色彩的渐变幻化作时间的桥

忘了在那棵歪脖树下扭曲地张望

忘了

等待何时结束

终于忘了

这些热烈即将与我无关

忘了吧

夏日我也可以

以缄默的笑欢乐

以喧嚣的言沉默

清　冷

重新走过那段路
已是寒冬
是的，过去每个寒冬也都走过
只不过日子越来越少
冬天是清冷的
那段路也已清冷
零零碎碎的枯叶加起来
也铺不成来时的路
我找到一处阳光等朋友
却不再像过去等某种出现
某件惊喜，某个意想不到的快乐
背后的咖啡店是清冷的
对面的喷泉是清冷的
我的喜悦终不在
太阳光下出现
我路过了
清冷的世界

下了一季的雨

整个夏天下了一季的雨
这不是最糟糕的事情
剪短长发也不能证明
过去已经成为过去
当我寄生在丛林
雨水淅沥
像极了断断续续的话语
野花摇曳点缀
片段闪现
让冥想得长久一些
下了一季的雨
影影绰绰的夏季
这不是最糟糕的事情

空想主义

书籍，是作品
也是灵感的碰运气
我不能保证每部作品里
都有扣人心弦的精湛句
因为，总有那么几段是
不求甚解的胡言乱语
有时，一不小心还暴露了
深藏多年的小秘密

文学，真是个“坏东西”
把不起眼的字句放在一起
很容易就拼凑成一幅比想象力
还要丰富饱满的假情景
于是，不知道多少次
我在深夜里偷摸着
模拟有关未来的
红毯和白纱裙

我劝告自己

还是要活在现实生活里

这样才不会沦陷

黑白交替设想的可能性

文字，诗句，标点

很多时候都是一场空想主义

而我却一如既往地为它革命

我怎么能让自己

被敲出来的假象蒙蔽

谁叫它给了我另一片天地

雨 天

雨天，当又一次开始想念
遇见你的日子
时间一点一点拉长
看似已经很远，实然
很近
好像昨天，那个清晨或是傍晚
一抬头就见着了
雨棚上逐渐淅沥短促
雨后空气清新，孩子踩溅雨水
那欢愉声是这么真实彻底
所以那份遇见始终是彻底美好的

遇见他

这一定是个意外吧?
这……一定是必然的吧!
必须承认，遇见他
就从一夜之间长大
屏蔽周遭的声音，打码眼前的景象
看不到所有的异样目光
眼神里，心里都只有他
那是从未有过的欢喜
从未有过的天真，天真到
以为可以一直活在假象里

遇见他
赋予了另一个时空
也遇见了另一个自己
一个任何人都不认识的人
可以不吃饭，不读书，不向往
他就是赖以存活的氧气
这一定是必然的惊喜
哪怕他并不晓得自己存在过另一个时空

小　说

写完了小说，给一段
命运定下结局
而结局之后一定
还有故事
我和他的结局不在小说里
而故事是否能继续
不能确定……
其实，我们都不是左右命运的人
所以才选择写小说
想带他进入
我创造的世界里
按照理想的情节发展
我发誓！在这里给他想要的乌托邦
实现超越时空的柏拉图

我发誓！在这里只有属于我们的理想国

只有超越生死的爱琴海

我发誓……

我发誓……

这些只在小说中出现

我发誓！

回　家

你一定想象不出隆冬里的夕阳远比
七月里的晨曦来得更加热烈
那是值得人追赶的季节
人们纷纷踢踏出比任何时节
更轻盈欢畅的节奏
我在匆匆中注目留下一叠叠
背影的火车站
我听见鸟儿在啼叫
归去汽笛一遍遍鸣响
我看见潮汐不歇
一群群流动
这是腊月傍晚，夕阳澎湃
追逐归心似箭的行囊
我把一本粉色诗集递给
迎面而一言不发的女孩
她一身毛茸茸的装束，脸颊有些通红的干涩
我问她：你要去哪里？
她仰起四十五度角望了望

肩扛铁锹与重担的父母

我伸手抚摸她同我曾经一样

俊俏的马尾辫

羞红了脸回答我：回家！过年！

她环抱那本诗集，双手合十许下

新一年的心愿

寒风凛冽的冬天，汹涌火热的车站

是千万颗心沸腾的聚集地

回家吧！愿脚下的路，手中的书

都跟随心中的爱一起带回家！

过　户

老太太挎着帆布包面朝
确认的摄像头
儿孙用急切喜悦的眼神
在身后盼望她
在要求出示证件时
从帆布包里翻出各类与交易大厅
不相符的物品
浅绿色的保温瓶尤为突出

“老太太，您说呀，就两句话”
这如诅咒般的催促
正是他们殷切的期望
孙子期望着早一点成家
儿媳期望着早一点成为祖母
而浅绿色保温瓶里盛满了
一罐奶白色的热鱼汤
他们从不得知，老太太也惦记着
自己寄养在养老院的女儿

哭

千姿百态中
一种最烂的表现形式
把所有的悲伤、不满、抱怨、纠结
以及思念……
都集结于摔一跤
这太不公平
太过偏激

我可以理解那些给予的帮助
也很感谢帮助之后的好意……
但自尊却不容许
我一味接受
上帝创造了花草，是为了
让它散发出独特的芬芳
而并不是叫人一直去为它修剪

每个人是每个作品的造物者

它是花，还是草

在我看来并不重要

只是我所造出的，就是完整

毕竟泪也是在自己脸上滑落

有时挺倔强

一抬头，飞机从空旷中划过
一道闪电般轨迹
去哪儿了呢？和他人有什么关系！
引发心悸的
不过是闪电那般急促的痕迹
为何？我勾画好那么完整的蓝图
尽管它并不那么完美
自尊、人权、底线
使我宁可舍弃旁人的画龙点睛
其实也谈不上“舍弃”
反而一蹴而就，让感激变成愤怒，甚至
是厌恶……
这时候会觉得
孤独真是个好东西
因为没有干扰
没有了干扰
也就没有了绝对倔强的意象

预定爱情

许多年前就预定了一套房子
就是那种生长在草丛里的房子
独栋的，蓝顶的，有二层露台的
如今我带着父母、弟弟真的
住进了这套房子，享有权三天两夜
父亲母亲说：这应该是向往的生活
弟弟的喜悦却被夏虫惊扰
当然不止这些
还有舅舅和表妹
表妹蜷缩在抱枕旁泪眼婆娑
诉说成人之后第一次的逝去
这美好又该死的爱情让一个
小女孩的单纯与热忱渐行渐远
她说这份感情是父母预定好的
最终又打破在父母手中

我不作声，已然了解她真爱的心情

等她哭红鼻头

露台下的野花依附八月热浪摇曳

没有人告诉她

夏末最是适合成长的时节

朋友圈

前天晚上
大概也是这时候，零点五十几分
刷新朋友圈，刷出半屏的分享
如同破天荒的更新
难道是铁树开了花
那人第一次更新了朋友圈

这是半夜捡到的恒星
各种星或心无理由相撞
我听到了很多撞起来的声音
每一次都碰擦出缤纷的烟花
好像一个隔着屏幕的偷窥者
从时间到内容，或是次数
反复研究猜测
这么晚不睡是为什么
我本有困意，却心有戚戚
微信这令人复活的东西
眼睛喜悦了，手指沉默了

迷　信

右眼一直跳
一种迷信的预兆
数月内
三番五次出入康复医院
听小医师七荤八素地绕
其实也说不出个子丑寅卯
无非告诉你
肺活量太少
直到练就出一身病
才诊断出你肺、气都不好
再提醒多少年后
你会有更多的并发症
每次出来
都把人吓得一身冷汗
以非正常人的心态走出
这鬼一般的地界
总之，进了医院全是病
眼皮跳就是医院带来的
最不像话的迷信

气　短

去康复医院看病

几个跟我一般大的医生

在评估之后

得出了我说话气短的结论

听到了“气短”两字

第一反应是：

我又不是什么英雄

何来气短之说？

他们建议我用鼻子吸气，嘴巴吐气

保持三秒，反复二十分钟

可我哪来的气短

呼吸通畅不就行

我以为只是说说而已

不想这“90 后”的康复师当了真

看了病，居然有板有眼地

给我布置了家庭作业回家练习

开什么玩笑

自手术归来一切正常

连独居生活都不是问题
怎么一进康复医院
就都是毛病了呢
干啥啥吃力
一觉睡醒大口喘着气
原来这就是气短
潜意识下屏住呼吸
过了两秒才呼出一口气
这压根是过去不曾有过的毛病
难道一进医院全是病?

呼　吸

事实证明病
不能多看，更不能瞎看
花朵再鲜艳也经不起反复揉捏
所有无法得到矫正的康复，都是
反弹性的耍流氓
甚至比原状更加糟糕
这样很不好
让人对治疗越发恐慌
树下蝉鸣已喘不上气来
绝望
四周一切都不正常
导致精神开始腐朽
瞳孔见不得光
空气没法净化
一次翻身，换来一次窒息
仿佛是穿越了三十多年
又一次呼吸

都随火花去吧

念完小说第一章
多想把自己
和你们再吸进院里
再重新点燃一束烟花
放一放童年欢欣雀跃的炮仗

眼前炮仗轰隆四起
告慰天上
谁都不是地上的娃
时间终究还是如此可怕
几十年一晃
恍若烟花
聚集又坠下
吃的都是哀席
喝的尽是悲酒

放眼一周，各自有各自的家

各自说各自的话

却忘了，春天放不了冬天的烟花

彼此再无多说出的话

宁愿相信，自己是一束独立而骄傲的烟花

一路驰骋回到真正属于自己的地方

默念三遍：

任由他去吧，任由她去吧

都任由它们去吧……

这一年

一　月

像闷进了湖底屏住
一口气
终于冒出了尖
深深地吐出长达半世纪
或许更久的一口气
空气新鲜是因为
感受到时间还鲜活着
燕子在这个冬天是否飞得过
向往的南方
也许南方此刻正飘舞鹅毛大雪
也许它的目的地并非都是四季如春
也许闷在湖底的时候
我在思考：待冒出尖时
眼前的光景或许
是时候开垦另一片陆地

二　月

独白：

第三次进入混凝土地下

像过去很多次一样默不作声

在预料之下等待

情理之中的悸动

五层楼是多远

或许比理想中更远

窗外好像是阴天吧

我没有见着太阳

你距离我的现在过了好久

我的现在是你清晰可见的消息

我的现在依然是

你不可得知的沉寂

三　月

春天尚未到来，于我
还是停留在冬天的好
粉色系窗外光线偶尔
朝房间投影
我几乎可以确定那是
晴朗的
事实上，那段日子
很难相信
能遇上一个好天气
而有时笑容只
需要一线光就足矣
你亦如这不确定的光线
总是惊鸿降临，刹那追寻
于我始终只需要这偶尔就足矣
春天尚未来临，粉色系浸透在光里
不过是一个少女未曾改变的证明

四　月

太好了，有些小确幸

这个月我们

听了同一首歌

也不只是一首歌

应是一段太久远的回忆

久到我以为不再触碰

也就不必再有孤寂

你听得懂那些字字句句吗

就像我时常与你隔空相望或是对话

不只是相望或对话

而是追随与自语

你好吗？好！

也不好！

就是因为你太好了

所以

我是个怎么样都不够好的人

五　月

夏天到了
我“拍了拍”你
又在惊慌间撤回
我承认是无意的
我想见你是有意的
好吗?
你一定看得见我的忙碌
其实所有忙碌
于想起你之间都变得
碌碌无为
我“拍了拍”你
就好像从前猝不及防去看你一眼
而这一眼，三年五载
已成为梦中的久远
远是三天五天没有一点信息
几十小时抓耳挠腮的纠缠
纠缠也只不过是
我自己一厢情愿的固执

六　月

雨天
是绿色的
这个夏天入梅了
恍惚中又去见了你
其实不会
也不能见到

雨天
我们应该在雨天见过
你撑着伞在前面走着
多年后的一个清晨
一场细雨中
一声清脆
转身便是一身晴朗

雨天
地下空气沉闷
因此许多话只好永远沉默

此刻你在哪里

哪里就该闪烁属于人间的光

而我将留在雨中

不声不响

七　月

一切都还好

偶尔还能看见你的消息

我也开始忙碌

去陌生的地方接触陌生的人

看到了不同的阳光

原来世上也还有值得灿烂

而向往的人与自然

我开始改变自己

开始瓦解固执和消极

我明白

你不在意我的任何信息

没关系

反正从来我都是我自己

藏在混凝土地下的日子

越来越少

越来越远……

八　月

夏天已是逝去的青春

一切想起来很慌乱

很挣扎

这座依然还在

燃烧的城市

每日仍在

苦苦挣扎或煎熬

曾经是美好的，喜悦的

因为路过了年少

该有的风景

而今，期待的

不只是路过

祈盼是停

停下

停下了但愿是一个

开始

九　月

一段时间
一个月或是两个月
甚至是更久一些时间
是有些彷徨的也可能
是焦虑
多半还存在莫名的欣喜
欣喜你还在读我的诗

我以为在诗圈蹚了很久
我以为我已经进入
我也以为我就是个诗人
然而诗始终充满着仙气
写诗的那些人总有些不切实际
我也到过“帝都”“魔都”那种地方
霸气梦幻，在那里写诗的人
几乎没几个接得了地气
他们日常
喝酒、抽烟、写诗

以为啤酒滋出的泡沫就是诗句
香烟燃烧的烟雾就是
诗人吐露的秘密

你知道我无法抽烟
也吐不出象牙塔一样的烟雾
当然你也还没见过我喝酒
是能喝一些，但泡沫从未滋出
我还是只生活在了江南
就像你只带我看了山水
你读懂我的诗，明白我想说些什么
我却不能让你知道，其实
我也是个不切实际的人

十　月

从深秋到初冬

一切来得太快，一切

也来得太晚

周遭一直嘈杂，第二十四条

神经发出不安的信息

越来越觉得不太适合留长头发

会把思绪和生活弄得较为凌乱

这真不是理想的状态

极度不好

这个月写了一首诗

然后变成一种声音

至今藏在收藏夹里

会期待被听见

但如果这么藏着也并没有多遗憾

一切看开总是好的

一切自然发生也是可以的

十一月

这一切又结束了
这一切又开始了
来来往往，黑暗也存在黑的光
你得承认，过去的都很糟糕
你得承认，将来的未必会太好
你得承认，云朵迟早会幻化成水
坠入铁一般，清冷的柏油马路
马路上，依然有人穿行
有人哀愁，有人喜悦
有人继续流浪
流浪，是每个灵魂最终的宿命
宿命，正是
此刻，坠地的叶

十二月

时间与场景
之间，一次次
一再意外转换
从不觉严冬寒冷是
为了值得收藏
你看哪，四五点就暗下来的天
一定不是因为清冷的缘故
你看哪，黑幕下霓虹闪烁的大街
并非有尘埃在此狂热舞蹈
你看哪，朦胧雨中瑟瑟发抖的人啊
未必是饥寒交迫的情由
爱一个人
最遗憾事
途经半生你所走过的路
却没能再遇见你

诗与人的象征

原来你还在我心里

——记张爱玲百年诞辰

1

许多人认为孤傲，是你的代名词

孤傲，孤独的傲骨

的确很符合一个作家该拥有的个性

1920 出世，1995 离世

七十五年经历了什么，后人如何解读

也未必了解出事实与真相

尽管我想象不出，你若不是个作家

会成为一个怎样的人

就如同不是因为文学

我必然不会和你有所交集

上世纪的上海，曼璐、曼祯

或是世钧

他们是否真的存在，已然没那么重要

故事或事故，结局终归遗憾

你有你遗憾，你的“事故”亦成了当下的故事

曼祯说得没错：我们回不去了

……再也回不去了

2

人世间一向如此，越是纯粹越是会面目全非

白玫瑰和朱砂痣到底哪一个更令人念念不忘

写了一辈子，爱了一辈子

你和三毛很像，都是将自己埋进尘土里的人

变得很低很低，低到尘埃里

开出只有自己看到的花

我又何尝不是这样

人活着，不但写下了许多痴傻的文字

还会说出很多痴傻的话

痴傻的文字落在了纸上，痴傻的话

却连自己都不好意思听下去

包括我也觉得，但凡学会了写作

写再多再好也还是残缺不全的

就好像走着去见一个人

路走得再近，面见得再多

终会感叹，这路走得太远，见的时间太短

什么是值不值得，有什么值不值得

怎么计算在爱里的得与失

3

一个人不明白你的过去
当然不能原谅现在的你
只要还能重新相遇，哪里还顾得上值得与否
我们一再谈及爱，谈及宽容
如《圣经》箴言：爱是恒久忍耐，又有恩慈
没错！因为爱过，所以慈悲
即使千疮百孔也足以忍耐
直到把折磨炼为一种习惯
习惯到感受不到疼痛
我懂得你的不易，理解你的为难
所以我更愿意宽容地看待一切

我穿着爬满蚤子的华服放肆地笑
也不想独自躲在黑暗里哭
我要全世界陪我同声笑
也许，在那么多笑声中
是不是也会有一个声音从你喉结发出

时代的列车轰隆隆地往前开

窗外风景一路往后退

假如在恰逢其时转身

我是否也能说上一句：

哦！原来你还在我心里

短歌吟

烈　日

五六点就裸露窗台

仿佛长夜从未黑暗

你实在不用提醒我

当下是如此灿烂

毕竟，半夜梦醒

我看到的仍旧是黑暗

蝉　鸣

一声鸣叹便长达三个月

是要把一年的话都说完吗？

或是只发出一个音

就概括了

纠结的一生！

阶　梯

某个晚上，出去散步

突然灵光乍现
总觉得九号是个什么日子
突然“喵”的一声
一只流浪猫
从十几级台阶下飞奔上来
哦！原来那年那天
也见到过类似的场景

车　站

一不小心
目的地就挪动了位置
204 公交车不见踪影
尾气与热浪
此刻，是一种气息

时间之弧

在这么多年后
它依然在眼前站立
安静、泰然、无所事事
风吹日晒
浓漆褪色，标牌更改
容颜也有了时间弧度

树

它固执地立在原地
绿茵茵，黄灿灿
一直到皑皑白雪
炎夏，眼下
再次显现绿意盎然
一直到枯枝败叶
莫怪
孤独患者，只能自我拉扯

歌

过去的歌
不适合走在街上听
好天气、坏天气
都不要听
万一跟随旋律
走到熟悉的地方见不着人
可怎么办呢？

日　记

十年前的事了
有时一周写一篇

有时一月写五篇
最好的是天天都在写
内容，天气，人物
都是同样的
却就是那么快乐的事

短　发

重新理解了
“从头开始”的意思
从头改变
只是过了这么久
改变还是停留在头上

咖　啡

一杯黑色的苦涩
怎么能喝出那么多
浓醇记忆
拿铁、摩卡、卡布
好几个冬夏轮番喝过
那时味道是苦，亦甜

可　乐

后来我一个人
都不喝咖啡了
如颓废一样
贪婪着气泡跟糖精
因为这种感觉更清爽
也干脆

吃　草

周五邀约朋友
共进午餐
心里盘算菜单
这燥热的天气
还是吃草为好
顶多加片肉
才够象征性
意识到人间烟火

忆封情书三五行

(一)

为了看你一眼

无数次等待

连偶然都变成一种侥幸

(二)

谁说喜欢就非得表白

这是我一个人的事情

干吗一定让你知道

就算知道了，又怎样?

(三)

念念不忘

没有回响

有的只是无底洞的思念

（四）

暗恋

果然很暗

暗到连出口也找不到

（五）

别告诉我

你从没喜欢过我

是真的我也不信

（六）

有爱是任性

没爱是矫情

我不任性也不矫情

（七）

单恋的感觉

就是明知道前方看不见光亮

却还坚持一条道走到黑

（八）

我始终相信爱一个人可以没有理由

因为有理由的爱

便是不单纯的爱

（九）

一个人的爱情，也挺好的

不用挣扎吵架，不用担心分手

就这么假装不经意看着你，已是幸福

（十）

等待你出现

就像是拿无数次空欢喜

换上一回偶然的真欢喜

所有的一切就都值得了

（十一）

寂寞太久，也想找个人依靠一下

偶尔撒个娇，偶尔偷个懒

但那并不是爱

只是需要一个地方可以歇息

或许，真爱是不允许人偷懒的

（十二）

人生无常

谁知道下一秒会发生什么

谁知道明天会遇见怎样的你

谁又知道，遇见你后

我还是不是原来的自己

（十三）

上一秒还能让你愁眉苦脸

下一秒又能让你欢天喜地

有这么大能力的人

恐怕这世上除了你，也没几个了

（十四）

知道吗？我有双明亮又清澈的大眼睛

就在茫茫人海中，只看背影

我就能一眼捕捉到你在哪里

（十五）

虽然没有看过《来自星星的你》

但是当和你在一起的时候

时间是真的可以静止的

要是，一直静止着该多好

（十六）

《滚蛋吧！肿瘤君》中男主角对女主角说

你不是我，你不会明白你对我的意义

现实中，我不可能是你的女主角

你也不是我

所以，你也不会明白你对我的意义

（十七）

不要问我为什么喜欢你

就算你是我虚构出来的

也是我喜欢的，没有理由

我都没有问你

为什么不喜欢我

（十八）

记忆是个可以选择的怪东西

似乎永远只记得有你的画面

其他人，都打上了马赛克

（十九）

有一天，梦想成了真

一定是个比梦幻

还要美的梦境

（二十）

我是个不爱活在童话里的人

直到有你的出现

才让我相信这个世界是真的有王子的

（二十一）

从不敢设想能长相厮守

只是在遇到你的那一刻

就已经是天长地久

（二十二）

爱你

是一种无药可救

欲罢不能的贪婪行为

（二十三）

爱情，可以救赎一个人

同时也能毁灭一个人

而爱，却能成全一个人

（二十四）

看不见你的时候

觉得全世界都在跟我作对

可是，一旦你出现了

就觉得全世界都是我的

（二十五）

青涩的年华里

也曾收到过情书

不过，自己写的都是

无法寄出的情书

（二十六）

天上的云朵

勾勒出一颗心的画面

画面很美

美到遥不可及

（二十七）

时刻做着虐心的准备

在不属于我的地盘

继续死皮赖脸，横行霸道

（二十八）

认识你之后才发现

几年、十几年的时间都太短暂了

还未来得及跟你促膝长谈

时光就“嗖”一下过去了

（二十九）

如人饮水

冷暖自知

你又如何能体会

等在冷风中的我有多寒战

（三十）

明明是晴空万里的天气

却时常因见不到你

淋着倾盆大雨失落而归

（三十一）

也许，每个人手机里都有

一串倒背如流，却永远不敢拨出的号码

那个人你可知道，我们拨不出的叫作不打扰

（三十二）

我许诺

哪怕不能和你一起相守白头

也要看着你白头偕老

（三十三）

人在遇到生命中的挚爱时

才会真的明白什么叫

人生苦短相见恨晚

（三十四）

如果因为我任性的爱

而让你困扰与不安

我想，我一定不能原谅自己

（三十五）

爱上不爱自己的人

就像是一场心甘情愿的自虐

有人虐心两三年

有人虐心一辈子

（三十六）

不愿爱得肤浅

也不愿爱得深邃

静如水面刚刚好

（三十七）

忽然发觉“你若安好，便是晴天”

其实是一句特别空洞的话

都不具备让你安好的能力

怎么能算是晴天

（三十八）

不知道什么才算是好的年纪

但知道，遇见你的时候

一定是最好的年华

（三十九）

能够和爱的人相处的时间

再长也是瞬间

再短也是永恒

（四十）

一年只有一次春夏秋冬

一辈子只有一个人

让你真正体会春夏秋冬

（四十一）

暗恋是一场

百年的孤独

千年的等待

（四十二）

每一次相见

哪怕只隔了二十四小时

都像是等了很久的重遇

（四十三）

一辈子能碰到一个真爱的人

是非常艰难又特别幸运的事

所以才叫作难能可贵

（四十四）

因为知道难能可贵

所以，每一次见到你

我都以一百二十分的笑容对待你

（四十五）

歌中唱过，没有什么永垂不朽

然而，你对于我

却是永远不朽的

（四十六）

终日漂荡在你的海中

可是却始终达到不了

属于你驻守的彼岸

（四十七）

电影看不到的结局

都是遗憾

人生爱不到的人

都不美满

（四十八）

这些年以为自己爱了一辈子

许多年之后

才发现爱无法重叠

爱过了，这一生也就结局了

（四十九）

我本无梦

有你才有了梦

所以，我只是个活在梦里的人

（五十）

多少次翘首企盼

与爱的人相见

只为那一刻的点头之交

（五十一）

越是深爱的人

越是要表现得淡然

激动与喜悦的心情

留到躲进房间狂欢吧

（五十二）

那一刻，我仿佛看到了
王子骑着白马来
可惜，我并非是公主

（五十三）

爱一个人
可以爱到面不改色心不跳
这种感觉连自己都心疼

（五十四）

什么是爱屋及乌
就是连你停路边的单车
都恨不得回头多看几眼

（五十五）

能跟心心念念的人相遇
就算只是萍水相逢
又何尝不是种幸运

（五十六）

你在天黑之前出现

就像是一盏灯

照亮了整个夜晚

（五十七）

发乎于情止乎于礼

要么是深爱

要么是不爱

（五十八）

真正的爱情

不是朝朝夕夕就足以深厚

而是爱到花甲古稀都不够

（五十九）

每次又见到你

都觉得像经过了

半个世纪那么漫长

（六十）

不切实际的爱情

像一场走不完的流浪

从孤独走向绝望

（六十一）

每当转换季节时

我都会蓦然感叹：

这样的气候

多适合去见一见你啊

（六十二）

我们之间是这么沉默

现实中微笑点头

网络里刷屏点赞

不！更多时候

只能隔屏观望

（六十三）

顾城说

我们站着不说话就十分美好

确实如此

我们站着不说话

就一辈子不会说出

不该说的话

（六十四）

别人是漂洋过海来看你

我是用十倍的距离和时间

才等来一回隔空相遇

这也算不虚此行吧

（六十五）

时间因为别离而仓促

每当经过路口

被石子颠簸一下

也会想起你匆匆说

“你好”

（六十六）

你好吗？

当然很好

好到麻痹了所有的不好

（六十七）

没有必要对不起

就像

无法开口我爱你

（六十八）

或许每个人都应该

拥有一个主题

每个主题的名字

并非都叫作爱情

（六十九）

算起来都挺遥远的

有的隔海

有的隔时差

还有的隔岁月

（七十）

努力地融进喧嚣

积极地忘掉纷扰

请告诉我世间

依然留存关于你的美好

（七十一）

你是否明了

等待会让人变老

永恒却没有迟到

（七十二）

什么乘风破浪

怎么跨越海洋

净是些夸大其词的谎话

我说，忘了你，活得自在潇洒

何止是闪烁其词的谎话

（七十三）

愿青松长青

愿江河长流

愿长夜有星光

愿四季总晴朗

更愿你比我幸福

（七十四）

我喜欢你

喜欢到

舍不得浪费你的生命

（七十五）

给予我独立表达的平台

做我与外界交流的媒介

对我投来认可的笑容

建立了我面对人群的自信

但愿你就是那个走进内心的人

（七十六）

怎么也没有预料到

有一天你会像一束光

不动声色地照了进来

（七十七）

当情绪奔涌的时刻

就不要克制了吧

毕竟值得澎湃的时刻

真的已经不多了

（七十八）

因为不虚此行

所以期待不期而遇

总 序

内蒙古自治区位于中华人民共和国北部边疆，与黑龙江、吉林、辽宁、河北、山西、陕西、宁夏、甘肃八个省、自治区毗邻，北部和东北部与蒙古国、俄罗斯接壤，有4200多公里的国境线。面积有118.3万平方公里，占全国总面积的12.3%，在全国省区中面积仅次于新疆和西藏，居第三位。在这广阔的地域上居住着蒙古、汉、回、满、达斡尔、鄂温克、鄂伦春、朝鲜、俄罗斯等诸多民族的人民，其中蒙古族是自治区实行区域自治的民族。

内蒙古地区主要是高原地带，大部分地区均在海拔1000米以上，这里有东北部的呼伦贝尔高原、北部的锡林郭勒高原、中北部的乌兰察布高原、西部的巴彦淖尔至阿拉善高原、西南部的鄂尔多斯高原。

内蒙古的戈壁、沙漠早已闻名于世。阿拉善高原的巴丹吉林沙漠是我国三大沙漠之一，巴彦淖尔到阿拉善高原的腾格里沙漠、巴音温都尔沙漠、乌兰布和沙漠、鄂尔多斯高原的库布其沙漠都是举世闻名的荒漠景观。

内蒙古是一个多山脉的地区。历史地理学家亦邻真教授对内蒙古地区的主要山脉有这样的描述：纵贯自治区东半部的大兴安岭、横亘中部的阴山山脉和西南部的贺兰山脉。这些山脉山岭绵亘，延续不断，长达2600多公里，形成了内蒙古高原的地貌脊梁。大兴安岭以洮儿河为界，分南北两段，北段约长670公里，有伊勒呼里山、雉鸡场山等，南段又称苏克斜鲁山，长约600公里。阴山山脉包括大青山、乌拉山、色尔腾山和狼山。贺兰山脉长270公里，主峰达胡洛老峰高3556米，是内蒙古最高的山峰。

内蒙古有许多河流。黄河自宁夏石嘴山流入内蒙古，又从内蒙古准格尔旗榆树湾流出内蒙古辖境，这段干流长达830公里。黄河大小支流在内蒙古鄂尔多斯高原、河套平原和土默特平原上有乌加河、昆都仑河、大黑河、浑河、乌兰木伦河、红柳河等等。中部地区有永定河的上游和滦河的支流。正蓝旗境内的上都河就是滦河的上游，长约254公里，元上都遗址在上都河北岸。在东部区辽河上游西辽河的主要支流都在内蒙古赤峰和通辽地区。嫩江是内蒙古东部最大的河流，它的重要支流都在内蒙古东北部。黑龙江的上段额尔古纳河，长达540公里，经呼伦贝尔草原西部和北部蜿蜒汇入黑龙江。

内蒙古地区具有世界上罕见的富饶的天然牧场，这里的草原像亚欧中部和南美洲、北美洲的草原一样，都是极好的畜牧基地。它在我国五大草原中居于首位，面积达88万平方公里以上，超过全区土地面积的74%。当春光明媚的季节来临时，这里的草原分外美丽，在蓝天白云的下面，一碧千里，无边无际。

在内蒙古一望无际的大草原中间，既有明镜似的大湖，也有星罗棋布的小泊和碧水澄清、芦苇丛生的海子。呼伦湖是内蒙古最大的淡水湖，蒙古语称之为“达赉诺尔”，意为海湖，面积2200平方公里，盛产多种鱼类。还有一个贝尔湖，蒙古族称这两个湖为姊妹湖，呼伦贝尔草原即因这两个湖而得名。此外，还有河套平原的乌梁素海、哈素海，察哈尔草原的岱海和黄旗海等海子，克什克腾旗的达里湖，锡林郭勒草原的库勒查干淖尔、额吉淖尔，额济纳旗的居延海（嘎顺淖尔和索果淖尔）等等。

内蒙古的高原地带有广阔无际的平原，内蒙古著名的两大平原即河套平原和土默特平原。自清代以来，尤其是中华人民共和国成立以来，在这两个平原上开辟沟渠，引黄灌溉，形成著名的“塞上谷仓”。此外，内蒙古大兴安岭中段的松嫩平原属于草甸草原或森林平原，发育着肥沃的黑土，适于畜牧和耕作。

在内蒙古有着丰富的矿产资源。很长时间里，“东林西铁，遍地是煤”，这是内蒙古人形容家乡自然资源的引以为自豪的赞美之词。所谓“东林”，是指内蒙古东部呼伦贝尔境内大兴安岭的林区。大兴安岭是内蒙古的绿色宝库，它南起松辽平原，北抵中俄边境，纵横1400多公里。这里有童话般波澜起伏的原始森林，生长着银白色的白桦树，高达30米的“兴安落叶松”，内蒙古人自豪地称：“兴安岭上千般宝，第一应夸落叶松。”兴安岭是落叶松的海洋。所谓“西铁”，是指内蒙古西部包头至白云鄂博，集宁至二连浩特两条铁路沿线的黑色金属矿产之一的铁矿资源，它是钢铁工业的基本原料。包头地区的矿产资源丰富，白云鄂博矿是座举世罕见的多金属共生矿床。铁储量占内蒙古自治区总量的一半，为包钢主要原料；稀土储量居世界首位，被誉为世界“稀土之乡”，为包头钢铁稀土公司的原料基地。所谓“遍地是煤”，是指内蒙古地区煤炭资源分布广泛，煤炭储量8000亿吨。集中分布在呼伦贝尔、通辽、锡林郭勒、赤峰和鄂尔多斯等盟市，几个大煤田的储量占自治区总量的95%以上。上述地方的煤田厚度大，埋藏浅，易于露天开采，国家5大露天煤矿的4个就在其中。东胜煤田的精煤和阿拉善盟的无烟煤（太西煤）以质优著称于世。此外，内蒙古天然气储量1.67万亿立方米，煤层气储量10万亿立方米，石油储量6亿吨以上。风能可开发量占全国一半以上，目前风电装机1670万千瓦，居全国首位。光能资源居全国第二位，稀土储量居全国第一。内蒙古有耕地1.07亿亩，人均4.4亩，居全国首位，牛奶、羊肉、山羊绒、细毛绒等特色优势畜产品产量多年来居全国第一位。

在我国历史上，内蒙古地区是一个有许多北方少数民族聚居，创造了丰富多彩的草原文化的地区。经过多年研究，我们提出的草原文化同黄河文化、长江文化一样，是中华文化的主源之一，是其重要组成部分，是其发展的重要动力源泉的基本观点，已经得到各界的认同。内蒙古是中国北方草原文化主要发祥地和传承地，在历史的长河中，北方众多的草原民族在这里一个接一个地演出了有声有色的历史剧，对中国历史和人类文化宝库做出了重要贡献。旅游业是反映和展现历史文化宝库的一个窗口，从这个窗口我们可以看到昔日富有特色的文明史，独具魅力的人文景观，雄伟壮丽而奇秀多姿的大自然，丰富多彩的各民族文化的交往、渗透及其内涵。具体到草原文化的荟萃之地内蒙古来说，文化宝库的这个窗口不仅重要，而且最直接反映了内蒙古草原文化的丰富内涵。所以我们说，它确有得天独厚的诱惑力。2013 年 3 月内蒙古自治区党委确定的“8337”发展思路中，提出要建设“体现草原文化、独具北疆特色的旅游观光、休闲度假基地”，为内蒙古旅游业的发展指明了方向。我们编写这套《内蒙古旅游文化丛书》正是贯彻、响应“8337”发展思路，助推内蒙古文化旅游大发展的一个重要举措。

古人说：“读万卷书，行万里路。”对古人来说“行万里路”是非常艰难的事，然而对今天的人类而言行万里路已不再是困苦之事。今天，旅游已经成为人们生活中不可或缺的内容之一。在我国历史上，许多中原地区的官员、学者、文人墨客以及西方探险家们，都曾怀着各种不同的愿望，到内蒙古地区考察观光，并把他们的所见所闻记录下来，流传于后世。史学家把这些所见所闻的记录称之为“行记”，用今天的话来说也就是“旅行记”吧。毫无疑问这些“旅行记”是了解古代内蒙古地区历史文化遗产的珍贵史料。然而由于当时的条件，这些“旅行记”存在着历史时空的局限，流传面窄，一般读者很难看到；另外有些“旅行记”并非印本，只是一代一代靠传抄留世，所以讹误甚多，寻找和阅读均非易事，尤其对一般旅游爱好者来说，甚为不便。我们想，“读万卷书”和“行万里路”同等重要，不仅需要通过旅游——“行万里路”获得感性认识，而且需要通过读书获得理性认识。我们编著《内蒙古旅游文化丛书》的目的，在于尽可能深入挖掘和全面系统地整理内蒙古的旅游资源，更好地提供为内蒙古旅游业服务的新优佳旅游文化产品。当然，我们在编写过程中注意到，内蒙古素有“中华文明曙光升起的地方”、“北方游牧民族的摇篮”的美誉，承载了内涵丰富、特色浓郁、建构完整的草原文化，所以，丛书特别注意了历史与现实主旋律的有机结合。因为在内蒙古这块土地上生活的各民族人民的历史活动是中华民族历史的一个重要组成部分，蒙古民族的历史活动，对于世界历史产生了巨大、深远的影响。正因为有如此恢弘的历史，在他们悠久的文明史上产生了多元、多层次的文化积淀形态，这种文化积淀形态直到今天仍然是中华民族优秀传统文化中最具魅力的文化瑰宝之一。

为此，《内蒙古旅游文化丛书》的内容，依然以内蒙古地区是中国北方草原文化发祥地、传承地这一历史特色为主，将与草原文化相关的人文景观、自然景观、名胜古迹、风物民俗等方面分成十三个专题，以专题分册，图文并茂，专述专论，以此呈现内蒙古各民族历史文化之真实，以飨读者。

《内蒙古旅游文化丛书》是 2002 年提出并实施编著工作的，作为内蒙古社会科学院年度重点课题之一，其倡议者是时任内蒙古社会科学院院长刘惊海教授。这套丛书的总设计和策划归功于他。该丛书由内蒙古人民出版社在 2003 年出版后，产生了良好的社会效应。2012 年，经内蒙古人民出版社与内蒙古社会科学院商定，予以重新编撰出版。参与初版编写和新编丛书的作者群，以内蒙古社会科学院的中青年学者为核心，同时邀请了内蒙古大学、内蒙古财经大学、内蒙古自治区民委、内蒙古文物考古研究所、呼和浩特市人大常委会和呼和浩特博物馆等单位的数位专家学者参与。此次《内蒙古旅游文化丛书》的新编部分分别由一位或几位作者执笔，这些作者都是在各自学科领域中有专长、有建树的专家学者。为了丰富本丛书内涵，这些作者以可信的历史资料为凭据，涉猎中外游记、考古方面的众多文献，并佐之以深入实地调查、民间采风，从而使之成为融历史真实性与科学性、知识性与趣味性为一体的旅游文化读物。本丛书坚持普及与提高相结合，并加入触景生情引发出的民间故事、神话传说与人物典故，从而达到扩大旅游者对内蒙古的感性认识和理性认识的目的，成为旅行者随身携带的导游手册，成为放入行囊带给亲友的一份厚礼。我们认为，这是此套丛书的独到之处。当然，由于时间仓促，水平有限，丛书中也许会存在一些问题，如，在旅游知识的深度和广度，内容的相互衔接，表述风格的一致等方面，尚有待于提高。

新编《内蒙古旅游文化丛书》是首次出版发行的以内蒙古地区历史和文化为主要内容的旅游文化丛书。我们编写这套《内蒙古旅游文化丛书》，既是为了满足当前国内外旅游业蓬勃发展的需要和旅游者的渴求，也是为建设内蒙古体现草原文化、独具北疆特色的旅游观光、休闲度假基地做一份贡献。我们希望这套丛书，能够成为海内外广大旅游爱好者，包括内蒙古自治区各旅游景区导游工作者在内的旅游系统从业人员，以及高等院校、中等专业学校旅游专业的师生等广大读者喜爱的读物，我们认为这是极有意义的工作。我们作为本套丛书的主编，感到十分荣幸。受到内蒙古人民出版社和丛书诸位编著者的委托，当这套丛书新编出版之际，写了上面一些话，权以为序。

马永真 乔吉

2013 年 11 月于内蒙古社会科学院

前　言

《天边那绚丽的彩虹》是内蒙古旅游文化丛书之一，是由2003年版内蒙古旅游文化丛书中的《来自森林草原的人们——达斡尔族、鄂温克族、鄂伦春族风情》的《天边那绚丽的彩虹——鄂温克族风情》部分增加内容和照片后的重版。

在旅游成为人们生活中不可缺少的今天，旅游者在民族地区观看秀丽多姿的自然景观同时，体验当地古朴醇厚的民俗风情，了解延绵悠长的民族历史文化，观看热情奔放的民族歌舞竞技等，都能为旅游者带来不虚此行的感觉。

鄂温克族是我国北方少数民族，也是跨界民族。在中华人民共和国成立之前，被分为索伦、通古斯、雅库特三个部分，1957年在中国共产党的民族政策光辉照耀下，统一恢复了自己的自称——鄂温克。鄂温克族也是我国唯一使用驯鹿的民族。鄂温克族有语言，没有文字，语言属于阿尔泰语系，通古斯—满语族，通古斯语支（即鄂温克语支）。清代，鄂温克族为反对外国入侵、保卫祖国边疆、划定祖国版图、平定叛乱、维护祖国统一做出了贡献，并付出了巨大的民族牺牲。

在17世纪以前，鄂温克族除了有狩猎文化、驯鹿文化外，已经存在有农业、牧业、渔业、手工业、采集等多种经营的物质文化。

在传统交通工具方面，鄂温克族传统交通工具除了用驯鹿拖带物品外，还有牛马牵引的勒勒车（即大轮车）、桦树皮船、木船、滑雪板、四轮车、米日干车、爬犁（雪橇）等。

鄂温克族传统民间文学方面，有人类起源、民族起源等各方面的传说故事，有多种谚语、谜语。

在教育方面，除有各种形式的家庭教育以外，从康熙三十四年（1695 年）开始，清政府在齐齐哈尔、呼兰、墨尔根、黑龙江（瑷珲）四城设学堂，每佐领下一名幼童到学堂上学，后来各地学校逐渐增多。

鄂温克族传统歌舞有：鲁日格乐舞、斡日切舞、爱达哈喜楞舞（公野猪搏斗舞）、熊斗舞、萨满舞、巴勒图克卡南舞（跳虎舞）、勃尤辛•额黑勒仁（猎人舞）、篝火舞等舞蹈形式；民歌有扎恩达拉嘎（民间小调、山歌之类的民歌）、尼玛罕（叙事民歌）、萨满调等。现在，热妮娅（古香莲，女）成为“鄂温克叙事民歌”的自治区级代表性传承人。

获批的鄂温克族国家级非物质文化遗产有：《鄂温克族民歌》（鄂温克叙事民歌）、《鄂温克抢枢》、《鄂温克驯鹿习俗》、《桦树皮制作技艺》、《鄂温克萨满舞》、《鄂温克族瑟宾节》等；哈森其其格为《鄂温克抢枢》项目国家级传承人。2008 年，国家文化部命名的“中国民间艺术之乡”中，鄂温克族自治旗被命名为“歌舞之乡”；根河市敖鲁古雅鄂温克民族乡被命名为“木雕之乡”。获批的内蒙古自治区级非物质文化遗产还要更多，项目代表性传承人也有 10 人之多。

在当今世界存在的文化多样性中，鄂温克族也创造了以万物有灵为主导思想的萨满文化。17 世纪，俄罗斯人在西伯利亚地区遇到鄂温克人后，萨满一词也被传向世界。美国哈佛大学张光直教授在他的《考古学专题六讲》中提出：“萨满式的文明是中国古代文明最主要的一个特征”。生活在“第四世界”的鄂温克族曾以信仰万物有灵为主导思想的萨满文化，并产生了以萨满文化为中心的自然生态观和精神生态观。由萨满文化产生的人与大自然、与天地同在的天人合一的思想，创造了人与自然界的和谐关系。萨满文化也对人类社会的和谐安定产生了一定的作用。

吕光天先生执笔的《鄂温克族简史》中，把从事农业生产和牧业生产的鄂温克人都列入到已经进入“宗法封建社会”阶段，从事狩猎生产的鄂温克人还处于“原始社会”阶段。从而在中学生《思想政治》课本（旧版）中认为鄂温克族在“解放前处于原始社会阶段”；新版的中学生《思想政治》课本中认为鄂温克族在“100年前处于原始社会阶段”。已经进入“宗法封建社会”的大多数鄂温克人，随着不到200人的从事狩猎生产的鄂温克人都变成了在“100年前处于原始社会”的阶段。《鄂温克族简史》中，对黑龙江省讷河县嘎布卡地区（今兴旺鄂温克民族乡）鄂温克人的记载为“粮食商品化和生产力的提高，促进了地主经济的发展。……‘阿米达巴音’一家雇长工最多时达五六十人，农忙时还雇短工。后来他将大部分土地交由汉族佃农耕种。四马村的全部汉族农民，都是这家‘巴音’的佃户”。早已进入“封建社会”的汉族农民，怎么还会变成处于“原始社会”鄂温克人的佃户呢？以上书籍对鄂温克族的介绍不相互矛盾吗？看了《天边那绚丽的彩虹》一书以后你会有什么想法呢？

对于鄂温克族的起源，也有贝加尔湖流域起源说、兴凯湖流域起源说、黄河流域起源说、起源于古代民族肃慎等几种说法。一些鄂温克族名人也各抒己见，争论不休。看了本书以后你又会同意哪种观点呢？

编著者

2013年12月

目　　录

天边那绚丽的彩虹
——鄂温克族风情

TIANBIAN NAXUANLIDE CAIHONG
——E WEN KEZU FENGQING

一、从森林草原走来（概况）

你知道我国有饲养和使用驯鹿的民族吗？你想了解他们吗？那就跟我来吧！

在我国北方的大兴安岭及相邻的草原地带，居住着我国唯一使用驯鹿的民族。在历史的长河中，他们虽然分散为几个部分，生产、生活方式也产生了一定的变化，但他们祖祖辈辈都自称为“鄂温

克”。

“鄂温克”这个自称，具有“住在大山林中的人们”、“住在山南坡的人们”、“下山的人们”等几种解释。

中华人民共和国成立以前，我国的鄂温克族被分为“索伦”、“通古斯”、“雅库特”三部分，这三部分人有共同的语言和风俗习惯，并且祖祖辈辈都自称为“鄂温克”。1957年，在党的民族政策光辉照耀下，根据鄂温克族人民的愿望，这三部分人统一恢复了自己的自称——鄂温克。

鄂温克族是个勤劳勇敢智慧的民族。鄂温克族人口较少，据2000年第五次全国人口普查，我国共有鄂温克族30505人。其中在内蒙古自治区有26201人，约占全国鄂温克人的86%。内蒙古鄂温克人的97%在呼伦贝尔市，有25418人。在黑龙江省讷河市有兴旺鄂温克民族乡，第五次全国人口普查，黑龙江省的鄂温克族人口为2706人。在清乾隆二十八年（1763年）和二十九年（1764年）两批索伦兵丁1000人（其中有达斡尔兵丁500人）携带眷属到达新疆伊犁驻防，并组成索伦营。但因天灾人祸，到中华人民共和国成立时新疆的鄂温克人所剩无几，第五次全国人口普查，新疆维吾尔自治区的鄂温克人口为72人。

中华人民共和国成立后的50余年间，有一部分鄂温克人陆续到全国的其他一些城市和地区居住，据第五次全国人口普查，除了西藏自治区没有鄂温克人以外，全国各省市都有鄂温克人居住。

鄂温克族语属于阿尔泰语系通古斯——满语族通古斯（鄂温克）语支，没有本民族文字。分为布特哈、莫尔格勒、敖鲁古雅等三大方言。其中布特哈方言即“索伦”（鄂温克语），又分为辉河、伊敏、莫和尔图、阿伦河、诺敏河、雅鲁河、讷河等地方方言。在索伦鄂温克语中，阿伦河、诺敏河方言中鄂温克语词汇的保存和发音都比较好；讷河方言中虽然鄂温克语词汇保存的也比较多，但有时稍微使用一些达斡尔语词汇，说话发音比较慢，语调稍微类似于达斡尔语；在辉河、伊敏、莫和尔图方言中，说话发音比较快，但蒙古语词汇的使用要多于其它地区。在莫尔格勒方言中，布里亚特蒙古语词汇比较多，是鄂温克语和布里亚特语的混合性语言，有时还使用少量的俄罗斯语。敖鲁古雅方言中使用俄罗斯语词汇稍多于其它两个方言。三大方言的主要差别在语音方面，在词汇方面也存在一些差异。在清代索伦鄂温克人在使用本民族语言的同时，使用满语为多。现在，牧区的鄂温克人使用本民族语言外，使用汉语和蒙古语（在解放初期使用蒙古语为多），其他地区的鄂温克人在使用本民族语言的同时，也使用汉语。

由于鄂温克族自己没有文字，对本民族在历史上的踪迹，只能参考其他民族的记录。对17世纪以前的各种记载，学者专家们提出了各自的观点。

在漫长的历史岁月里，鄂温克族由于频繁的迁徙，他们的活动范围很广，形成了大分散、小聚居的分布格局。

17世纪初，对鄂温克族的记载已经非常明了。在明末清初时，我国的鄂温克族就已经分为三支：一支是居住在黑龙江上游，石勒喀河至精奇里江及外兴安岭一带的鄂温克人，被称为“索伦部”，索伦鄂温克人是我国鄂温克人中最多的一部分；第二支是通古斯河、赤塔河

至石勒喀河一带的使马鄂温克人，被称为“喀木尼堪”或“哈姆纳干”，他们就是被称为“通古斯”的这部分人，闻名世界的“通古斯大爆炸”就发生在他们居住的地区；第三支是贝加尔湖东北勒拿河流域的使鹿鄂温克人，被称为“使鹿的喀木尼堪”或“索伦别部”等。

清朝时期，中俄不平等的《尼布楚条约》（1689年）、《瑷珲条约》（1858年）、《北京条约》（1860年）等，使人口不多的鄂温克人，形成跨界民族。

1. 索伦分支。据史禄国的《北方通古斯的社会组织》中，根据达斡尔人的传说记载：“那时，在沈阳地区有一小股北方通古斯（洪阔尔索伦）势力，不用说是被大辽消灭了。……因为达斡尔人认为，在大辽建国之前，在满洲地区一个北方通古斯小集团(洪阔尔索伦)原来就有了自己的政治组织”。说明在辽代以前被称为“索伦”的鄂温克分支就曾在我国东北地区活动。根据达斡尔人的这种说法，被大辽消灭的索伦鄂温克人在沈阳地区的政治组织，应该是“渤海国”。这种说法和乌云达赉的《鄂温克族的起源》中的说法也相吻合。

清代的一些文献认为“索伦”和辽朝也有一定的关系，据何秋涛的《朔方备乘》一书中的（索伦诸部内属述略）中记载：“所谓索伦，未辽之后裔，散处山谷，挽强命中洞兕虎迹奔兽，雄于诸部”；在宣统元年（1909年）出版的《呼兰府志》中的（人物略）、民国8年（1919年）出版的《龙城旧闻》中的（民族）、民国九年（1920年）出版的《瑷珲县志》中的（人物志）、民国12年（1923年）出版的《呼伦贝尔志略》中的（民族）中都有：“索伦辽裔，汉语通古斯，俄语喀穆尼汉，皆索伦也”的记载；据民国21年（1932年）出版的《黑龙江志稿》中的（经政志）和（文艺志）中都有：“若黑水则种族繁矣，隋唐之际，靺鞨七部，黑水白山同出肃慎，而南北异栅，辽之先八部，其后析为二十部，达呼尔、索伦同承遥辇，而亲疏异属”的记载，说明“索伦”鄂温克人的祖先和辽代也有一定的关系。

据中华民国时期，中东铁路经济调查局编的《呼伦贝尔》（1929年编）一书中的（民族）部分中记载有：“索伦（译汉意即由上来临之意）为最古通古斯族，肃慎之遗裔，乃满人之先祖也，此族之城池，前曾遍布于满洲全部，即渤海王之京城上京（现之宁古塔），亦原为肃慎之古城，就中国史册考察，索伦之移居于黑龙江省，远在西历第1世纪之时，而迁来呼伦贝尔，则始自西历1732至1733年间，即雍正十年”。

明朝于永乐年间，在索伦部地区设立了乞塔卫（赤塔河流域）、坚河卫（根河流域）、兀里溪山卫（涅威尔河流域）、卜鲁丹卫（博罗穆丹河流域）、古里河卫（吉市柳伊河流域）、阿剌山卫（吉雅河中游的阿拉山区）、脱市河卫（脱市河流域）等卫所，管理索伦部地区。

17世纪初叶（明末清初），索伦鄂温克人居住在黑龙江上游及石勒克河、精奇里江、外兴安岭顶部以南一带。鄂温克族就已经与后金政权有较多的来往，1636年后金改为清。由于清太宗非常清楚索伦部首领博市博果尔（又写为博穆博果尔）在索伦部所属广大地区的影响之大，恐其势力日益强盛，对于巩固黑龙江的统治不利，在1639年12月发动了历时三年半征服索伦部的战争。索伦部首领博市博果尔带领6000人的索伦军队与萨穆什喀（清军左翼）、索海（清军右翼）带领的16000人的清军展开了英勇顽强的战斗，战役初期重创清军，萨穆什喀为首的多名清军左翼首领被清政府治罪。但由于战役持续较长，又与训练有素、装备精良的清军周旋作战，终因寡不敌众而失败。清军俘获索伦部民众，按照皇太极“令其从军役使”的指令，发落到沈阳、锦州地区从军役，被称为“伊彻满洲”，即新满洲。《清太宗实录》卷61，崇德七年、壬午、冬十月、辛亥（1642年11月6日）记载：至于锦州新附蒙古索伦等，令其从军役使。

小知识：明末清初时，清代文献记载的“索伦部”中包括了鄂温克、达斡尔、鄂伦春三个民族，康熙九年（1670年）起，达斡尔（当时写为“打虎儿”）、鄂伦春族单独记载后，“索伦”单指鄂温克一个民族。但有时在“索伦”名称中也经常包括其他民族。如：清雍正十年（1732年）到呼伦贝尔驻防的“索伦八旗”中包括了鄂温克、达斡尔、鄂伦春和巴尔虎蒙古等民族。清乾隆二十八年、二十九年（1763年、1764年）到新疆伊犁驻防的索伦营1000兵丁中，鄂温克和达斡尔兵丁数各为500人。

在清崇德五年（1640年）起，一部分被清军征服的索伦部民众，开始从黑龙江上游各支流及外兴安岭迁到大兴安岭及嫩江流域各支流居住，据《清太宗实录》51卷，（1640年7月6日）记载："谕曰，尔等可令索伦来归之众，同我国外藩蒙古郭尔罗斯部落，于吴库马尔、格伦额勒苏、昂阿插喀（今昂昂溪）地方，驻扎耕种"。被编入八旗（军制），能作为首领"一等者，视甲喇章京。二等者，视牛录章京。三等者视半个牛录章京。各照等第，赐朝服、袍褂等物"（《清太宗实录》53卷，1640年12月27日）。

1643年、1650年、1654年起，沙俄帝国派遣远征军窜犯贝加尔湖以东至黑龙江流域鄂温克等民族居住地区，随着沙俄的入侵，陆续有鄂温克族从黑龙江中上游迁到嫩江、讷谟尔河、诺敏河、阿伦河、音河、雅鲁河、济沁河流域一带居住，直到1681年（康熙二十年）止，陆续编成佐，并任命了佐领。总称为"布特哈打牲部落"。把四千九百多鄂温克人设六十九员佐领管辖，编成五个阿巴（围猎场），即：雅鲁河、音河一带为雅鲁阿巴；阿伦河一带为涂格敦阿巴；诺敏河一带为阿尔拉阿巴；济沁河一带为济沁阿巴；绰尔河一带为托信阿巴。还有一部分鄂温克人同达斡尔人归讷莫日、都伯沁、莫日登三个扎兰管理。

在清雍正九年（1731年），布特哈的鄂温克族、达斡尔族和鄂伦春族兵丁，按居住的围场，规定了旗色，改编为八旗制，即索伦鄂温克人五旗，四十七佐；达斡尔人三旗，三十九佐；鄂伦春马军六佐，步军三佐；兴安城鄂伦春十六佐；毕喇尔鄂伦春二佐，称为"布特哈八旗"。

在清雍正十年（1732年）时，一部分鄂温克、达斡尔、鄂伦春、巴尔虎共3000兵丁被派到呼伦贝尔镇守边疆，成立了"索伦八旗"，其中鄂温克兵丁1636人，居住在海拉尔河、伊敏河、辉河、莫

和尔图河、特尼河流域，并从事牧业生产。

小知识：清代的八旗制度。八旗制度是一种“兵民为一”的社会组织形式。设黄、白、红、蓝四旗和镶黄、镶白、镶红、镶蓝四旗，合为八旗。八旗的全部人丁平时耕猎为民，战时从征为兵。是兼具军、政、财、经各方面职能的组织。除了初期的满洲八旗外，后来又增加了“蒙古八旗”、“八旗汉军”、“布特哈八旗”、“索伦八旗”、“新巴尔虎八旗”等等。

索伦鄂温克人在清代被称为“索伦劲旅”，曾转战二十几个省区，为保卫东北和西北边疆、抵御英俄帝国主义的入侵、平定叛乱、确定祖国的版图、维护祖国统一做出了贡献，并付出了巨大的民族牺牲。

在清乾隆二十八年（1763年）和二十九年（1764年），两批索伦兵丁1000人（鄂温克、达斡尔各500人）携带眷属到达新疆伊犁驻防，并组成索伦营。但因天灾人祸，到中华人民共和国成立时新疆的鄂温克人所剩无几。

日伪时期，“索伦八旗”被改称为“索伦旗”。

中华人民共和国成立后，于1958年8月1日在“索伦旗”的基础上成立了鄂温克族自治旗。

现在，居住在鄂温克族自治旗的鄂温克人主要以从事畜牧业生产；居住在阿荣旗、莫力达瓦达斡尔族自治旗、扎兰屯市主要从事农业生产；过去也曾有一部分人以狩猎为生。这几个旗也先后成立民族乡：阿荣旗在1956年12月批准建立得力其尔索伦（鄂温克）民族乡，1961年组建得力其尔人民公社，1987年6月恢复得力其尔鄂温克民族乡；1956年建查巴奇鄂温克民族乡；1956年12月建立音河索伦(鄂温克)达斡尔民族乡，1984年成立音河达斡尔民族乡，同年8月更名为音河达斡尔鄂温克民族乡(简称音河乡)。莫力达瓦达斡尔族自治旗1956年11月18日成立了杜拉尔鄂温克民族乡，1958年改称杜拉尔鄂温克人民公社，1984年7月恢复为杜拉尔鄂温克民族乡；1958年10月1日正式成立了巴彦鄂温克民族乡人民公社。扎兰屯市于1956年秋建立了鄂温克猎民队，1984年12月又成立了萨马街鄂温克民族乡。此外，黑龙江省讷河市于1956年成立瞻仁索伦民族乡，1958年与邻乡合并成立团结人民公社，1978年恢复民族乡为“兴旺鄂温克民族乡”。

2. **通古斯分支**。被称为“通古斯”的鄂温克人，在辽代被称为“妪厥律”。原呼伦贝尔盟文物站副研究馆员米文平先生，根据《新五代史》“四夷附录二”载《胡峤陷虏记》中，有关妪厥律习俗的记载及1693年（清康熙三十二年）5月，俄国派使团赴北京，途经赤塔地区见到通古斯王公，他的长发竟达三米多长。在俄国使团伊兹勃兰特·伊台斯和亚当·勃兰德所著《俄国使团使华笔记》一书的记载证明《妪厥律即今鄂温克》。米文平先生根据《新五代史》中记载：“西北至妪厥律，其人长大，髦头，酋长全其发，盛以紫囊。地苦寒，水出大鱼，契丹仰食。又多黑、白、黄貂鼠皮，北方诸国皆仰足。其人最勇，邻国不敢侵。”和《俄国使团使华笔记》中记载：“我在那里夜宿时，一个名叫利柳利卡的通古斯王公来拜访我。

他留着罕见的长发，可以在肩上围绕三圈，用一个皮套保护着。我出于好奇，很想看看是否真是他的头发。于是我吩咐把他灌醉。由于我盛情款待，他允许剪开皮套，解开长发。我相信了，这确是他自己的头发，我非常仔细地看了他的长发，好奇地拿出肘尺量了一下，使我非常惊讶的是，他的头发竟长达四荷兰肘尺。（一荷兰肘尺等于0.9米。）他六岁的儿子跟他一起来了，他学着父亲的样子也蓄着长发，发长一肘尺差八分之一，披在背上。在此地的山里住的都是这个信奉多神教的通古斯部族。”认为妪厥律即是今天的鄂温克。妪厥律在辽代史籍中被写为“于厥里”、“羽厥里”、“于厥”、“羽厥”、“俞折”等。

唐代的如者既是辽代的于厥、羽厥或俞折，《亚细亚年表》的作者克拉普罗特认为“那些现在位在东西伯利亚的通古斯部落是起源于这部的”。

从清代到现在，人们还是以“通古斯”、“喀市尼堪”、“哈玛纳干”、“哈市尼干”等称呼他们。

通古斯鄂温克人所居住地区是在清代的《尼布楚条约》，中俄不平等条约中被划归俄罗斯。他们其中的部分人在1918～1922年间，为躲避因苏联十月革命逃到西伯利亚地区的沙俄士兵引起的骚乱，从俄罗斯的“敖嫩宝日金”、“乌鲁楞古”、“乌者恩”等地返回祖国。

现居住在陈巴尔虎旗的鄂温克苏市和鄂温克族自治旗的锡尼河东苏市，他们主要从事畜牧业生产为主，1953年10月8日，在陈巴尔虎旗成立了鄂温克苏市。

3. 使鹿鄂温克人分支。使鹿鄂温克人居住地区在史书中被称为“鞠国或鞠部落”，据《文献通考·四裔传》记载：“鞠国在拨野古东北五百里，六日行至其国。有树无草，但有地苔。无羊马，家畜鹿如牛马，使鹿牵车，可乘三四人。人衣鹿皮，食地苔，其俗聚市为屋”。《新唐书》也记载了“鞠”部。在13世纪时，使鹿鄂温克人被

称为“森林兀良哈”。据波斯政治家、史学家拉施特主编的《史集》记载：“他们的衣服是用兽皮制的；他们没有牛羊，他们饲养山牛（即驯鹿）、山绵羊和类似山绵羊的哲兰（即狍子）以代替牛羊；他们把它们捕捉来，加以驯养，挤乳、食用。…… 在迁徙时，他们用山牛驮载，而且从不走出森林。在他们停留之处，他们用白桦和其他树皮筑成敞棚和茅屋，并以此为满足。……因为在他们国内，山和森林很多，而且雪下得很大，所以冬天他们在雪面上打到许多野兽。他们制造一种叫察纳的特别的板子，站立在那板上；用皮带做成缰绳，（将它拴在板的前端），然后手拿着棒，以棒撑地，（滑行）于雪面上，有如水上行舟。他们就这样用察纳[滑雪板]驰逐于原野上下，追杀山牛等动物。除自己踏着的察纳外，他们还拖着连接起来的另一些滑雪板（即爬犁）走，他们将打杀的野兽放在上面。即使放上两、三千曼（重荷），花不了多大力气就可以轻快地行走在雪层上。如果是一个不熟练的人，那么，他的两腿就会分开而撕裂，尤其是在下降和急驰时。受过训练的人则奔驰得极其轻快。没有见过的人，谁也不会相信这点”。《多桑蒙古史》也引用拉施特的记载：“兀良哈人迁徙时，用野牛载其衣物，从不出其所居森林之外。其居室以树枝编结之，用桦皮为顶。刺桦树取汁以饮，汁甚甘。……兀良哈人所居之地，山岳屹立，森林遍布。天时酷寒，冬日常猎于雪中，以名曰察纳之板系于足下，持杖撑雪而行，如同舟子之撑篙于水以行舟，其行平地抑升降山岭，甚为迅捷，常易获其所欲捕之野牛或其他动物。猎获以后，以猎物载之身后之撬上，每撬可载二三千明（每明约合二斤）。其不善于使板者则伤足，尤以下降时为最险；第若善用之，则可迅达远地，此事非亲见者不能信有之”。史书中也说明了我国唯一的使鹿部落当时的一些情况。

清代至中华人民共和国成立前，他们被称为“使鹿部”、“使鹿的喀市尼堪”、“索伦别部”、“雅库特”、“满洲驯鹿通古斯”、“使鹿通古斯”、“驯鹿通古斯”、“驯鹿鄂伦春”、“雅库特”、“罗细亚雅库特”等。对于“雅库特”这个称呼，他们从不同意。他们说：“我们是鄂温克，不是雅库特”。因为，雅库特是属于突厥语族的一个民族。

我国的使鹿鄂温克人，在300多年前离开现在俄罗斯境内的列拿河流域，搬到额尔古纳河、黑龙江流域来，在1820年到黑龙江漠河附近游猎，在1858年来到额尔古纳奇乾地区游猎。中华人民共和国成立后，1957年根据党的民族区域自治政策，内蒙古自治区批准成立了奇乾鄂温克民族乡，就开始定居；1965年9月，又被迁到额尔古纳左旗（今根河市）的满归定居，成立了满归鄂温克族乡，1968年建满归镇，行政与乡合一，乡政府设在满归；1973年乡和镇分设，民族乡搬迁到满归北17.5公里的敖鲁古雅河畔定居，成立了敖鲁古雅鄂温克民族乡；2003年8月，被生态移民又搬迁到根河市西4公里处，还沿用着敖鲁古雅鄂温克民族乡的名称。这部分人曾经以狩猎和饲养驯鹿为业，2003年8月生态移民后，收取了他们的枪支。他们在1952年只有145人，在50多年后的今天，他们也只有170多人。敖鲁古雅鄂温克民族乡的鄂温克族人口为230多人，使鹿鄂温克人以外还有部分索伦鄂温克人。

二、历史记载及学者们的观点

鄂温克族是一个有语言，没有文字的民族。根据鄂温克族作家乌热尔图的话说：一个久经沧桑、一度以口头方式传承部族生存经验的民族，在至关重要的民族起源与生成的问题上，确实存在着群体性的记忆断裂与缺失。也是一些在历史发展过程中失去创造自己的文字符号机遇的、人口总数未能达到相当数量的民族共同面临的问题。

《鄂温克族简史》和《鄂温克族社会历史调查》的执笔者吕光天认为，鄂温克族来源于沿贝加尔湖的地方，他们的祖先是北室韦和鞠部，提出了向东发展说。根据考古学和人类学的研究，早在公元前2000年，即铜石器并用时代，鄂温克族的祖先就居住在外贝加尔湖和贝加尔湖沿岸地区。据考古发掘，在色楞格河左岸上班斯克村对面的佛凡诺夫山上发掘时，发现一个骨骼，其衣服上带有数十个闪闪发光的贝壳制的圆环，圆环所在位置与鄂温克人胸前所戴串珠以及萨满巫师的法衣上缀饰的贝壳圆环的位置完全一样。此外，还发现死者的一些白玉制的大圆环，与17至18世纪鄂温克人古代服装上的圆环，毫

无差别，从而证明最迟在铜石并用时代，鄂温克人的祖先就已居住在贝加尔湖一带。

《鄂温克族简史》根据使鹿鄂温克人的传说：他们的故乡是勒拿河，勒拿河宽得连啄木鸟想飞过去都不可能。说勒拿河一带有个“拉玛”湖（即贝加尔湖），有八条大河流入该湖。据说湖里长着许多美丽的水草，水上漂着许多荷花。在湖旁看去，离太阳很近，太阳似乎从湖边升起的；那里气候很暖，湖的周围山很高，鄂温克人的祖先是从“拉玛”湖边的高山起源的。根据“索伦”鄂温克人的传说：萨满每逢跳神之前，先要说一些关于民族根源的话，“我们是从石勒喀河的发源地出发，顺着‘西沃哈特’山后的影子，经过黑龙江，我们祖先的根子，是住在‘仙人柱’（撮罗子）里”。根据“通古斯”鄂温克人的“那妹塔”氏族的萨满叙述：鄂温克人的故乡是在爱辉泉水的那边，阿穆尔海（即黑龙江）的旁边。阿尔巴金（雅克萨）城的周围，石勒喀海的旁边，在西沃哈特的周围。因此，认为鄂温克族祖先活动地区是在贝加尔湖沿岸及其以东以北的广大山林之中。

鄂温克族的祖先在我国古史中，并非以鄂温克的名称出现。《鄂温克族简史》认为，北魏时在今黑龙江流域出现的“失韦”与鄂温克族历史来源的关系有可供研究的线索。《魏书》载：“失韦在勿吉北千里去洛六千里”。据《隋书》载：“室韦分南室韦、北室韦、钵室韦、深末怛室韦、大室韦”等五部。根据《旧唐书·室韦传》记载：“东至黑水靺鞨、西至突厥、南接契丹、北至于海”。和鄂温克族生活的地域范围一致。并说明，所谓“失韦”或“室韦”部，是由文化特点相异，语族不同的若干部落、部族所构成。它包括了鄂温克、锡伯、蒙古等族祖先的成分。室韦各部对于鄂温克来源关系较密切的是“北室韦”、“钵室韦”、“深末怛室韦”三部。《魏书·失韦传》记载：“父母死，尸则置于林树之上”，和过去部分鄂温克人的树葬相同。《北史·室韦传》记载：“用桦皮着屋”，和鄂温克人用白桦皮搭盖的圆锥形的“仙人柱”（撮罗子）相吻合。北室韦、钵室韦各部，在冬天下雪后，“骑木而行”，即使用滑雪板追击野兽，

和鄂温克猎人使用滑雪板在大雪山上狩猎的风俗相似。

《鄂温克族的起源》的作者乌云达赉认为，鄂温克族起源于乌苏里江、绥芬河、图们江下游等流域，他们的祖先是靺鞨七部之一的安居骨部，并提出向西发展说。认为“安居”即ewenki（鄂温克）的译音（连续发音时变读为onki），“骨”意为江、河。安居骨（江）因该流域居住ewenki 部落而得名。安居骨的另一名称为乌素固，固与骨为同音异译，乌素固即乌苏里江。

西晋太康元年，即公元280年，沃沮之乌苏里江部落（安居先民）为收复失地，西攻高句丽。高句丽西川王遣其弟达贾往伐，掳六百余户西迁至扶馀南乌川，即包括伊通河流域以及松花湖西岸地区。其中的一些部落分支继续西迁，至洮儿、霍林、哈拉哈三河上游及乌拉根河等流域，《北史》称为南室韦，辽代称于厥、黑车子室韦，元代称亦乞列思（ikirs,弘吉剌六部之一，于厥即ikir 的译音）、terge amal honkirt（意为“车居车行之弘吉剌”）。

唐武德初年（公元618～619年）自称粟末乌素固部落（意为第二

松花江之乌苏里江部落）的人群住在柳河、辉发河一带；载初二年（公元690年）从扶馀（今吉林农安）迁来自称扶馀乌素固部落（意为农安地方之乌苏里江部落）的人群住到了伊通河上游流域，表明他们的祖籍在乌苏里江。柳河、辉发河、伊通河等流域，成为他们的第二故乡。乌素固部的分支梅河部落人大祚荣于698年在柳河流域建立震国，建都东牟山（位于柳河下游右岸）。后迁都雾海河口附近，今布海镇。唐朝封大祚荣为渤海郡王，遂改国号曰渤海。认为雾海、布海、渤海、乌古、兀合（《蒙古秘史》写法uha）本属一名五译。

有一些部落带着祖籍名称“乌素固”、第二故乡名称“乌古”，溯洮儿河，翻过大兴安岭，西达呼伦贝尔地区，而为唐代的室韦乌素固部、室韦亦塞没部、西室韦，辽代被统称为乌古，表明他们来自雾海河流域。契丹人还把室韦乌素固部叫做温纳何剌（onhor），这个叫法与达斡尔人称鄂温克为Onkur(honkur),蒙古布里亚特人称鄂温克为Onkot,拉施特在《史集》里有时把弘吉剌记为honkut,是一致的，均系安居、鄂温克的变读。

室韦乌素固部、室韦亦塞没部、西室韦的一些分支，通过横贯亚洲北部的那条天然历史通道向遥远的西方前进了。他们西渡鄂嫩河，溯音果达河，顺乌达河，再履冰西渡贝加尔湖，在安加拉河上游左岸建城居住（在今义尔库茨克西北有乌苏里室韦城，照俄文拼式译为乌索里西比尔斯科耶）。其中的一些分支顺勒拿河东去，东至鄂霍次克海岸。另外一些分支顺安加拉河西下，到了叶尼塞河中游流域，并顺叶尼塞河到北极荒漠猎取珍禽异兽。

俄罗斯著名的通古斯学家希罗科戈罗夫·谢尔盖·米哈伊洛维奇（汉名史禄国），在《北方通古斯的社会组织》一书中，通过对北方通古斯人的考察认为：北方通古斯的民族志，在许多实例中，表明北方通古斯人是起源于南方的。认为通古斯人的服装是不适宜西伯利亚气候的，著名的通古斯的敞口外衣，不像其他古亚细亚民族服装那样能够御寒。直到最近所有通古斯人，不论男女都穿着一种遮盖胸下部和腹部的兜肚。这种兜肚今天仍被汉族，特别是华南儿童以及有些成人所穿用，有时孩子们赤身露体，只戴一个兜肚。可是这种兜肚在

西伯利亚的气候条件下是不足以保护身体的。平膝的短裤加上护膝也是华北汉人所熟悉的。鹿皮制的靴子，是典型的极地靴鞋，这是通古斯固有衣着不足以防寒时补充的。通古斯人对西伯利亚环境适应的结果，采用了或者是发明了眼罩。这种眼罩对于不习惯春天的日光受白雪强烈的反射的人是绝对必要的，不然眼睛就会患一种特殊的炎症，有时这个季节过后很久还不能痊愈。另一个北方通古斯起源于南方的有趣的证据是如亨廷顿所指出的，他们的心理上的不稳定性和神经上和心理上易遭疾患的倾向。另外，史禄国从人种学方面对贝加尔湖巴尔古津地区的鄂温克人进行了测量，认为：伽玛型是北方通古斯人最普通的类型，在华北和华东的汉人中也可以看到这种类型。

认为所有原通古斯各集团从黄河上游向中游和下游迁移。这种迁移可能发生在公元前三千年或者更早。通古斯的移民，在满洲与土著的古亚细亚民族遭遇，他们反对通古斯人在那里停留。因此，通古斯各集团一个接一个地经过满洲，向人口稀少的西伯利亚移去。可是这个民族实体最后的一部分在满洲留了下来。当地的地理和民族环境对留下来的通古斯人起了作用。于是出现了两个不同的通古斯集团，它们之间在某些时期全然没有联系。

史禄国又写道："自称为鄂温克的通古斯人自然形成几个集团，比如饲养驯鹿的通古斯人，饲养马的通古斯人等。每个集团都各有自己的方言，并且由于受邻族的不同影响和上述自然环境的差异，各有自己的民族志复合。他们虽然来源于同一血统，但由于形成的时间和地区不同，所以当他们相遇时，彼此谁也不承认对方是真正的鄂温克人，而只认为自己的集团才是鄂温克人"。说明鄂温克人在很早以前就分为几个部分，由于几个部分间分隔的时间太久，在生产、生活方面都发生了一定的变化。从而产生了认为和自己生产、生活方式不同的集团不是真正的鄂温克人，自己的集团才是真正的鄂温克人。

史禄国虽然对通古斯有很多的研究，但是他没有肯定的说明北方通古斯起源于古代的肃慎，还是某个古代民族。

朝鲜族学者郑东日，在他所著的《东北通古斯诸民族起源及社

会状况》中认为：据考证资料，鄂温克族、鄂伦春族、赫哲族等现代通古斯诸民族，其先世从明代的女真族算起，可上溯到三千多年前的古代民族肃慎。又说：据我们考证，肃慎的确是通古斯诸民族的始祖。

中共呼伦贝尔市委党校副校长石双柱（蒙古族）在他的《鄂温克民族的历史变迁与文化的变迁》一文中认为，关于鄂温克民族的历史起源和迁徙的研究，在学术上有大体上两种说法：其一是以吕光天为代表的贝加尔湖起源说；其二是乌云达赉为代表的兴凯湖起源说。从两种观点来看，我们觉得后一种观点更能清晰地说明鄂温克民族历史迁徙和文化变迁的客观过程，后一种观点所使用的民族学和民俗学的资料更倾向于确证鄂温克民族的历史迁徙是自东向西而不是自西向东的。因此，本文正是运用乌云达赉为代表的兴凯湖起源说的学术成果对鄂温克民族文化的历史变迁进行一个初步的研究，以期正确理清鄂温克民族文化变迁的历史脉络，有利于推进鄂温克民族文化的传承

与保护。两种起源论对于鄂温克民族文化的历史变迁研究会具有截然不同的影响，从前一种观点出发的研究，会得出鄂温克民族的文化变迁，是由渔猎——原始农耕（兼渔猎）民族——农耕民族的变迁结论。而从后一种观点出发的研究，则会得出鄂温克民族的文化变迁，是由渔猎民族——原始农耕（兼渔猎）民族——游猎-游牧民族变迁的结论。我们选择后一种观点作为立论的基础，就在于鄂温克民族的现代文化特征更符合后一种历史发展的逻辑进程。

石双柱根据乌云达赉的观点，认为“鄂温克”一词同中国历史上的古国、古民族——“沃沮”有关。他在文中又写道，“上海学者维舟先生也考证说：秦汉之际的夫租、沃沮(uai—dzia)，隋唐以后的乌惹、兀的改、斡拙、吾者、如者、乌稽、窝集之类的氏族、部落名称，他们的后裔应即现在的鄂温克/埃文基人(Ewenki)，及俄西伯利亚的Ostiak族”。

莫力达瓦达斡尔族自治旗达斡尔学会副秘书长卓仁（达斡尔族）在他的《关于“洪克尔”的含义》一文中写道，要解释“洪克尔”的来历及正确的含义，我们需要追溯到鄂温克族早年的一段历史。根据历史记载，鄂温克人的祖先在唐代是鞣鞨十六部之一的“含国部”。靺鞨是唐代东北肃慎系民族的后裔，共分十六部。据考证，靺鞨十六部之一的“含国部”就生活在今黑龙江省鸡西市的兴凯湖附近。唐代初年，唐太宗李世民其子李治发动了两次征伐高丽的战争，第一次是公元644年到公元645年；第二次是公元666年到公元668年。两次战争中靺鞨部众有十五万人援助高丽而与唐军作战，“含国部”无疑也卷入到战争之中。第一次战争以唐军的失利而告终，第二次战争唐军打败了敌军，灭了高丽国，并且唐军对援助过高丽国的靺鞨各部进行了报复性剿杀。靺鞨十六部之一的“含国部”也就是在这时为避免部族遭唐军的屠杀，越过乌苏里江，溯黑龙江到黑龙江以北的地方。

关于这段历史，鄂温克族也有与达斡尔族相同的《黑水国传说》的历史传说证实这一点：“鄂温克很早以前，即未来到黑龙江之前，就在鄂温克人住的地方。原来这个地方是‘高丽人’……有人说，过去一次大的事变前，人们都住在一起，是一个小国家，也有自己的文字，事变之后分散了，被别人起了不少名字。”这个传说点出

了鄂温克人在来到黑龙江之前的地理位置，他们和高丽人接邻而居传说中所说的“大的事变”应该就是公元668年唐灭高丽的战争。那时的靺鞨各部因为援助高丽人而被卷入到这场战争中去了。“含国部”的鄂温克人，在“事变之后”，来到了黑龙江以北的地方。

有证据表明，达斡尔族的祖先、鄂温克族的祖先早在唐征高丽的战争前就已经在乌苏里江流域相邻而居了。达斡尔族、鄂温克族的乌力斯哈拉（哈拉为姓）就来自于乌苏里江地区，“乌力斯”是达斡尔人“乌苏里”复数后缀前移的一种读法，就像精奇里氏的同一个爱里（邑落）名，在布特哈地区称“梅斯里”，在齐齐哈尔地区则称为“梅里斯”一样。乌苏里江发源于兴凯湖，而鄂温克人当时就生活在兴凯湖附近，因此，那时的达斡尔人的祖先就将生活在兴凯湖附近的鄂温克人的祖先称为“洪克尔”，意为“生活在兴凯湖附近的部落（或民族）”。“洪克”、“含国”、“兴凯”、“恨克”、“旱卡”为同名异译，“含国”即今“兴凯”之本音，亦即达语的“洪克”，“洪克尔”是当时的达斡尔人对当时的鄂温克人的正确称呼。事实上，后来的“鄂温克”也是洪克、含国、兴凯、恨克、旱卡的谐音，也为同命异译。

卓仁在他的《关于“洪克尔”的含义》一文中还写道：在达斡尔语里“洪克”的同音词有“吃草”的意思，按此理解进一步引申，“洪克尔”就成了“吃草的民族”。但他却忘了在达斡尔语和鄂温克语中，“洪克”（和“洪阔”、“洪库”为同音异写）还有“能吃到草的地方”即“草地、草场、草原”的意思，“（动物）食物”或“有（动物）食物的地方”的意思。原内蒙古社会科学院民族研究所所长孟志东老师（达斡尔族）和笔者谈到“洪克尔”（也写为“洪阔尔”、“洪库尔”等，一般“洪阔尔”、“洪库尔”的写法较多）的含义时说，“洪克尔”在达斡尔语中是“洪克奥勒尔（日）”的简化叫法，即有“住在草原的人们”的含义。另外，在达斡尔语和鄂温克语中“洪阔尔”、“洪库尔”、“洪克尔”还有沙丘和洼地等意思。

三、清朝时期的贡献

索伦鄂温克人在清代被称为“索伦劲旅”，他们骁勇善战，曾转战新疆、西藏、四川、云南、台湾在内的二十几个省区，为保卫东北和西北边疆、抵御英俄帝国主义的入侵、平定叛乱、确定祖国的版图、维护祖国统一、保卫祖国边疆做出了贡献，也付出了巨大的民族牺牲。

吕光天执笔的《鄂温克族简史》中，根据《黑龙江纪略》记载：有清征调鄂温克官兵数统计六万七千七百三十有奇；和《索伦、达斡尔族源流考》记载：其生还者十不一、二也，不死于战争的枪刀，即死于……瘴烟之地（我国南部和西南部地区山林间因湿热蒸发而产生的一种能致人疾病的气体）。说明在清代，鄂温克族付出了巨大的民族牺牲，清代被征调的人数，比2000年第五次全国人口普查的鄂温克族人数的两倍还要多。

（一）反对沙俄入侵的斗争

17世纪中叶，沙俄利用中国明、清两朝交替，清军主力入关与明朝残余势力进行战斗，黑龙江广大区域的防务一时削弱之际，把侵略魔爪伸向中国。

1643年6月25日，波雅科夫率领的沙皇俄国远征军133人入侵外兴安岭及黑龙江流域，骚扰当地的鄂温克、达斡尔、鄂伦春、赫哲等族人民，他们捕捉人质、强征贡税、抢劫粮财，激起了各族人民的愤怒和反抗。在各族人民的反击下，他们只剩下三分之一的人，于三年后的1646年6月返回。

1649年起，沙俄派臭名昭著的哈巴罗夫率领的一伙匪徒进入黑龙江流域，他们烧杀抢掠、捣毁村庄、无恶不作，暴行骇人听闻。他们强迫已婚男子交十五张貂皮，未婚男子交十张貂皮，还要收鱼类、野果、啤酒花、布带、皮带和牲畜。哈巴罗夫在精奇里江口袭击

鄂温克、达斡尔族村庄时，强迫村民作为人质，规定每人的赎金相当于四百卢布的毛皮。哥萨克匪徒还诱骗鄂温克、达斡尔、鄂伦春族的猎民进入其巢穴，纵火焚烧，一次就烧死二十多人，并把这些中国猎民的马匹、粮食、器物和毛皮抢夺一空（《鄂温克族简史》第33页）。

1654年，以巴什科夫为首的武装匪徒侵入贝加尔湖使鹿鄂温克部和布里亚特部居住地，1658年又窜入尼布楚一带，并在尼布楚建立了匪巢。沙俄匪徒一踏进中国国土，便刮起了“血腥腥的毁灭一切的风暴”（洛巴金：《滨海地区民族志》第143页）。给我国的鄂温克等族人民带来了严重的灾难。

哪里有压迫，哪里就有反抗；哪里有侵略，哪里就有反侵略。沙俄匪徒的强盗行径，激起了鄂温克等族人们的无比愤怒和刻骨仇恨。拉文斯坦在他的《俄国人在黑龙江上》中写道：根特木耳对于向俄国人臣服一事不满，而把他的子民撤到额尔古纳河右岸。留在石勒克河的鄂温克“纳米雅儿”部的其他氏族则纷纷拿起武器同沙俄侵略者展开斗争。他们拒绝向侵略者缴纳毛皮实物税，包围了沙俄匪徒倍克托夫盘踞的中国尼布楚，从匪徒手中夺回二百四十匹马，平毁了匪徒强行种植的庄田。当时倍克托夫手下有三十多人，由于粮弹耗尽，吓得丧魂落魄，狼狈地向黑龙江中游逃窜，连倍克托夫也在鄂温克人的打击下逃跑了（普·季·雅克夫列娃《1689年第一个俄中条约》第43页）。在清朝政府使用有限的边防部队，抗击沙俄的1655年呼玛尔河口战役、1657年的尚坚里黑战役、1658年的古法坛村等战役中，都有鄂温克族将士参加了战斗。

在康熙二十四年、二十五年（1685、1686年）两次收复雅克萨的战斗中，无论是作战、筑城堡、建驿站，还是运军需粮草，被编入八旗的鄂温克族的将士都作出了卓越的贡献。在1683年9月，在进行收复雅克萨的准备工作时，鄂温克族总管博克带领前锋部队乘船在黑龙江向上游航行时，遇到顺流而下准备去劫掠中国居民的俄军67人，在阵前招降以梅利尼克为首的俄匪31人，对瓦解敌军起到了一定的作用。《清圣祖实录》111卷，第16页记载：“索伦总管博克等，所获罗刹，及军前招降者，共选五人，遵旨送京，余二十六人，皆迫于大兵，始行投诚”。1685年6月26日，以托尔布津为首的俄军，在都统彭公春等带领的清军打击下投降，包括妇女儿童的700余名俄人被遣返回国。清军被胜利冲昏了头脑，不留一兵一卒把守，烧了雅克萨城后撤回了瑷珲城。同年下半年，俄军发现雅克萨空无一人，又重返雅克萨，并构建工事和营房。1686年初，清军才得知俄军重占雅克萨的消息，派鄂温克族副总管乌市布尔岱亲自率领本族勇士深入敌后，俘获俄兵鄂克索市果等人，探明敌情后报告了清军。在一次与敌人突然遭遇的战斗中，生擒了噶瓦利喇等七名战俘，受到人们的传颂。1686年3月，乌市布尔岱率领42人的骑兵侦察队，与拜顿率领的俄军300余人，在呼玛河口附近相遇并交战，以寡敌众，击毙俄军7人，打伤30余人。英国人拉文斯坦著的《俄国人在黑龙江上》一书中记载：“许多附近的通古斯人和清军一起作战，他们都是可畏的弓箭射手”。《清圣祖实录》106卷，第23页还记载：“俟我兵将至净溪里乌喇，今索伦接济牛羊”。“今我兵移驻黑龙江……复遣大臣一员至索伦，预备军需”（《清圣祖实录》109卷，第3页）。“索伦近墨克顶，宜令选肥马五百匹，送呼马尔河口，酌量给用”（《清圣祖实录》109卷，第7页）。“于杜尔伯特、扎赖特，派兵五百人，并索伦兵，酌自墨尔根至雅克萨，设驿奏报军机……驿夫粮食匮乏，以索伦所贮米支给……索伦效力勤劳，传谕异日加恩，以示鼓励”（《清圣祖实录》120卷，第16页）。《清圣祖实录》的记载也说明：鄂温克人在雅克萨战争中的表现也获得了康熙皇帝的肯定。

威震俄罗斯人的鄂温克族英雄沙晋的故事还被史书中记载。《黑水先民传》卷十五记载：沙晋，索伦人。与额勒克布、纶布春同时，以善射名，骁勇，号无敌，虽俄罗斯人亦禅之。俄人以罪流戍东方者，多无赖，恒越境盗牲畜，然相戒无范沙晋帐。寻误掠之，均晋自外归，徒步蹑之，尽劓、刖盗者十余辈，驱牛马唱以还。俄人恒举其名怖子女，以止夜啼，如古人呼麻胡云。

论曰：海兰察以射巴雅尔发迹，苏尔慎以射冉天元起家。士之负材武者，特患无所表现耳？额勒克布手缚狂寇，终于老兵。讵非命耶！沙晋勇闻邻国，未获拨戟当一队，何也？

《黑龙江外记》和《龙城旧闻》的记载为：沙晋，邻居黑龙江之俄人，每于小儿哭时必吓曰，沙晋来……沙晋来……小儿闻之即惧，不敢啼，沙晋骁勇号无敌，始为猎户，善射，后由边将某，擢升百夫长，命守边，仅统数十人，罗刹之为盗者相戒莫敢犯。一日有新罗刹自北来，越境掠牛马，误犯其帐时，守兵皆出猎，沙晋适外归闻而大怒，徒步追三十余里擒其曹，尽割其耳，纵之去，且嘱之曰，若辈今误犯，敢再来者，枭矣，遂驱牛马唱以还，自是罗刹畏之，每呼其名以止儿啼，如古人呼嘛胡云（《黑龙江外记》第403页；《龙城旧闻》卷二，第19页）。

从沙俄入侵到康熙二十八年（1689年）中俄尼布楚条约的签订划界为止，40年左右陆陆续续的战争，使鄂温克人在这一时期陷于战争、分散、迁徙状态。传说鄂温克人与沙俄匪徒打仗后，被迫从黑龙江以北迁往江南，会游泳的都过了江，也有很多人死在江里。分散时老年人对青年人说：“你们找鄂温克人时，看见戴狍头皮帽子的，手上有箭环的都是鄂温克人”。

（二）反对外国侵略、平定叛乱、维护祖国统一

清代的康熙、乾隆等皇帝能把幅员辽阔并有多民族的国家统一，这也是各族人民共同参与、共同缔造的结果，其中鄂温克族起到了重要的作用。哪里有硬战，骁勇善战的鄂温克军队就被派往哪里。从而在反对分裂，反对外国侵略，维护祖国统一，划定边疆版图，保卫边疆的斗争中，鄂温克军队作为清朝军队的骨干，起了很大的作用。

1. 平定准噶尔叛乱

康熙二十九年六月，准格尔部噶尔丹汗在沙俄支持下率兵两万，以追击喀尔喀部为名进袭漠南乌珠穆沁一带，击败清军之后，又乘势渡西拉木伦河，深入到乌兰布通地方。噶尔丹在发动军事叛乱后，拜会了俄国使臣，愿意协助俄国人夺回雅克萨，并允为沙俄做内应(《鄂温克族简史》第72页)。

清政府为了维护国家统一，对噶尔丹叛乱采取了坚决镇压的措施。康熙亲率满洲、鄂温克等八旗军迎击，打败了噶尔丹军队。1696年（康熙三十五年），噶尔丹自杀，他的儿子策妄阿拉布坦据守伊犁，继为准噶尔汗。又复强盛，对西北边疆各族人民的骚扰十分严重。因此清政府派鄂温克等族士兵平定消灭了策妄阿拉布坦的部队。康熙五十四年“著派黑龙江兵五百名，并打牲索伦（鄂温克）、打虎儿（达斡尔）兵五百名，三处喀喇沁兵一千名，每人各带长枪鸟枪……著从口外往归化城去……发往推河地方驻扎”（《清圣祖实录》卷263，第13页）；据1715年6月1日的记载，“策妄阿拉布坦兵，已大败而去”，8月1日记载，“赐出征齐齐哈尔副都统白济、索伦总管布珠，孔雀翎，及银两马匹”（《清圣祖实录》卷264，第14页），说明鄂温克总管布珠也作出一定的贡献；康熙五十七年春三月“谕议政大臣等，侍卫色楞等，既统兵进征西藏……再于都统胡锡图所带兵丁内，将惯习行走，汉仗好之新满洲，及乌拉齐、索伦，拣选几名，即于彼处，发往色楞军前”（《清圣祖实录》卷278，

第7页）；康熙五十七年十二月又派鄂温克和达斡尔兵五百人到克鲁伦河去消灭准噶尔叛军（《清圣祖实录》卷282，第18页）；其黑龙江索伦之一千兵丁，令副都统鄂三管辖（《清圣祖实录》卷283，第5页）；今年大兵，既不前进，若发兵袭击，则策妄阿拉布坦，情形自露。著派盛京、乌喇、察哈尔、索伦、喀喇沁，及内地喀尔喀兵一万，自前年进兵处，往彼袭击（《清圣祖实录》卷283，第7页）。

雍正五年（1727年）策妄阿拉布坦死去，其子噶尔丹策零为准噶尔汗，在沙俄支持下继续叛乱。雍正十年八月（1732年），清军北路副将军王丹津多尔济，统领满洲、蒙古、鄂温克、喀尔喀等兵二万多人，追击准噶尔逆贼，至厄尔得尼招地方，于八月初五日，遇贼连击十余次，日暮追至大山梁间，杀贼万余，尸遍山谷，河流尽赤，负伤逃走者甚众，所获器械驼马牛羊无算，现在贼众逃往鄂尔昆上游，向推河而去（《清世宗实录》122卷，第13页）。谕办理军机大臣等，闻得此次在厄尔得尼招败贼时，索伦等劳绩茂著（《清世

宗实录》124卷，第5页）。雍正十年十二月，对于所有奋勇效力的总管、章京也进行了奖赏。如鄂温克族总管班图、巴里孟古海、萨尔图等都授予了副都统职衔；总管那斯太策、佐领克什克图、章京布赖等，赏给孔雀翎，领催达鲁义等赏给蓝翎等（《清世宗实录》126卷，第12页）。

在乾隆二十一年至二十三年与准噶尔的战斗中，鄂温克部队发挥了骁勇善战、克敌制胜的作用，“至进兵时，索伦兵最为得力……”乾隆皇帝在二十三年二月说：“将索伦兵一千拨给前敌将军雅尔哈善”。但“朕虑此数尚不敷用，谕将一切差遣回程索伦兵，留鲁克察克，若得六七百名，已足敷用”；同年八月又调鄂温克部队两千人去新疆，“军威甚壮”。从史料可以看到，在乾隆皇帝的心目中鄂温克军队的作用是占有何等重要地位（《鄂温克族简史》第75页）。《清高宗实录》乾隆二十二年（1757年8月31日）记载：我兵自前次平定伊犁以来。未尝不屡有剿杀。非所谓驱之锋镝之间。使膏涂草野而不恤也。且定从古不入版图之地于三五年之间。此亦神且速矣。而能保其必无一二受伤之人耶。至所用之兵。皆我八旗索伦子弟之众。

方今国家全盛，回城、准噶尔，及两金川等处，俱以次平定，况安南蕞尔一隅，原无难立荡平，为扫穴擒渠之举。但朕思准噶尔、回城，及两金川，俱逼近边陲，关系紧要，且地非脾湿，满洲索伦劲旅，可以展其所长，是以不惜劳费，先后底定，归入版图（《清高宗实录》1323卷，第28、29页）。

有资料反映，仅从康熙五十四年（1715年）至乾隆二十五年（1760年）间，黑龙江将军管辖的瑷珲、墨尔根、布特哈、齐齐哈尔、呼伦贝尔等地区，累计约有17500名索伦官兵被调参加了平息准噶尔的战役。战后，清廷在伊犁地区设置了包括"索伦营"在内的驻军，有不少索伦鄂温克、达斡尔族官兵又开始了在新疆的驻防戍边生活。索伦官兵为康熙、雍正、乾隆盛世期间的统一大业，奠定中国现在的版图所作出的贡献将永载史册。

清政府为了提高其他民族军队的作战能力，还把鄂温克族官兵任命到其他民族地区和部队任职。如康熙三十二年夏四月：升索伦总管喀图湖，为黑龙江左翼副都统（《清圣祖实录》152卷，第3页）；雍正三年二月："升索伦副总管外三为正蓝旗汉军副都统"（《清世宗实录》二十九卷，第18页）；五月二日又"升索伦总管那尔赛为黑龙江副都统"（《清世宗实录》五十三卷，第29页）；乾隆三十四年己丑十二月癸丑（1770年1月1日）"以头等侍卫海兰察，为镶蓝旗蒙古副都统"（《清高宗实录》848卷，第13页）；乾隆四十九年甲辰秋七月戊辰（1784年8月30日）"以打牲索伦总管额勒登布，为黑龙江副都统"（《清高宗实录》1210卷，第30页）；乾隆五十四年（1789年3月21日）"以领侍卫内大臣海兰察，为正白旗蒙古都统"（《清高宗实录》1323卷，第30页）等。

鄂温克族的官兵死于战场者甚多，鄂温克族在清代，由于大多数青壮年死于战场，因此，人口大减。传说，在雅鲁河一带的鄂温克人，男人都被清朝抽去当兵，当地的驿马站都是戴孝的妇女（丈夫战死）和老太太哭着送公文。有些鄂温克人战死，把骨灰或箭环送回来，母亲们舍不得埋，放在身边（《鄂温克族简史》第75、76

页）。

2. **四川大小金川战役**

乾隆十一年（1746年）大金川土司莎罗奔夺小金川土司印，并据其地，同时侵占邻近两土司属地。清朝先派云贵的军队去平息，但屡遭失败。乾隆皇帝派张广泗为四川总督，并令大学士纳亲前往督师，攻数月之久，损兵折将，乾隆皇帝杀了四川总督张广泗，将纳亲赐死，再派大学士付恒为经略，同时乾隆十分重视鄂温克部队的勇强："打牲索伦等处兵丁，人甚健壮，枪箭敏捷，惯走山林，颇耐劳苦……临战甚属得力"。他又指出："盛京之兵亦不如索伦，将游牧索伦之……图克敦阿巴、雅拉阿巴、济亲阿巴、托新阿巴，呼伦贝尔之索伦……善于步履，年力精壮者挑选一千名，即令来京，往金川"。原选盛京兵一千名前往金川，由于乾隆认为"不及索伦"因此又增派索伦兵一千名补充兵源。从而于乾隆十三年清军才打破莎罗奔。十四年春，莎罗奔以接受"归土司侵地、献凶首，纳军械归兵民，供徭役"等条件向清投降。

自第一次金川战役后，大小金川两土司又相互勾结，煽动反抗。乾隆三十六年（1771年）小金川土司僧格桑攻占温克什土司属

地。清兵前往制止反遭攻击。三十七年（1772年）派将军阿贵前往，清兵大败。由于第一次平金川之役，鄂温克部队作战得力，乾隆三十八年又派鄂温克部队三千人进入大小金川地区，后来又增加鄂温克兵一千人。乾隆三十九年二月，攻打罗博瓦山，鄂温克部队奋勇作战，十分得力。

鄂温克族著名指挥官海兰察，在这次战役中立下了战功。史书载："维时海兰察所带各兵，先于半月出之前，鱼贯而上，不但无人声，并将火绳藏起，从壁徒滑处，官兵手足攀附而进，埋伏碉旁，黎明一涌而登……此次计攻得战碉三十六座，市城五座，石卡五十余处，平碉一百余间……"由于海兰察督鄂温克士兵攻取险阻碉卡、市城，奋力超众。清朝"前已尝给海兰察额尔克巴图鲁、额森特丹巴巴图鲁名号，今改海兰察绰勒霍勒科巴图鲁名号"，并"加著尝银三百两"。

大小金川战役，是清朝中央政府和地方割据势力之间的一场斗争。它是土司和土司之间的矛盾斗争；也是这些割据势力与清朝的矛

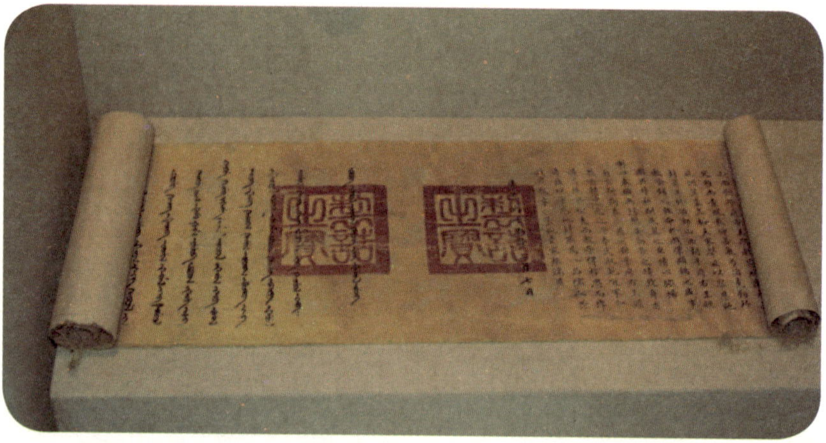

盾所导致的冲突。在这场斗争中，清朝政府的许多将军指挥失败，而鄂温克部队为清朝解决了战斗，他们在这场斗争中维护了清朝中央政府，受到嘉奖和重视。（此部分内容自：《鄂温克族简史》第76～78页）。

3. 到云南、西藏参加反击外国入侵的战争

（1）驱逐缅甸入侵

乾隆二十七年(1762年)，缅甸市邦的土司率领自己的部队以及贡榜王朝的军队约2000人侵入中国孟定和耿马两内地土司的管辖区域，劫持了孟定的土司，焚烧了耿马土司的衙署和一些当地的民居。1768年3月，“又谕，前因上年官兵进剿缅匪……现已约派京兵及索伦等兵，共计七千名。约拨各处马，共计一万匹，其沿途一切按拨递送”（《清高宗实录》803卷，第22、23页）。“如海兰察、克车德者，领率满洲兵，并选择绿营中之勇锐者，迅速至市邦，剿贼应援”（《清高宗实录》803卷，第35页）。“又谕，征剿缅匪，前经降旨派索伦兵一千名，由京发往，但为数无多，恐到滇不敷差遣，著传谕富僧阿等，再于索伦达呼尔内，派出一千名、照军机大臣原议办理，陆续由京前往”（《清高宗实录》804卷，第44、45页）。“谕军机大臣等，缅匪乃蕞尔蛮夷……除前调索伦兵二千名外，再调索伦、

吉林兵，各一千名遣往”（《清高宗实录》826卷，第7、8页）。此次征缅，前后共征调索伦兵5000名。

鄂温克勇士海兰察在乾隆三十二年（1767年）征缅的战争中以头等侍卫衔随参赞大臣额勒登额从东路出师虎踞关（今云南庞川县西边界外，铁壁关南），先到罕塔，遇贼，射之殪三人，擒七人，遂薄老官屯。额勒登额无远略，攻老官屯不克，退回罕塔。这时，将军明瑞从北路深入敌阵，粮尽却退，陷在市邦，没有了退路，海兰察提出增援明瑞，额勒登额不答应，结果明瑞战死在战场，战死前上报的军书中提到了额勒登额的徇私枉法及海兰察的忠勇能军。大学士傅恒来视察，在军中授海兰察为记名副都统。三十三年海兰察再度出师万仞关（今云南省盈江县西北猛弄山上），打败缅贼戛鸠江，并毁其在江岸居所，被授予镶黄旗蒙古副都统，海兰察在战斗中“拿获生口”、“奋勇杀贼”、“夺获大寨三座，器械米粮无算”。至乾隆三十四年末，鄂温克将士和清军一起击退缅甸入侵之敌，“缅王孟驳书乞款，

海兰察、哈国兴往会其十三头目，责以进表纳贡，归逃人反土司侵地，皆如约”（《黑水先民传》卷十三）。

（2）反击廓尔喀入侵

在18世纪，英国殖民者已入侵西亚一带，并进而窥视我国西藏、新疆地方。勾结当地封建势力进行阴谋活动，企图分裂我们统一的多民族国家，达到侵略我国领土的目的。

1788年（乾隆五十三年），廓尔喀（尼泊尔）统治者借口“商税增额，食盐揉土”，起兵进犯我国西藏地方边疆，清朝当即调集兵力准备回击，进犯的廓尔喀人未敢轻举妄动，与清朝派往边境的官员私自议和，暂时撤出所占地界。

1791年（乾隆五十六年），英国殖民势力指使廓尔喀统治者，勾结西藏大封建主舍玛尔图，还以西藏地方不履行和议为名，驱使大量军队偷袭后藏，一直攻到日喀则，班禅七世退避拉萨，扎什伦布寺遭到洗劫，西藏人民遭受到严重的民族灾难。达赖、班禅向清朝告急求救，请求军队入藏，解除西藏人民的痛苦。

1791年11月，乾隆皇帝考虑到“现在剿办廓尔喀贼匪，索伦达呼尔兵丁，向为得力，将呼伦贝尔兵，挑选六百名，打牲兵，挑选四百名，照例办给马匹路费，令呼伦贝尔兵，从多伦诺尔行走，打牲兵，从八沟行走，迅速到京，所有领兵官，现令海兰察，拟定富里善等十四人，将名册交与都尔嘉，遵旨办理，即行启程”（《清高宗实录》1389卷，28页）。“谕军机大臣等，现在剿办廓尔喀，令福康安带领章京等赴藏，由青海一路行走。复令海兰察，率领巴图鲁侍卫章京等，随后起身，并调遣索伦兵一千名到京，一同前往，俱从西宁出口”（《清高宗实录》1390卷，7页）。乾隆皇帝一再手谕给清军主将福康安，“及索伦达呼尔劲旅全数到来，再行统领进剿”（《清高宗实录》1400卷，26页）。次年五月尽复藏地，进攻廓尔喀，海兰察将三队为前锋，次济咙西八十里铁索桥，初入廓境第一隘也，敌营于河外山巅，断桥阻险，福康安问策于海兰察，对曰：“予我五百人，八日粮。勿问所向，速备材，届期，则桥以济。”既届期，寇列阵出，整以暇，众谓，参赞必无幸，俄而，寇大溃，山上火发，赫然见我军矣。众哗曰：“彼岩间端坐着非海参赞耶！”急渡，合而歼之。福康安置酒问其故，海兰察曰：“此水虽迅激，然广阔不足与大江、黄河敌，吾循河之上游，得浅以济，既济，鼠伏山谷中，匿形藏声，块然如木石，粮尽而期至，寇空营出，争护桥，吾猝然起，据之，凭高下击，故不能抗也。”敌退保东觉山，阻大河自固，其险倍于热索桥。海兰察、福康安各将奇兵由间道济，大破之。次雍雅山，廓王使来乞盟，实觇我师也，严檄斥之，数日不报，师复进，六战六捷，深入七百余里，距廓都阳布(加德满都)百里而近，阳布在甲尔古拉山之阳，其北为堆木、补山，两山险相若，下有横河，湍激不容舟，我军既破北山寇，海兰察谓：“宜阻河立营以计袭之”。福康安不可，渡河进攻，卒败还，骁将阿满泰等俱战死。海兰察督额勒登保，扼桥力战，出福康安于险。廓王慑大军威，卑词乞哀，愿还所掠，并贡驯象、番马、乐工，永遵约束。（《黑水先民传》卷十三）

在清朝大将福康安同参赞大臣海兰察率领清兵打击下，廓尔喀

被赶回喜马拉雅山南麓，甚至还反攻到廓尔喀首都阳布(加德满都)外二十公里的热锁桥，从而迫使廓尔喀向清朝五年朝贡一次。

人物介绍：海兰察（1739～1793年），索伦(鄂温克)杜拉尔氏，出生于呼伦贝尔索伦左翼镶黄旗占其布佐的一个普通兵丁家中，地处今滨州铁路顺河车站北，海拉尔河北的小山脚下（当时称霍勒特浩小村）。自幼丧父，幼年时在呼伦贝尔城（海拉尔）为“公来号”商铺放牧，后来为商铺驱车往返于奉天（沈阳）、吉林等地调运货物。

乾隆二十年（1755年），以库图勒从征准噶尔。1757年7月，射伤并生擒准噶尔辉特部头领巴雅尔，立下头功，乾隆皇帝赐“额尔克巴图鲁”称号，提任三等侍卫。

1760年8月，随乾隆皇帝到木兰围场围猎时，突然出来两只虎，异常凶猛，皇帝立即令随员射虎，海兰察发两箭射杀两虎，解皇帝险境，提任为头等侍卫，允许乾清门行走，赐骑都尉世职兼云骑尉世职，图像紫光阁，位次四十六。

1767年，由于缅军越境骚扰边境，以头等侍卫衔随参赞大臣额勒登额从东路出师虎踞关（今云南陇川县西边界处），因作战有勇有谋，在军中被授为记名副都统。1768年，又从万仞关（今云南省盈江县西北猛奔山上）出兵，打败缅贼戛鸠江，被授予镶黄旗蒙古副都统。

1772年，海兰察自云南赴四川与清军阿贵将军会师参加征服大小金川的战争。至11月海兰察带领索伦鄂温克兵攻打小金川，共攻破大小卡寨五十余座，碉房三百余间，被清廷提任正红旗蒙古都统，12月小金川平定。

1774年，海兰察在攻打罗博瓦的战斗中出奇兵，立大功，擢内大臣。赐"绰勒霍罗科巴图鲁"（意为超勇），又复授参赞大臣，加御前侍卫上行走。海兰察在收复金川的战斗中被记载为"而海兰察不避艰险，每攻必克，尤为超轶出群，堪称勇将"（《清高宗实录》962卷，第13页）。

1776年2月，"凯还，车驾幸良乡行郊劳礼，赐御用鞍辔、马各一，爵一等超勇公，再图像紫光阁，位次第八。寻授领侍卫内大臣。"

1781年3月，甘肃、青海新教派起义，清派以阿贵为帅，海兰察为辅佐镇压新教派。嘉奖海兰察有功外，还授予海兰察长子安禄三等侍卫。

1784年4月，甘肃新教派再次起义，清朝又以阿贵为将军，福康

安、海兰察、伍岱并列参赞大臣前往。海兰察因在破石峰堡战斗中生擒义军首领有功，清朝提升海兰察子安禄为二等侍卫，并授予海兰察骑都尉世职，由其子安禄承袭。

1786年末，台湾林爽文利用反清复明组织天地会发动暴乱，攻下彰化，建立政权，年号顺天。又攻克诸罗、凤山等县城，一时暴乱席卷台湾各地。乾隆先后派湖广总督常青、福州将军恒瑞、福建水师提督黄仕简、陆路提督任承恩、海坛总兵郝壮猷、陆路提督蓝元枚、江宁将军永庆、广州副都统博清额等，4万左右大军去平暴，均是损兵折将，其中海兰察的女婿富克精额也在台湾盐水港阵亡。

乾隆五十二年七月（1787年9月），清廷派福康安为将军，海兰察为参赞大臣出征台湾。十月二十八日待得顺风百十艘战船出海，十一月一日登岸，十二月二十五日败义军于大里杙，乾隆五十三年一月，林爽文被擒获。清朝嘉奖海兰察晋二等超勇公，赏红宝石顶、四团龙补褂、紫缰、黄金瓣、珊瑚朝珠。第三次图像紫光阁，位次第五。又命塑其像台湾府、嘉义县城。当各官僚祝贺海兰察时，海兰察却为国家的稳定而忧心忡忡："官不廉则民怨，法不严则官贪，帅不智则将不勇，将不勇则兵变"（时亿《安内如鹰、攘外似虎 乾隆特赐武壮——海兰察》）。

1791年，廓尔喀（今尼泊尔）在英国殖民势力的支持下，勾结西藏大封建主势力，武装侵略西藏。11月，乾隆命令福康安为将军，海兰察、奎林为参赞，率军征讨廓尔喀。次年8月，廓尔喀降。因征廓尔喀有功，晋升为一等超勇公。

1793年3月15日，乾隆皇帝谕"向来武臣，无乘轿之例，海兰察在军前效力多年，腿有宿疾。著格外施恩，赏令乘轿"。5月9日，海兰察由藏回京后，在家中病故，乾隆皇帝打破病故不入昭忠寺之例，"念伊军营效力多年，身曾受伤，加恩著入祀昭忠寺以示朕轸恤军营效力大臣之意"。6月，又赐海兰察"武壮"称号。

（三）驻防并守卫边疆

在康熙二十六年（1687年），黑龙江将军萨布素命索伦（鄂温克）六个佐一千多官兵连同家属移驻墨尔根（其中两个佐是达斡尔族），担任保卫黑龙江中上游的任务。

1. 到呼伦贝尔驻防戍边

1689年9月7日，中俄尼布楚条约签订以后，呼伦贝尔成为了有边无防的境地,额尔古纳河成为沙俄由尼布楚进入东三省的水路咽喉之地。1724年（雍正二年）清廷派时任齐齐哈尔城镶红旗协领卓尔海率领鄂温克、达斡尔卡伦巡防兵巡察呼伦贝尔中俄边境后，于1727年（雍正五年）沿额尔古纳河左岸国界设立12处卡伦，每卡配备4座蒙古包，每处派驻30名卡兵，三个月一换。1729年（雍正七年）雍正皇帝发布征讨准噶尔的命令后，清军由北路和西路两个方面发起攻势，1731年（雍正九年）6月清军在与准噶尔大小策凌敦多布交战中失败，退至科布多，准噶尔噶尔丹策凌亲自率军乘胜追击，清军节节败退，丢弃科布多城向察罕叟尔（蒙古国地名，意为白尾）退却，大清的北部边境也开始受到准噶尔的威胁。在清军中索伦部队被认为是无敌的军队，在呼伦贝尔驻军既可以西北防沙俄入侵，又可以向西南攻打进入外蒙古的准噶尔葛尔丹策凌的军队。清皇帝根据时任黑龙江将军卓尔海改变“轮回守防”为“驻边守防”的意见，于雍正十年(1732年)从布特哈地区抽调索伦（鄂温克）兵丁1636人、达呼尔（达

斡尔）兵丁730人、鄂伦春兵丁359人、巴尔虎兵丁275人，共3000兵丁和不能分离而未经测丁的男子及闲散老弱796人遣往呼伦贝尔驻防，“索伦、巴尔虎族向惯游牧，可带家属迁往；达呼尔向来习于住房耕种生活，迁居之地仅限壮丁前往，俟盖房耕种立业后，将彼等妻子家属移往”，成立了索伦八旗，共50佐，分为左右两翼。左翼四旗为镶黄旗7佐，正白、镶白、正蓝三旗各6佐，由左翼总管达巴罕管辖，驻牧在通往俄罗斯道路的边界一带；右翼四旗为正黄7个佐，镶蓝、正红、镶红三旗各6佐，由右翼总管博尔奔察管辖，驻牧于喀尔喀边缘沿喀尔喀河一带。每佐设佐领一名，骁骑校一名，每旗设副总管一名。每个总管发给乳牛、马各10头（匹），绵羊80只；副总管乳牛、马各8头（匹），绵羊60只；佐领乳牛、马各7头（匹），绵羊50只；骁骑校乳牛、马各6头（匹），绵羊40只；每个兵丁给乳牛、骒马各5头（匹），绵羊30只。让他们一边驻防边疆，一边从事畜牧业生产维持生计来繁衍生息。在1733年（雍正十一年）6月，就从呼伦贝尔三千兵丁中调拨二千名前往察罕叟尔。

人物介绍：博尔奔察，布特哈索伦敖拉氏，隶正蓝旗。

清雍正十年（1732年）置掌呼伦贝尔总管关防一员，清廷即以博尔奔察任职。

乾隆初年升任布特哈正黄旗都统。清乾隆二十一年（1756年）晋内大臣。次年回部叶尔羌封建主霍集占据南疆叛乱，博尔奔察奉命带领戍守乌里雅苏台的索伦兵赴巴里坤助剿。回部叛乱平定后，清廷大封功臣图像紫光阁，博尔奔察列前五十功臣，位次二十。

博尔奔察善于辞令，在内廷供职时，经常因事讽谏。他以委婉的言辞，常能改变乾隆的意念。

1751年春，他曾扈从乾隆帝南巡。行至镇江时，乾隆帝命侍从放烟火，观者多因烟熏而咳喘不止，当时黄廷桂任两江总督。对吏民督责极为严厉，博尔奔察笑道：“这是素被黄烟熏怕之人，因此望而生畏。”借以讥讽黄廷桂。又一次扈从乾隆帝南巡苏州灵岩，见梅树粗大有合抱者，他就佯作拔刀砍断梅树的样子，乾隆帝正沉浸赏梅的

雅兴中，见此大惊，赶紧拦阻并追问其故。博尔奔察则应道："我恨它不生在圆明园之中，以致使圣上跋涉江湖之险而远游寻觅！"暗寓作为帝王，不应淡忘朝政，醉心于游山玩水之意，借此劝阻乾隆帝南巡。

在一次较射中，有人将弓堕于地上，乾隆帝勃然震怒。博尔奔察则上前解围。说他们都是健儿，为了显示自己射技之高，在引见前，习射劳苦，以致臂痛，才不能引弓而射。乾隆帝听了这种解释，面色变得温和起来，没有惩处那没有扳住弓的人。

博尔奔察常以委婉或诙谐的语言，对乾隆帝进行讽谏，乾嘉时的宗室礼亲王昭梿将他比作东方朔、简雍（《黑龙江人物传略》）。

2. 到新疆伊犁驻防戍边

清代，索伦鄂温克部队多次到新疆征战、驻防。乾隆二十年十二月（1756年1月）"其伊犁从前原议驻兵五百名，今亦毋庸增添，仍照旧数，派索伦兵五百驻扎，惟兵丁马匹，须在一处"、乾隆二十四年十月（1759年12月）“舒赫德奏称，驻防伊犁，应派出满洲、索伦兵四千名，建筑城堡”等。此外，于1763、1764年两次又派鄂温克、达斡尔各500名官兵及其家属迁居伊犁，成立“索伦营”。乾隆三十一年三月（1766年5月）“谕，据明瑞奏，伊犁去岁，索伦官兵染疫病者多，索伦达呼尔等放牧牲畜，亦多倒毙……”

到道光十三年冬十一月（1833年12月）“特依顺保等奏，伊犁索伦部落之闲散余丁，俱未成丁，难以续挑马甲……”

因为天灾人祸等，至中华人民共和国成立时，新疆的鄂温克人所剩无几。

四、凝聚圣洁与祝福的敖包山

十五的月亮升上了天空
为什么旁边没有云彩
我等待着美丽的姑娘
你为什么还不到来

这首悦耳动听《敖包相会》，是电影《草原上的人们》的主题

歌。1956年夏，电影《草原上的人们》摄制组在巴彦呼硕敖包山拍摄时，由出生在鄂温克草原的达斡尔族作曲家通福为此歌作曲，歌曲从巴彦呼硕敖包山唱起，传遍了中国，传向了世界。

小故事：在拍摄电影《草原上的人们》期间，当时的索伦旗（今鄂温克族自治旗的前身）正在巴彦呼硕敖包山的北面召开那达慕大会，旗食品公司也到那达慕大会场地附近收购牧民的牲畜。食品公司在驻地前方埋了一些木桩子，在木桩子上方比人稍高一些横着绑了粗绳子，把买来的马匹拴在粗绳上。参加那达慕大会的人们都是为了吃喝玩乐而去的，男人饮酒是最普遍的事。一天傍晚，电影演员恩和

森也喝了一些酒，骑马在会场附近狂奔，路过食品公司驻地附近时，没有注意木桩上横着的粗绳，被粗绳拦腰拉下马来。食品公司人员看到后，有的去扶恩和森，有的骑马去把恩和森的马抓回。

巴彦呼硕敖包山在鄂温克族自治旗所在地巴彦托海镇（南屯）正南方向，距海拉尔车站39公里，离民航海拉尔东山机场45公里，交通便利，有沥青路直达旅游区。

在敖包前方的石碑上，还有镌刻有《草原上的人们》（原名<科尔沁草原上的人们>）的作者玛拉沁夫题写的“天下第一敖包”的字体。还有我国当代书法家启功先生题写的“敖包相会”和全国宗教协会主席赵朴初的手书“祭天圣坛”等字样。

这是一座平坦的草原上凸起的小山包，西面是广阔的鄂温克草原，南面和东面是清澈的伊敏河蜿蜒曲折缓缓向北流过，河畔和山的东坡生长有柳树、杨树、山荆子（山丁子）、稠李子、山刺梅（野玫瑰）、灯笼果、面果等树木。

初夏时节，巴彦呼硕敖包山下河畔的各种树上鲜花盛开，组成

了多彩的花带。盛夏的时候，稠李子、灯笼果、面果等果实成熟，游人可以亲手采摘品尝那鲜美的滋味。深秋以后，山荆子（山丁子）果实已经成熟，采回去拌些糖，夹着面饼、馒头或面包里吃，别有一番酸甜爽口的味道。在白雪皑皑的冬季，也能在这里品尝到野果，那就是在白雪当中透出红亮的野玫瑰果。

在巴彦呼硕敖包山南坡山脚下，1784年索伦右翼四旗鄂温克人曾建过寺庙，1802年嘉庆皇帝赐名为光远寺。庙中祭祀贡品中曾有1792年八世达赖喇嘛为表彰“索伦劲旅”驱逐廓尔喀入侵西藏所立功勋而敬送给索伦部英雄海兰察的自身袈裟。人们为纪念海兰察，在庙前立了“百世遗后，万世流芳”的石碑。可惜此庙于“丁巳年动乱”中被毁。

巴彦呼硕旅游区是国家3A级景区。1989年，鄂温克族自治旗政府在巴彦呼硕敖包山开辟了旅游点，占地面积5平方公里，在敖包南面较为平坦的山坡上建起了一座砖木结构的蒙古包多功能大厅和餐厅，集卡拉OK、歌舞、娱乐为一体，可同时容纳160人就餐。还建有

60座蒙古包，可接待1000人同时就餐、600人住宿，供游人们体味草原上的生活。

2000年，自治旗政府通过招商引资，在旅游点增设了冬季滑雪索道和欧式别墅群，这里有国内装潢一流的新型蒙古包，客房内设有淋浴、卫生间，风格各异的蒙古包餐厅，配以独特的草原奶食品和正宗的鄂温克餐饮。在这里，人们可以观赏纯朴的民族歌舞，聆听美妙的歌声，并有美丽的牧羊姑娘敬酒献哈达，送上大草原的诚挚祝福。

夏天，碧绿的草原一望无际，弯弯的伊敏河在无垠的草原上像一条银色的玉带，洁白的蒙古包像一朵朵白莲花，成群的牛羊像点点珍珠散落在草原上，组成了一幅绚丽多彩的草原风景。放眼眺望，草原铺向远方，碧绿的草原与湛蓝的苍穹汇成一色。茶余饭后，可骑马或乘勒勒车漫游阳光下的草原，亦可随这里的导游姑娘去访问真正“草原上的人们”，可观赏赛马、摔跤、套马、驯马等表演。如果在6月中下旬，游人们会遇上在此举行的鄂温克族的瑟宾节活动或祭敖包活动，那盛大的场面，亲身的参与，真切的感受，会使大家对草原的自然风光和民族风情留下终生难忘的印象。

冬天，这里是“千里冰封，万里雪飘”，游人们可乘马拉爬犁或骑骆驼观赏雪景，也可自己滑雪，或开雪橇在茫茫雪原上奔驰。从

2000年起，每年12月中旬这里还举办别开生面的冬季“那达慕”冰雪旅游节。可以看到雪地赛马、赛骆驼、马拉雪橇、雪地博克比赛、滑雪比赛、冬泳等尽显北方少数民族豪气和强悍的项目。

1964年8月5日，党和国家领导人朱德委员长和董必武副主席到鄂温克草原视察，董必武副主席写下了“膻肉酪浆俱美味，钢刀银碗特工精，载驰载驱群络马，亦舞亦唱激摅情”。用诗的语言，赞誉了鄂温克美丽自然风光和多彩的民族风情。

在巴彦胡硕敖包山，除了举行过旗里的“那达慕”、“瑟宾节”等娱乐活动外，还举行过“敖包相会”国际情歌节、“百万英雄杯”中国悦动户外大奖赛、全国露营大会暨呼伦贝尔户外那达慕、呼伦贝尔冬季那达慕等活动。

此外，在巴彦胡硕旅游景区附近还聚居有我国唯有的布里亚特蒙古族牧民，他们是在1918年至1922年间迁自俄罗斯，他们的生产生活方式、服饰、婚礼等都不同于国内的其他蒙古族，可以参加他们的牧户家庭旅游。

小介绍：鄂温克族自治旗博物馆简介：鄂温克博物馆在1998年8月1日鄂温克族自治旗成立40周年时正式开馆，当时共投资1千余万元，是国家AA旅游景区。博物馆占地面积1万平方米，当时的馆舍

面积2400平方米。2005年6月18日“瑟宾节”前，旗政府又投资80万元建陈列面积380平方米的自然展厅开馆。现在，鄂温克博物馆面积4600平方米，共有7个展厅，即：历史厅、民俗厅、自然厅、起源厅、遗址复原景观厅、多功能厅、成就厅等。现有馆藏文物有1000余件，其中，一级文物10件，二级文物24件，三级文物27件。馆内通过形象生动的实景重现和历史文物陈列，展示了鄂温克族在衣食住行、婚丧嫁娶等各方面的风俗习惯。展示了鄂温克族悠久的历史、绚丽多彩的风情及当代风貌。鄂温克族自治旗除了旗博物馆外，一些乡镇还有小型博物馆。有红花尔基森林博物馆、巴彦嵯岗名人陈列馆、锡尼河布里亚特民俗博物馆、巴彦塔拉达斡尔民俗博物馆、巴彦托海镇历史馆、辉河苏木自然生态馆等。鄂温克族自治旗可能成为旗县级中，博物馆最多的旗县。

鄂温克族自治旗境内旅游景区20余处，其中大型旅游景区还有：维纳河矿泉疗养院、三道湾旅游景区、五泉山旅游区、红花尔基樟子松森林公园、愉景湾观光牧场、德仁夏营地、辉河湿地保护区等等。

距鄂温克族自治旗政府所在地巴彦托海镇140多公里处，有一处旅游胜地，那就是远近闻名的维纳河矿泉疗养院。疗养院东、南、西三面环山，山上生长着茂密的樟子松、白桦及杨树，维纳河水在疗养院北部自东向西流过，河水两旁长有山丁子、稠李子、面果、灯笼果、野玫瑰、柳树等树木。在山涧旁的平坦处泉水从7个泉眼冒出地面，汇入山涧后向北流入维纳河，这就是和举世闻名的法国维希矿泉相媲美的维纳矿泉。这里是理想的集疗养、旅游、观光、避暑、垂钓、探险、狩猎为一体的旅游胜地。

维纳矿泉的7个泉眼虽然集中在只有10米左右方圆的地方，但水质各有差异，分别被命名为心脏泉、万能泉、头泉、胃泉、胃酸泉、耳泉、鼻泉。饮用或洗浴，有神奇的疗效。关于泉水，在鄂温克族中流传着这样一个传说：二百多年前，有一位杜拉尔氏鄂温克老猎人射伤一只驼鹿。受伤的驼鹿跑入山谷间的泉水坑，打了几个滚后，

伤势减轻而去。猎人赶到时，只见射中驼鹿的箭在泉水中，猎人很惊奇。这时猎人觉得口渴，蹲在泉边喝起泉水，几口水下肚，感到浑身舒服，疲劳消失。从那以后，“维纳阿尔善”（圣泉），被人们叫开了。

维纳河一带野生动植物资源丰富，茂密的森林中栖息有驼鹿（犴）、雪兔、马鹿、野猪、黑熊、狍子、猞猁、狐狸、雪兔、旱獭、松鼠、水獭、麝鼠、飞龙、乌鸡、野雉等飞禽走兽；维那河中有细鳞鱼、哲罗鱼、鲇鱼、华子鱼、白条鱼等；山坡上还有草莓、红豆、蕨菜、黄花菜、野韭菜、野葱以及党参、黄芪等植物，雨季还生长有各种树蘑、灵芝等菌类植物；河边的树丛中还有山荆子（山丁子）、稠李子等，称得上是“天然动植物园”。

初夏，苍翠的山峦和蔚蓝的天空相辉映，空气清新。游人们享受着没有污染的青草和树木散发着的纯净气味。如果住的是普通地面的蒙古包或“木刻楞”，一觉醒来时，可能会看到“瞎目鼠”在室

内地面上推出一堆松软的土。在这里旅游度假，会把自己与自然融为一体。盛夏，到这里疗养和避暑的人达到高潮。这时，各种野果已经成熟，有野生草莓、红豆、山丁子、稠李子、面果、灯笼果等等，人们还可以提着篮子采集一些，甜的、酸的、面的尽情品尝。冬季，因为大雪封山，来疗养的人不多。但是，这里不需要花钱的天然高山滑雪场，肯定不会让大家失望。

红花尔基森林公园是国家3A级旅游景区，在森林间的湖泊畔建筑了1200平方米的多功能厅和40多座欧式木屋别墅，身在其中仿佛进入异国他乡，湖中能划船，还能钓鱼。游人们还可以登上山顶的防火研望塔，饱览北国樟子松林的自然风光。

传说，一代天骄成吉思汗从这里西征时，曾把一根马鞭丢在这里，这根马鞭化为一条“青龙”，终日守护着呼伦贝尔。那时，这里树青草绿，充满了生机。一对新婚夫妇居住在美丽的伊敏河畔，他们相亲相爱，过着无比甜蜜的生活。有一年突然来了一条“黄龙”，要霸占这片美丽的地方，青龙便与黄龙展开了激战，青龙败逃。黄龙又

对新婚夫妇展开了攻击，他命令风兵掀了他们的包，命令沙将狠狠地抽打他们。两人紧紧拥抱在一起，无视黄龙的淫威。最后黄龙用沙子埋住了他们的双脚，夫妻俩的双脚吸吮着地下的养料。一年又一年过去了，他们的身子变成了树干，伸开的臂膀变成了树杈，展开的手指变成了松针。可是身子再也分不开了。因此，樟子松至今还是雌雄同

株。

樟子松是国内外稀有的珍贵树种，也是我国重点保护树种。被誉为“樟子松故乡”的红花尔基樟子松林带，连绵200多公里，组成一条美丽多姿、四季常青的绿色彩带，总面积达59.8万公顷，林地面积达21.3万公顷，这里也成为中国最大的樟子松基地。

森林公园规划为3个功能区，即翠月湖森林度假游乐区、草原湿地科普游览区和森林狩猎区。已建成森林旅游景点10余处，其中以翠月湖为主体具备旅游功能的景点有森林博物馆、民俗风情村、伊敏河漂流、神水泉、翠屏峰、瞭望塔景观、樟子松自然保护区等。开设的综合服务项目有：水上娱乐（快艇、游船、漂流）、森林浴场、赛马、射箭、骑马、骑骆驼、乘勒勒车、森林野营、滑雪、滑冰等，以成为令各方游人心驰神往的旅游胜地。这里能够接纳上千人就餐和几百人住宿，服务中心内的270平方米的多功能厅，还能容纳200余人召开会议或举行联欢。

1998年，经内蒙古自治区人民政府批准，建立了自治区级红花尔基樟子松林自然保护区。2003年1月24日，经国务院批准晋升为国家级自然保护区。

三道湾旅游景区中，晨光生态园是国家AA级旅游景区。位于鄂温克旗伊敏河畔三道弯水域，三面环水，四周灌木，夏季鸟语花香，

冬季雪挂枝头，自然景色宜人。

晨光生态园整体建筑风格为欧式木制别墅，样式各异、精工打造。现有别墅及木屋十余座，水上大餐厅一座，能同时容纳400多人就餐，百余人住宿，绿树掩映红墙绿瓦，空气清新。

园内餐饮主营项目有民族特色手把肉、烤全羊、烤牛排、烤羊腿、羊排、纯天然绿色山野菜、炒白蘑等。同时可据客人的需要提供民族风情的敬酒、献哈达、献歌等礼仪服务。娱乐项目有夏季垂钓、划船、骑马、篝火晚会，冬季滑雪、滑冰等。

五泉山自然风景保护区旅游景区是国家AA级旅游景区，位于巴雁镇境内，在大雁南29公里，区域范围6.8平方公里。景区内山峦叠嶂，错落有致的三座山峰，即五泉山、敖包山和大鹏山。该旅游区有生命之泉、智慧之泉、珍贵之泉、富饶之泉、圣泉等五眼泉水四季喷涌，冬暖夏凉，可饮可浴。经有关部门化验表明，泉水含有多种对人体有益的微量元素。山上有奇形怪状的樟子松，有形似鹿角的“鹿角松”，有两颗长在一起的“姐妹松”，有几株一般粗壮仿佛同根的

"结义松"，有像一对情侣的"情侣松"，还有"擎天松"等等。有泉水汇集而成的湖泊叫"宝勒高湖"，可以在湖中垂钓，汽艇兜风。湖的东南岸边，还饲养有野生动物。

从湖的东南侧西望，起伏山峦的最高峰像一尊巨佛仰卧在山峦之间，有挺直的鼻梁，微开的佛口等清晰的轮廓，因此得名"卧佛山"。有经常在午夜出现白色光环，即"佛光闪现"的传说，为这奇异的山峦披上了神秘的面纱。

进入冬季，五泉形成一个独特的景观，温暖的泉水在树丛中雾气升腾，形成美丽的树挂。泉水在沼泽地里结冰成塔，形状各异，别有情趣。

在德仁夏营地您能够体验鄂温克族牧民夏季生活方方面面。它位于旗所在偏西南方向的草原深处原始森林旁，距旗所在地136公里。辉河流域是鄂温克族聚集地区，具有非常浓郁的民俗风情和文化底蕴，德仁夏营地是长久以来辉河鄂温克族牧民自发形成的草原部落。每当绿草如茵时，辉河地区的牧民便驱赶着牛羊到水草丰美的德

仁夏营地，扎下鄂温克族特有的柳条身芦苇顶的蒙古包，开始一年的夏季牧业生产活动。多座鄂温克式蒙古包一字排开，甚是壮观，骏马奔腾，牛羊遍野，一派古老和现代文明交融的景象，是难得一见的久远的草原原生态生活场景。到德仁夏营地，可参与牧民生产生活，挤牛奶、拾牛粪、骑马放牧、乘米日干车访友、品尝制作奶食品，参与搭建鄂温克蒙古包住宿，同牧民共同欣赏歌舞，还可以观赏和参与鄂温克传统的“抢枢”比赛，抢“银碗”比赛等活动，观赏杀羊表演、马术表演、品尝原汁原味的烤全羊风味大餐。还可以领略国家级自然保护区辉河湿地风光。

鄂温克幸福人家旅游文化度假村位于巴彦托海镇南，紧临历史悠久而再度重建的呼和庙，方圆700亩草原，被认为九曲回肠的伊敏河怀抱。有现代与民族传统文化结合的宾馆、蒙古风情、俄罗斯风韵的3个不同区域，具有风格迥异的高档套房和标间，可同时容纳120人入住，400人同时就餐，规模之大，档次之高，彰显贵族气派。冬季室内垂钓馆，既有野钓趣味，又可四季享乐，开呼伦贝尔冬季垂钓的先河。

辉河湿地自然保护区是以湿地保护、草原、森林生态系统及珍禽为主的国家级自然保护区。它是大兴安岭山地森林向呼伦贝尔草原的过渡及草甸草原向典型草原的过渡带，是集湿地、草甸草原、典型草原、沙地樟子松疏林于一体的综合性自然区域，总面积3468.48

平方公里。1997年12月，鄂温克族自治旗人民政府批准建立辉河珍禽湿地地方级自然保护区；1999年11月，辉河湿地自然保护区晋升为自治区级自然保护区；2002年7月3日，经国务院办公厅批准，辉河湿地自然保护区晋升为国家级自然保护区。辉河发源于海拔1508.8米的大兴安岭霍玛拉胡尔敦山，自东南向西北至鄂温克族自治旗与新巴尔虎左旗交界处转向东北，呈月牙形，在巴彦塔拉达斡尔民族乡北部汇入伊敏河。是伊敏河最大的支流，干流长362.5公里。辉河有61条支流，其中长于20公里的有9条，干支流总长1279.76公里。上游出自大兴安岭，至辉河苏市伊拉特嘎查附近有较明显的河床，两岸生长有各种树市及植物；约从辉河苏市伊拉特嘎查至特莫胡珠水坝以南河床时有时无，并生长有芦苇等植物；特莫胡珠水坝以北至流入伊敏河的这段，在二十世纪五六十年代，芦苇曾一直生长到巴彦塔拉民族乡所在地西面的头道坝、二道坝附近，由于近年来雨水减少及特莫胡珠水坝的阻拦等原因，过去平均深1米3左右、宽近20米的辉河，现在变成了也就有半米深，两三米宽的小溪，芦苇也已经退化。

保护区内的沙地樟子松林总面积121.58平方公里，是欧亚大陆东部草原生态区范围内，在我国分布的最珍贵的一块森林资源，处于大兴安岭山地向呼伦贝尔草原的过渡地带上，成为森林生物群落和草原生物群落镶嵌分布的生态交错区，表现出高度的景观异质性。

保护区内草原总面积2179.9平方公里，具有草甸草原和典型草原两种类型，并保持着草甸草原和典型草原相互过渡的特征，基本保持着天然状态。据初步统计，保护区共有植物60科199属344种，蕨类植物1科2种，裸子植物2科2属2种，其余为被子植物，以多年生草本为主，一二年生草本占一定比例，水分生态类型以中生植物最多。动物资源共有鱼类31种，分属5目8科；两栖爬行动物10种，分属3目5科；兽类42种，分属6目16科；鸟类187种，分属17目38科。

鄂温克族自治旗境内有较多文物古迹，其中有“细石器文化”遗址8处，“细石器”至辽代建筑遗址1处。可作为旅游资源开发的主要有：

1.大浩特罕古城遗址。位于辉苏市西南5公里，土筑，长方形，分内外两城，外城周长1440米外城墙残高1.5米，内城墙残高1.5～2米，内外城墙间距为9米，内城中央有一椭圆形建筑遗址，古城总面积

12.96万平方米。

2.小浩特罕古城遗址。位于辉苏市境内，西距大浩特罕古城遗址2.5公里，东墙长98米，北墙长95米，呈正方形，城墙残高约0.5米。城内正中有一圆台形建筑遗址，高出地面约2米，南北长35米，东西宽28米，遗址内有大量板瓦、筒瓦及残断的灰砖。

3.巴彦乌拉古城遗址。位于辉苏市西北17公里处，坐落在辉河今昔河道之间的河谷平原上。古城近似方形，南北长410米，东西宽440米，周长1700米。土筑，四角有角楼，高约2.5米，四面正中各有一门。其城内建筑布局，从南门到北门呈一条中轴线，主要建筑均贯穿在这条中轴线上。中央大殿基高约3米，略呈扁方形，南北长约32米，东西宽约40米。废墟上，残砖碎瓦俯拾皆是，柱坑排列成行。

有学者根据古城遗址曾出土过龙纹瓦和古文献《史集》的记载，推断巴彦乌拉古城为成吉思汗的四弟铁木哥斡赤斤王府遗迹。至

今，对巴彦乌拉古城遗址没有进行过考古发掘，它的原貌还有待于专家学者进一步考察研究。

鄂温克族自治旗每年还举办“鄂温克瑟宾节和赛牛大会”、“内蒙古冬季那达慕暨鄂温克冰雪旅游节”、“敖包相会国际情歌节”、“马文化节”、“伊敏河之夏草原文化艺术节”等活动。

鄂温克族自治旗先后获得“全国文化先进县”、“全国体育先进县”、“全国文物工作先进县”、“全国民族体育工作模范集体”称号。

2002年，鄂温克族自治旗被自治区文化厅命名为“全区民间歌舞艺术之乡”。

2008年，国家文化部命名的“中国民间艺术之乡”中，鄂温克族自治旗被命名为“歌舞之乡”。

鄂温克族自治旗内的旅游以草原、森林观光和民俗风情体验为主，以避暑、度假、疗养、观鸟为辅。在民俗风情方面，除了过去被称为“索伦”的鄂温克人的民俗风情外，旗内还有布利亚特蒙古族、蒙古族厄鲁特部和达斡尔族，他们都有各自民族独特的风俗。

鄂温克旗旅游部门开辟了“一环四线”的旅游线路格局。“一环”即环绕鄂温克旗三日或四日游。“四线”为东线五泉山旅游区；东南线维纳矿泉旅游区；南线红花尔基森林公园旅游区；西线主要是以草原风光、观鸟、考古及参与畜牧业生产旅游。这条线上可以领略旗内优美的草原风光，有辉河湿地的珍稀鸟群、有巴彦乌拉古城堡遗址，还可观赏到辉腾河地区的自然生态和野生动物群，可开展畜牧业生产观光和参与项目旅游。在观鸟方面：春季，白天鹅、灰鹤、鸳鸯、鹰以及各种野鸭等百余种候鸟来到鄂温克草原，在草原深处的湖泊中嬉戏游弋。如果雪还没有融化，这里有一种遍体是雪白羽毛的鹰，它时而翱翔在天空，时而俯冲下来扑住野兔，潇洒而凶猛。辉河流域的草地上，有国家一类保护动物大鸨、丹顶鹤、白头鹤、金雕、白鹤、欧洲白鹳、玉带海雕、白尾海雕、白肩雕等。秋后，准备回迁的鸟类栖息在河畔和湖畔，数目之多，鸟类专家也可能数不清。

此外，陈巴尔虎旗鄂温克民族苏木的“中国第一曲水”莫尔格勒河，还有生活在这里的“通古斯”鄂温克人的民俗风情，都会让游人流连忘返。在苏木驻地还可以在泉水口附近，喝到当地出产的阿达盖矿泉水。

兴安岭深处根河市的敖鲁古雅鄂温克民族乡，也是久负盛名的旅游之地。那里生活着我国唯一使用驯鹿的鄂温克部落。驯鹿是半家养半野生的动物，雌雄都长角，素有“林海之舟”的美誉。鄂温克族猎民把家当驮在驯鹿的背上，骑着驯鹿走过兴安岭的春秋岁月。骑上驯鹿穿行于密林间，那是什么滋味呢。这部分鄂温克人以饲养驯鹿和狩猎为业。在鄂温克人的“仙人柱”里做客的话，鄂温克人一定要给客人烤制鄂温克式“克列巴”（面包），挤一些珍贵的驯鹿奶，请你把“克列巴”蘸着浓似奶油的驯鹿奶，再品尝奶茶，真是美味无比。1995年建成鄂温克族狩猎文化博物馆，这里陈列的各种物品，都是鄂温克猎民亲手制作的，是他们在漫长的历史岁月中创造的物质和精神文化成果。

山林里的老人都会讲故事，鬼怪、妖魔、仙女、仙鹿、英雄、天神等等，大家围在篝火旁，一会儿害怕，一会儿激动，一会儿高兴，看到大家的模样，老人说“那才好呢”。

敖鲁古雅鄂温克民族乡“使鹿部落”旅游业迎合了生态民俗旅游及市场趋向，把“森林旅游”、“绿色旅游”、“冰雪旅游”、“民俗旅游”融为一体，凭借敖鲁古雅乡独特的地理、驯鹿文化、民俗文化、狩猎文化、桦树皮文化，开发综合性的“敖鲁古雅鄂温克族使鹿部落生态民俗旅游”，将其狩猎文化同现代旅游相结合，创造性地开发家庭式的民族部落旅游，尽快将敖鲁古雅鄂温克族使鹿部落建设成为融森林、冰雪、民俗文化、生态观光、度假休闲、狩猎、垂钓、漂流、攀岩等多种旅游形式为一体的较高档次和较大规模旅游胜地。

2003年8月，生态移民来到根河市西4公里后。2004年6月，搭起了撮罗子，开办“敖鲁古雅使鹿部落”旅游点。2006年5月，敖

鲁古雅乡政府又投资6万元，建桦树皮撮罗子、树上仓库、搭建小木桥、整理林间小路等。“敖鲁古雅使鹿部落”旅游景点主营项目有，品尝鄂温克美食、欣赏鄂温克民族歌舞、观驯鹿、给驯鹿喂食、观狍子、观野鸡、身穿鄂温克民族服装与驯鹿照相，可以在撮罗子里与猎民共同烹制民族风味食品，与猎民一同跳“篝火舞”等。2008年敖鲁古雅乡在阿荣布猎民点建成以完全体现敖鲁古雅鄂温克猎民生活原貌为主的旅游试点。敖鲁古雅乡还成立了旅游接待办，为家庭旅游业的发展提供了有利的组织保障，旅游接待工作初步实现了科学化、规范化的管理模式。为了丰富旅游文化内涵，组建了民族歌舞业余表演队，编排开发了婚俗表演，敬火神仪式，篝火舞，广场舞，民族服饰展示等表演项目。

1998年，在内蒙古自治区文化厅命名的第二批“全区民间艺术之乡”中，根河市敖鲁古雅鄂温克民族乡被命名为“木雕艺术之乡”。2006年，敖鲁古雅乡和5个猎民点被自治区民间艺术家协会命名为中国使鹿文化之乡和中国狩猎文化基地；2007年，敖鲁古雅桦

树皮制作工艺、敖鲁古雅鄂温克婚俗、敖鲁古雅驯鹿文化被列入自治区非物质文化遗产名录；2008年，国家文化部命名的“中国民间艺术之乡”中，根河市敖鲁古雅鄂温克民族乡被命名为“木雕之乡”。同年，国务院批准文化部确定的第二批国家级非物质文化遗产名录和第一批国家级非物质文化遗产扩展项目名录中，根河市申报的《鄂温克驯鹿习俗》、《桦树皮制作技艺（鄂温克族桦树皮制作技艺）》等两个项目被列入国家级非物质文化遗产扩展项目名录。2008年6月，第四批全区民间文化艺术之乡名单中，根河市敖鲁古雅鄂温克民族乡被命名为“桦树皮文化之乡”和“驯鹿文化之乡”。2011年，第三批国家级非物质文化遗产名录名单中，根河市申报的《鄂温克萨满舞》被列入国家级非物质文化遗产项目名录。

2006年，根河市专门聘请了芬兰贝利集团咨询公司为敖鲁古雅乡策划了《敖鲁古雅旅游区开发总体规划》。该规划把敖鲁古雅乡划分为：核心商业区、敖鲁古雅民俗展示区、现代敖鲁古雅人、户外运动基地、驯鹿文化休闲公园、宿营者乐园等六个功能区域。

根河市从2006年开始，在每年12月份召开“呼伦贝尔中国·开雪节暨根河敖鲁古雅使鹿部落冰雪文化节”，至2011年12月已经召开六次活动，内容有：开雪节开幕式，敖鲁古雅使鹿部落文化节开幕式，走进敖乡，体验鄂温克使鹿部落民俗文化、冰雪文化。有驯鹿拉爬犁比赛、雪地摩托赛、堆雪人比赛、狗拉雪橇、滑雪圈、冰爬犁、圣诞老人滑梯等趣味性、参与性更强的活动项目，鄂温克猎民表演“驯鹿与圣诞老人”。游客还可以亲身体验乘坐狗拉爬犁、驯鹿拉爬犁、冰雪游戏、驾驶雪地摩托驰骋冰天雪地，徒步穿越茫茫林海雪原，在野外堆雪人、打雪仗、冰滑梯、雪圈、滑冰、滑雪板、雪中探宝等游戏。在敖鲁古雅鄂温克民族乡，游客可以和猎民围着熊熊篝火尽情起舞，用激情驱赶严寒，用热情融化冰雪。游客还可参观猎民的手工制作、博物馆，体验“猎民家庭游”，让远方的游客领略森林鄂温克族的萨满舞、广场舞、火神舞等民族风情舞蹈及传统文化。

小介绍：敖鲁古雅鄂温克民族乡博物馆简介。2008年投入资金

650万元对博物馆进行了改扩建，博物馆占地面积达3000平方米，投入50万元在民间广泛收集鄂温克民族文物。博物馆共有馆藏380余件，其中国家一级文物2件，国家二级文物4件，三级文物24件。

扎兰屯市萨马街鄂温克民族乡的旅游业，突出“自然、生态、绿色、文化”这一主题，本着“谁建设谁管理，谁投资谁受益”的原则，靠市场运作实现旅游业的产业化，现已建成一处集鄂温克民族风俗风情为特色的旅游度假休闲娱乐为一体的民族度假村。民俗度假树坐落在济沁河畔“狮头峰”下。山险、水清、景美，是旅游、度假、休闲、体验民风、民俗的绝佳之处。如今来这里游玩的人越来越多。这里的山美、水美、景更美，旅游景点主要有“狮头峰”、“月牙湾”、“五台山”、“炮台砬”。

杜拉尔鄂温克民族乡依山傍水，是个美丽富饶的山乡，适用于开展旅游项目。春、夏、秋季诺敏河旁水草丰美，有茂密的灌木林，是人们休闲娱乐的好去处。冬季白雪皑皑，在密林深处多有山禽走兽出没，景观非常美丽。

五、伴着启明星的升起（生产）

对鄂温克族不了解的人，看了一些关于鄂温克族的介绍认为，鄂温克族在100年处于原始社会阶段（中学生《思想政治课本》），处于原始社会阶段的人主要以渔猎生产为主。《鄂温克族社会历史调查》和《鄂温克族简史》的执笔人吕光天根据他们于20世纪50年代进行社会历史调查时，从一些人的口述推算认为，150年前（约现在的210年前）鄂温克人才有了农业，雍正十年（1732年）到呼伦贝尔驻防后，“也就第一次从狩猎经济转向了牧业经济”。吕光天在《鄂温克族简史》中把人口不多的鄂温克人分成了三个社会经济形态，即我国的使鹿鄂温克人为“游猎区的原始社会经济形态”、“牧区的宗法封建社会形态”、“靠山区和农业区的封建地主经济”等。从而，在一些书籍中，全部鄂温克族跟着我国不到200人的使鹿鄂温克人，变成了“100年前”处于原始社会状态。从以下的介绍就可以看出鄂温克族的农业和畜牧业要比《鄂温克族简史》早很多，如果根据石双柱的《鄂温克民族的历史变迁与文化的变迁》一文观点，比《鄂温克族简史》要早几千年。

明末清初，鄂温克族的经济生活中就存在有渔猎、农、牧及多种经营的生产生活方式。过去被称为“通古斯”的鄂温克人，从那时到现在基本以畜牧业生产为主，副业有狩猎业、剪羊毛、木匠、制皮业、制毡业等等；驯鹿鄂温克人主要以饲养驯鹿和狩猎为主，副业有捕鱼、铁匠、采集等；索伦鄂温克人则以狩猎、畜牧业、农业为主，副业有林业（放木排）、皮革制品、制大轮车、烧木炭、捕鱼、手工业、拉脚、卖木材、剪羊毛、柳条和芦苇的编制、制皮业、制毡子、木匠、制土坯、采集等。

美丽的鄂温克族自治旗草原地处呼伦贝尔大草原的东部。其中的鄂温克族自治旗草原在呼伦贝尔草原的东南部；陈巴尔虎旗鄂温克苏木草原在呼伦贝尔草原的东北部。鄂温克族自治旗总面积19111平方公里，草原面积11944平方公里。陈巴尔虎旗鄂温克苏木总面积5540

平方公里。居住在呼伦贝尔草原上的鄂温克人主要的生产生活方式还是以畜牧业生产为主。主要饲养牛、马、绵羊、山羊、骆驼，也有饲养猪的家庭，其中饲养骆驼家庭比较少。

在草原上居住的人们都非常勤劳，他们经常是伴着启明星的升起，开始一天的劳动。鄂温克族自治旗的牧民，每家都饲养有奶牛，并把挤出的牛奶送到乳品厂的收奶站。收奶站在每天早晨6点钟就开始收奶。挤一头奶牛至少需要十几分钟，奶牛多的人家挤一次奶就要花2个小时以上，一天两次挤奶就要花5个小时左右。此外，还要早点把乳牛赶出去，乳牛到草场上吃饱了才能出更多的奶，傍晚挤完牛奶再放出吃一阵草，天黑时圈回圈内。劳动最艰苦的季节是冬天，过去没有棚圈挤奶时还非常冻手，挤一会儿，双手搓一搓或伸进袖子里暖和一下再继续挤。冬天还要给牛喂几次草，还要把牛圈里的牛粪扔出圈外，在牛圈里铺一层干草，防止夜晚牛趴在地上从下面受凉生病，过去还要到河面打冰眼给牛饮水。现在，有些家庭有了机井或压水井，不过给牲畜饮水水槽的冻冰还需要天天清理，如果压水井在室外，还要用开水把铁井管壁的冻冰浇开才能使用。1984年，鄂温克族自治旗出售鲜奶达10500吨，成为内蒙古自治区第一个出售鲜奶超万吨的旗。鄂温克族自治旗鼓励牧民多养奶牛，90年代又提出公路沿线80公里奶牛带建设为重点的发展奶牛业的方针，以三河牛、锡尼河牛、荷斯坦黑白花牛和西门塔尔红白花牛等优良品种奶牛为主，到2005年，牛存栏数达153416头，其中良种牛超过二万头，改良种牛近十二万头，两者合计十四万头，奶牛头数达7.5万头，全旗的牛奶产量达到15万吨。2005年，马匹的存栏数为19536匹，绵羊的存栏数为732715只，牧民人均纯收入4781元，名列呼伦贝尔市农牧民收入的第一位。

在明末清初时，鄂温克人就已经有畜牧业。据《清太宗实录》23卷，26～27页，记载："又黑龙江贡貂者。塞布奇屯巴尔达齐等十六人。噶尔达苏屯四人……又新至者。榆尔根屯一人。海伦屯二人……又索伦部落移牧八人。内至者四人。其余因马疲。留于科尔沁地方。先后共六十七人……以貂皮来与我等贸易皆知想让。不似先时

执拗矣”。说明在17世纪以前在索伦鄂温克人就存在游牧人员。此后清军于崇德四年（1639年）冬季开始征索伦部落，从其后俘获的人员及物品的纪录上也能看出索伦鄂温克人曾有过畜牧业。据《清太宗实录》51卷，14～15页，记载：“往征索伦部落萨穆什喀、索海。遣党习、郭查等赍奏至……共获男子三千一百五十四人。妇女二千七百一十三口。幼小一千八十九口。共六千九百五十六名口。马四百二十四。牛七百有四。又先后获貂、猞猁狲、狐、狼、青鼠、水獭等皮。共五千四百有奇。貂、猞猁狲、狐、狼皮等裘。共二十领”。此外，这样的记录很多，就是清军在今俄罗斯赤塔擒获索伦部头领博穆博果尔的记载：“至齐洛台地方。遂获博穆博果尔。及其妻子家属。共男妇幼稚九百五十六名口。马牛八百四十四”（《清太宗实录》53卷，20～21页，1641年1月24日）。说明在17世纪时，鄂温克人就已经饲养有牛、马等牲畜。

在清代，鄂温克人的马还非常有名。据清代何秋涛的《朔方备乘》记载：索伦产马，身长足健，毛短而泽（《朔方备乘》，45

卷，第9页,考订龙沙纪略）。在方式济（1676~1717年）的《龙沙纪略》和光绪十七年（1891年）出版的《吉林通志》等志书中也都有同样的记载。1689年中俄签订《尼布楚条约》划定国界后，呼伦贝尔地区处于了有边无防状况，清政府为了加强呼伦贝尔一线的防务，实行了“移民实边”的政策。于雍正十年（1732年），从布特哈地区选调鄂温克1636名、达斡尔730名、鄂伦春359名、巴尔虎275名，共3000名官兵到呼伦贝尔驻防。分索伦左、右两翼，共八旗，五十佐。为了减少军费开支，清政府给这部分官兵半分俸禄，此外，每个总管发给乳牛、马各10头（匹），绵羊80只；副总管乳牛、马各8头（匹），绵羊60只；佐领乳牛、马各7头（匹），绵羊50只；每个兵丁给乳牛、骒马各5头（匹），绵羊30只。让他们一边守卫边疆，一边从事畜牧业生产维持生计来繁衍生息。

明末清初，鄂温克族南迁之前在黑龙江中上游地区居住时期，部分定居生活的鄂温克人在从事狩猎、畜牧业生产的同时，就已经兼事有农耕。据光绪十七年版（公元1891年），清代长顺修、李桂林纂的《吉林通志》卷87，第30页记载，清初沙俄进入黑龙江以北地区时，“在俄罗斯屯田之索伦九十余家，放火烧尽庄田逃去”。说明当时鄂温克人的农业规模相当可观。南迁之后，清朝廷令鄂温克族等八旗官兵耕种田地。据清何秋涛的《朔方备乘》(圣训一)，卷1，第5页中记载：“康熙二十五年（1686年）……谕大学士勒德洪，明珠等曰，日者遣部员自吉林，乌喇至黑龙江，以蒙古，锡伯，达呼尔，索伦等人力耕种田谷大获，夫民食所关至重，来岁仍遣前种田官员，以蒙古，锡伯，达呼尔，索伦等人力耕种”。后来随着农业的发展，但由于地域分布不同，农业发展水平也不均，在农业地区居住的鄂温克人，其经济上农业所占的比重就大些，农业生产水平也高些。

到清末以后，农业地区鄂温克人的农业经济发展很快。在黑龙江省讷河县嘎布卡地区（今黑龙江省讷河市兴旺鄂温克民族乡），据《鄂温克族简史》认为：“粮食商品化和生产力的提高，促进了地主经济的发展……其中被称为‘阿米达巴音’（鄂温克语北财主）和

‘朱尔勒巴音’（南财主）的两个家族，占有一千多垧好地。‘阿米达巴音’一家雇长工最多时达五六十人，农忙时还雇短工。后来他将大部分土地交由汉族佃农耕种。四马村的全部汉族农民，都是这家‘巴音’的佃户”。说明当时鄂温克人的农业经济也发展到一定的规模。

人们都认为从事牧业的人不会种地，在牧区种地也要受到限制。如1956年12月1日《内蒙古日报》（第三版）刊登了胡德夫写的《要更多地关心索伦人》一篇文章：“索伦旗（今鄂温克族自治旗）辉苏市的索伦人原来在辉河沿岸经营一些土地，那些没有牲畜或牲畜很少的人靠种些稷子、土豆等来维持生活，而在新中国成立后由于某些干部的工作方法一般化，强调牧区经营土地会损害牧场，而封了他们的土地”。鄂温克族自治旗辉苏市的鄂温克人都是在雍正十年（1732年）到那里居住人的后代。因此说明在50年代在辉河沿岸种地的，应该是雍正十年到那里的索伦八旗人的后代，他们的种植技术，应该是从他们的上辈传下来的，即他们的上辈在雍正十年前就会种植农作物。

过去，鄂温克人种田时，开地前先放火烧掉草木，用牛或马拉犁破土，也有用铁锹挖的，民国时期也有人曾租用俄罗斯人的火犁（可能是一种蒸汽机械）开地。

小农具有“萨奇库”锄头、“玛吐克”耙子、“阿斯”叉子、“哈董”镰刀、“达库勒”簸箕、“阿嘎”笸箩、“塞依拉”筛子、“胡（勒）都日”锹、镐等“挪红格”捣米用的木臼，不用它已有一百多年了。“因”是碾子，一般套马使用。磙子，打场用具之一。

从20世纪60年代初开始，大型农田多数逐渐使用机械化设备。

1960年5月1日，《内蒙古日报》在第三版刊登了《鄂温克旗建立牧业机械化试验站》的报道，报道称：南屯（今巴彦托海镇）讯：中央农业机械部调拨十二台拖拉机，在鄂温克族自治旗建立机械化电气化试验站。

1961年8月2日，鄂温克族自治旗成立3周年之际，《内蒙古日

报》刊登的《鄂温克族自治旗小统计》为：牲畜总增：1958年23.2%，1961年29.9%。纯增：1958年4.31%，1961年16.5%。学校：1958年9所，1961年17所。学生：1958年956人，1961年3130人。卫生院及保健站：1958年12个，1961年13个。拖拉机：1958年没有，1961年123台。康拜因（联合收割机）：1958年没有，1961年32台。说明在1961年鄂温克族自治旗除了拖拉机以外，已经有了联合收割机。这其中的部分拖拉机和联合收割机是旗内的大雁种马场在开荒种地；一部分是1960年6月，遵照国家农垦部和王震部长的指示，以胡汉林为领导的支援呼伦贝尔盟机械化开荒队抵达巴彦托海，先后在鄂温克旗的巴彦托海、锡尼河公社等地大面积开荒种地。1963年，为正确处理农牧矛盾，根据上级指示，封闭耕地面积24408

公顷，耕地面积缩小到17740公顷，开荒队人员安排在鄂温克族自治旗工作。他们的农业机械设备也留在了鄂温克族自治旗，为鄂温克人的农业技术的发展，也打下一定的基础。

20世纪70年代中期，为了阻止当时的海拉尔市奋斗乡把耕地逐步向南屯公社（今巴彦托海镇）的地域推入，南屯公社在小马蹄坑（地名）的东北面全部使用机械化开了一片地，并用播种机播种了小麦，用联合收割机收割了小麦。

20世纪80年代末期，鄂温克族自治旗的一些苏市利用苏市境内的林间空地，办起了机械化农场。如1989年巴彦嵯岗苏市引进前苏联农业机械并与苏方合作创办机械化农场。当年种植小麦400公顷，收获100万公斤，收入近100万元。可见在鄂温克族自治旗境内大型农田已经用机械化设备耕种和收割。

鄂温克族是我国唯一饲养驯鹿的民族，至今根河市敖鲁古雅鄂温克民族乡的鄂温克人还饲养着驯鹿。驯鹿鄂温克语叫“鄂伦”，野

生驯鹿叫“索格召”，因为它有鹿一样的角、牛一样的蹄、马一样的耳、驴一样的身，所以俗称“四不像”。驯鹿不论雄雌都长有犄角，因此也叫“角鹿”。驯鹿属于寒带动物，它体轻、蹄大，善于在沼泽、密林和雪地上行走，因此被誉为“林海之舟”。它是使鹿鄂温克人的交通工具，在他们的生产和生活中起着重要的作用。过去，使鹿鄂温克人常年在深山密林中游猎，所需的生活用品全靠驯鹿驮运，搬家、驮运口粮、打到的野兽，都要用驯鹿驮回家。驯鹿不仅是属于生产资料，也是生活资料，如可以杀了吃肉，鹿茸、鹿心血、鹿鞭、鹿胎、鹿尾、鹿筋可以当药材，鹿奶的营养价值很高，还可以熬奶茶喝，驯鹿皮可以做服饰等多种生产生活用品。此外，驯鹿还被当作随嫁用品、送礼和献祭用品之用。

驯鹿的饲养一般没有棚圈，饲料是由鹿群在居住地附近的山沟中自己找着吃，主要是“恩靠”（生长在石头上和土地上的苔藓）和“来为特”（生长在松树、桦树、倒木上的苔藓类植物），夏天驯鹿喜欢吃蘑菇，还吃灌木的嫩枝嫩叶。平时要给驯鹿喂点食盐。夏天蚊虻多时，在居住地附近用烧柴烟来驱赶蚊虻。

在母鹿的挤奶期建临时木圈，把母鹿圈起来挤奶。9月是驯鹿的交配期，夜间把母鹿放出去交配，因为公鹿在交配期间特别厉害，影响挤奶和母鹿吃东西。

母鹿有8个月左右的孕期，在次年的5月20日至30日的10天左右产仔，单胎位多，个别有双胎，但很少有空怀的，成活率一般均达到80%以上。对孕期鹿在下崽前后非常注意其安全，母鹿下崽前不让驮重物，出汗时禁止饮水。下崽时注意不让母鹿吃掉胎盘，刚生下的崽不能用手摸，特别是吃过鸭肉的手不能摸崽，因为母鹿最忌鸭肉味，这些都是为避免母鹿不认崽。

100只母鹿中要留3～4只公鹿，其它公鹿一般到2～3岁时阉割，阉割时间是在驯鹿肥胖的8月末。过去阉割的方法是用布把睾丸包好，然后用牙咬碎即可。现在，多数由兽医来阉割。

锯驯鹿的鹿茸一般在5至7月间进行，这时候山林中蚊虻也开始

活动，在山林中点燃烟雾驱赶蚊虻，使驯鹿聚集到烟雾下来，用绳子把驯鹿套住，几个人把驯鹿按在地上用钢锯把鹿茸锯掉。也有把驯鹿绑在树上，两边用木杆夹住锯的。锯下鹿茸后，在鹿的头顶鹿茸的根部撒上消炎粉或烧火后的灰。锯下来的鹿茸用开水蒸煮，然后挂起来晾干即可。

使鹿鄂温克人至2003年对他们生态移民前，还从事狩猎生产。生态移民时，根河市政府收取了他们的枪支，但是还是称呼他们为“猎民”，他们成为了没有猎枪的猎民。现在，他们还是回到了山林中放养驯鹿，驯鹿和主人都有可能受到狼、熊等野生动物的侵害，没有了猎枪，放鹿人的生命也都没有保障。

渔猎业也曾经是索伦鄂温克族猎民的主要收入来源。明末清初至清末，鄂温克人就以貂皮等物品到朝廷进贡，换以生活用品。据《清太宗实录》38卷，8页，记载：是日，遣来朝索伦部落博穆博果尔、褚库尼等还。赐以鞍马、蟒衣、凉帽、玲珑鞓带、撒袋、弓、矢、甲、胄、缎、布、等物有差。在清代，鄂温克、鄂伦春和达斡尔等民族被编入“布特哈八旗”，也叫“打牲八旗”，主要担负清朝廷

内使用的貂皮及狩猎产品，据清康熙三十六年（1697年）七月十六日《黑龙江将军衙门档案》记述："镇守黑龙江等处地方副都统喀特呼、索伦总管喀拜、萨音齐克等咨行理藩院，为解送贡貂事。索伦、达斡尔、鄂伦春原有丁共3548名，其中扣除病故、进京者62名外，共剩丁3486人……以上貂皮共计3486张，交由总管喀拜解送"。也说明，清代的鄂温克等族男丁外出打仗外，留在地方的人丁中，扣除病故和进京者，每人还要年贡一张貂皮。据《鄂温克族社会历史调查》："鄂温克人十八岁以上'披甲'（乌格亲），每年皇帝发给二十四两银子，条件之一，是'披甲'每年要献给皇帝一张貂皮。当时，一个旗每年要给皇帝献两个大公野猪、四十对野鸡、四十张貂皮"。说明，鄂温克族每个十八岁以上男丁，每年都要献给皇帝一张貂皮，此外，每个旗也要献给皇帝野猪、野鸡等野物。鄂温克人的狩猎方法，从开始的弓箭、扎枪等狩猎外，还有下套子、下夹子、抓狼还用一种叫"龙古"的工具、用网捕猎、陷阱捕猎等，一直发展到用枪狩猎。鄂温克人的用枪狩猎最初在乾隆十五年（1750年）以前就曾经用鸟枪狩猎。据《清高宗实录》记载："即索伦等围猎，从前并不用鸟枪，今闻伊等不以弓箭为事，唯图利便，多习鸟枪。夫围猎用弓箭，乃从前旧规，理宜勤习。况索伦等皆猎兽之人，自应精于弓箭……将现有鸟枪，每枪给银一两，概行收回……收回后，严禁偷买自造，查出即行治罪"。说明在乾隆十五年（1750年）索伦鄂温克人就已经开始用枪狩猎，但被乾隆皇帝制止。据苏联M·G·列文、L·P·波达波夫编著的《西伯利亚及远东地区各民族》一书中，G·W·瓦西里维奇、A·V·斯莫尔雅克写的《鄂温克人》记载："18世纪末，枪支成了鄂温克人的主要狩猎武器"。说明在俄罗斯境内的鄂温克人在18世纪末已经普遍使用枪支狩猎。

除了狩猎外，鄂温克人也愿意捕鱼。鄂温克人的捕鱼方法曾有：摸鱼、叉鱼、挡亮子、回水网捕鱼、拉网捕鱼、挂网捕鱼、旋网捕鱼、待河网捕鱼、罩鱼、母猪网捕鱼、冬季用搅捞子和来钩捕鱼、圈网捕鱼、抬网、鱼囤子捕鱼、设迷魂阵捕鱼、钓鱼等多种捕鱼方

法。

鄂温克人的叉鲟鳇鱼在清代也很有名。据花费四十余年，最后由万福麟、张伯英于1932年6月监修完成的《黑龙江志稿·物产志》中记载："鲟鳇鱼，古名秦王鱼音之讹也，又曰屈尔富大者首专车，捕之之法，以长绳叉鱼背纵去，徐挽绳以随数里外，鱼倦少休，敲其鼻，鼻骨至脆破，则一身力竭，然后戳其鳃使痛，自然一跃登岸，索伦人尤擅其能"。

鄂温克族手工艺制作及手工业有：桦树皮工艺、刺绣、雕刻、绘画、剪纸、皮毛工艺、制大轮车、烧炭、铁质工具的制作、木匠；制毡等。

桦树皮工艺。鄂温克人从很早以前就知道利用桦树皮做各种生产生活用具，制作的用具样式优美，是鄂温克等北方民族特有的手工艺品。

传说，在很早以前，有个老猎人在山林中看见一棵桦树，但不知为什么，桦树皮裂开并打了一个卷。他仔细一看，这树皮又结实又

好，从此才开始利用桦树皮制作各种各样的东西。

剥桦树皮是在夏天一入伏开始。桦树皮有一个最厚的部位，鄂温克人称它为树的腹部，只有在最厚的腹部上下开顺刀，才能整块的剥下来。开刀的顺序是先切上横刀，再切下横刀，最后在所称的腹部中心位置切由上而下的顺刀，如果切的正，树皮就能自己打卷下来。

桦树皮制品：大型的有桦树皮船、仙人柱（撮罗子）的苫盖、炕席和车篷，中型的桦树皮箱子、桶子、量器、笸箩、簸箕、摇篮、鱼篮子、脸盆等，小型的有桦树皮针线盒、烟盒、盐盒、储物盒、诱狍哨等。在中小型桦树皮制品上绘有都有动物、植物或几何型图案。

鄂温克族的桦树皮制作技艺被列入第一批国家级非物质文化遗产扩展项目名录。桦树皮制作技艺被列为自治区第一批非物质文化遗产传统手工技艺名录。

刺绣。鄂温克族的刺绣多用于服装、靴鞋面、摇篮头衬、枕头顶、烟荷包、手套和针线包上。刺绣方法分为线绣和补绣。线绣是在皮革或布上直接用彩线绣出所需图案，绣时要事先用白纸剪好图样，贴在所要刺绣的位置，然后照样刺绣。也有不用图样直接用线绣的。

补绣是先把皮块或彩布剪成所需的形状，拼成所需图案的整体，然后用线沿其边缘钉绣在衣物上。刺绣的图案有鹤、鹿、蝴蝶、鸳鸯、石榴、荷花、桥、楼、山水、日月、云卷纹、几何纹等。绣工精细、朴实。刺绣在用线上讲究色彩对比，有一种清新、华丽的风格。

雕刻。鄂温克族的雕刻分为骨刻、木刻、骨木结合雕刻、桦树皮刻和金属制品上的雕刻等。骨刻和木刻都使用铁制刻刀。雕刻而成的骨制品有骨筷子、骨匙、衣扣、扳指等。使用驯鹿时所用鞍子的配件也有用驯鹿骨做的，上面刻有云卷纹。缝衣物时为拉线而用的“伊莫儒格”（拉线棒）是用猞猁腿骨做的，棒的两头也要雕刻花纹。木刻多用于神像、刀柄、烟锅和白桦木制的驯鹿鞍具、背夹上。雕刻在鞍具上的花纹有仿松树样的，也有被叫做“奥豪尔”的花纹，这种花纹有勾有弯，有驯鹿不会跑掉的意思。背夹上刻有驯鹿、驼鹿、松鼠、天鹅等花纹。桦树皮雕刻用于桦树皮制品上。鄂温克族桦树皮制

品有盆、碗、盒、箱、桶等多种多样，本身就是非常古朴的艺术品，再雕刻上各种花纹图案，更显得精致、美观。其雕刻工具用驼鹿骨制成，分二、三、四齿几种。雕刻时，先用小刀或锥子把图案轻轻画在桦树皮上，再用驼鹿骨刻刀耐心地刻出花纹图案。图案有云卷纹、菱形纹、水波纹、花鸟等。然后用颜料涂上蓝、红色，使图案呈现出色彩对比和立体感，更显细腻、朴实的艺术风格。

绘画与剪纸。据《鄂温克族社会历史调查》记载："过去还有过剪纸艺人，用纸剪成鹿和各种动物的形象。直到现在查巴奇鄂温克人中还有一个民间画家名叫那塞德"（此人叫那色德，东北人经常把"色"字念成"塞"，是调查时记录的错误）。《鄂温克族社会历史调查》一书中的插画多数是由那色德绘制的。

皮毛工艺。鄂温克人过去由于长期和野生动物及饲养牲畜打交道，掌握对不同兽皮的从熟皮到缝制的多种制作工艺和不同兽皮的各种用途。如用犴腿皮制作的靴子叫"和木楚热"，狍腿皮制作的靴子叫“查卡米”，都用鹿筋线或狍筋线缝制；用犴、鹿、狍子头皮做的帽子叫“灭搭阿功”，具有眼睛和耳朵或角，形似动物，并用猞猁皮、水獭皮、灰鼠皮等做里子，说明各种不同的皮毛，根据它不同的性能，来制作不同的用品。牧区的鄂温克人用马驹皮制作的帽子也非常美观大方。在皮制的手套、烟荷包、钱褡子等物品上进行了刺绣，使其更加光彩万分。

制大轮车。过去，制大轮车在鄂温克人的手工业生产中曾占过一定的地位。制车一般是在阴历二三月进山砍材，主要工具有锯和斧子，四月末把所砍的木材收集在一起，五六月至七月的上旬，要集中力量制车。由七月十五日以后，就要向甘珠尔庙集市出发。这个期间，除猎人打鹿茸外，主要劳动力集中在制车上。有的鄂温克人是白天制车，早晚出去打猎，人手少的人家，女子也帮助做车。现在，大轮车已经基本要退出鄂温克人的生产生活舞台。

烧炭。过去，查巴奇的鄂温克人多以桦树、柞树为原料来烧木炭，也有以杨树、柳树、榆树做原料的。一般一入夏就着手搭棚子、挖窑。八月份从甘珠尔庙会回来后，从八月末烧到第二年清明为止。鄂温克人自家小型烧炭或合伙烧炭的，每年生产量仅2至3窑，一窑能出三车木炭。

铁质工具的制作。传说敖鲁古雅鄂温克人在勒拿河时代（即17世纪以前，在俄罗斯境内），就已学会了制刀、斧等工具。他们所生产的刀、斧等并不拿到市场去卖，而是猎业生产的发展所需要。没有砍树刀，就无法在原始森林里走；没有猎刀，打到的野兽无法扒皮和分解；没有斧子，在森林里烧材也不好得，无法生火做饭和取暖。正如老年人所说：“我们没有会做铁活的人可没办法呀”。

鄂温克人制造铁器所使用的工具有：(1)老虎钳子；(2)锤子；(3)风箱；(4)垫铁；(5)炉子；(6)锉（衣利格）等。

过去，其他鄂温克人居住地区也有铁匠炉，主要用于制作马掌、刀具、斧子、刨子、凿子等用具，并给套车的马钉马掌。

现在，只有一些有自己愿意制作刀具的人员外，铁匠这种这种

产业也基本退出了鄂温克人的生产生活舞台。

木匠。过去，在草原居住的鄂温克人的木匠活，主要有做大轮车、“爬犁”，“乌日格柱”（蒙古包）的顶、“罕”和门等。以木匠制作的产品交换的价格是：五辆大轮车，可换一匹马或一头犍牛；三辆车可换一头乳牛；好的大轮车，两辆车可换一匹骒马；好的“乌日格柱”的顶，带全部的“罕”，可换一头犍牛；次一些的顶，带全部的“罕”，可换一头带犊的乳牛；全部的“罕”，可换一头乳牛；一个顶，可换一只羊。

农业地区的鄂温克人的木匠，制作的物品有：草房的门窗、房架子等，还制作大轮车、桌子、椅子、箱子、柜子等物品。

制毡。草原鄂温克人在制毡子时，用细柳条制成帘子，将用木槌打过的羊毛平铺在帘子上，并且洒些水（酸奶水更好）。在铺好的毛上，放一根直径20厘米、2米多长的圆木当轴卷上，再在帘子外周

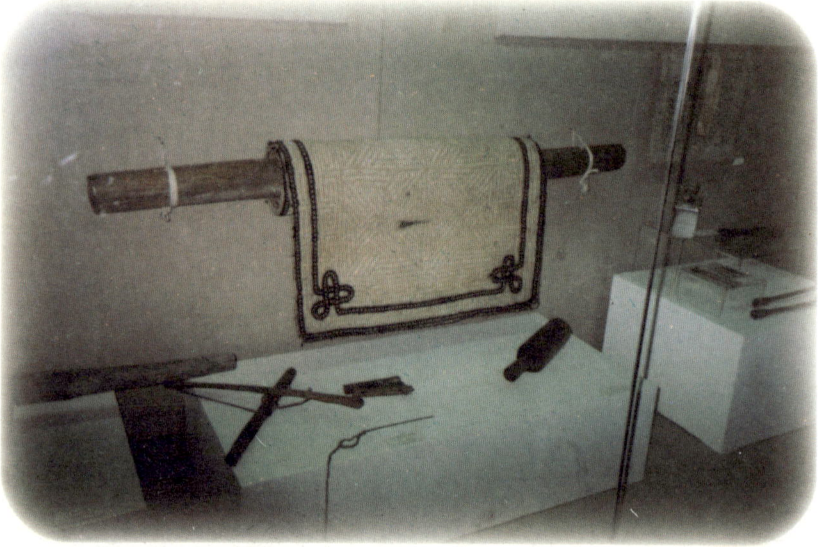

包上荒草，在长出的轴木端头套上木环，木环带有长绳套在马上，以马拉行。走二三十里远后，将帘子内的粗毡翻包一次，再洒上水，拉回来即成了毡子。

制毡子使用的工具有：柳条制的帘子，鄂温克语叫“俄克”，轴木叫“腾格勒”，套在轴两端的木环叫“乌盖勒”，捶毛用的木槌叫“沙瓦勒”。

敖鲁古雅鄂温克族撮罗子、通古斯鄂温克木制四轮车制作技艺被列为自治区第二批非物质文化遗产传统技艺名录。

鄂温克族口弦琴制作技艺、鄂温克族鹿哨制作技艺、鄂温克族熟皮子技艺被列为自治区第三批非物质文化遗产传统技艺名录。

六、剪刀与弓箭编织的姻缘（婚姻）

过去，鄂温克族在婚姻习俗方面实行一夫一妻制和氏族外婚制，一个氏族内部绝对禁婚。有时，虽然不是同姓，通过亲属关系，辈分不同时也不能结婚。过去，贵族的子女和一般普通人家的子女也不可结婚，氏族贵族的通婚范围只限于与其他氏族的贵族。鄂温克人的奴隶不能和普通人结婚，更不能和贵族结婚。鄂温克族还有过“姑舅表婚”的习惯，即嫁到其他氏族的女子，把自己的女儿嫁回自己的氏族，称为“还骨头”。鄂温克人也有入赘婚，入赘有两种：一种是长期入赘，即岳父母只有一个女儿，自己年老，无劳动能力，让女婿为岳父母养老送终，女婿的权力和儿子一样，但不改原来的姓；另一种是有限期入赘，即虽然有儿子但年龄很小，不能参加生产劳动，自己也因为年龄过老或因病等原因不能劳动，女婿可以在儿子成人后离开岳父母家，另立门户。入赘后，生的小孩随父姓，不随母姓。此外，据《鄂温克族社会历史调查》记载：鄂伦春人的卡尔他基鲁氏族，属于鄂温克人杜拉尔氏族的一部分，所以与鄂温克人的杜拉尔氏族不能通婚；达斡尔族的敖拉姓和鄂温克族的敖拉姓不能通婚，和鄂温克族的那哈他也不能结婚；据说“敖拉”哈拉和“巴亚基尔”就是一个氏族，“巴亚基尔”是敖拉的一个毛哄；达斡尔族的郭布勒哈拉与鄂温克人的杜拉尔不通婚，达斡尔族的沃热与鄂温克人的沃热也不能通婚。据《达斡尔族社会历史调查》记载：据说达斡尔人与鄂温克人婚配也要遵守同一哈拉不婚的原则，鄂温克人的白格勒莫昆属敖拉哈拉，达斡尔族敖拉哈拉的人不能与鄂温克族白格勒莫昆的人通婚。达斡尔族郭贝勒哈拉与鄂温克族的杜拉尔哈拉间不能通婚，原因不详。鄂温克族的那克塔哈拉不能与达斡尔族的敖拉哈拉通婚。有的不同哈拉间也不准通婚。上世纪末（19世纪末——编者注）海拉尔南屯郭贝勒哈拉满那莫昆的福康娶鄂温克族杜拉尔哈拉的女子南肯为妻，受到社会舆论的反对，理由是郭贝勒和杜拉尔两个哈拉属于不能通婚的范围。鄂温克族的传统的婚姻习俗有：请媒人求婚、订婚、纳彩礼、举行婚礼（包括迎娶和送亲）、回门等。

（一）求婚

过去，求婚一般由男方请另外氏族的人当“交西”（媒人）的

角色。媒人要能说会道，通晓求婚礼节和一整套专门用语。媒人要带两瓶或四瓶酒（偶数）到女方家，在一番寒暄后，媒人唱着说："我们打算向你们借个酒壶。"而女方父母说："没有。"媒人说："不是用杯酒来哄你，不是用碗酒灌醉你，而是对长者敬酒，请借个酒壶吧！"女方父母说："酒壶是有"。媒人说："那就借一个吧！据我们老人说，您家有一个金匣子，金匣子内有一把金剪子，并有会使用金剪子而待嫁的爱女；我们那里有一位为皇室所爱，神所宠信，持有白玉箭环，拿着彩色弓箭，能射穿山岩的小伙子，想娶你们的爱女为妻。"女方父母说："有是有，她还不懂什么，还离不开父母，不行。"媒人说："我们老人说，和你们交往到市头马镫踏毁，未曾发生过冲突，铁制的马镫虽被磨断过，从来未有过冷热和矛盾，并从古至今没有断过姑舅关系。有两匹马时，双方平分骑用，只有一匹马时，共同骑用。老人让我听到你方和悦的、满意的答复才回去。"总之，媒人要用尽她那三寸不烂之舌来说服女方父母。这时，对方若同意时就说：“客人既然这样坚持， 我们没有办法，就是从甘珠尔庙一带，也得给找到一只羔羊（乌奴洪或呼儒布），交给您吧！”有的家庭女方父母同意，就在媒人带来的酒瓶上偷偷系上一条红布条。这时媒人说：“您说的乌奴洪会变成女孩，呼儒布将变成男孩。”这样媒人表示谢意，完成初步的任务而回。

过去通古斯鄂温克人求婚时，由男方父母请一人到女方家，带去一条哈达和一瓶酒，先把哈达献到神像前，当女方家给倒奶茶时，拿出酒，借用对方的杯子向男女主人敬酒，同时说：“某姓某人现住哪屯，有子名叫‘×××’，年‘××’岁，将来想迎接你的女儿为妻。”对方如喝了酒，留下哈达时，表示有可能成亲，但绝不当时表示。过几天如把哈达返还时，即表示不同意，如不返还哈达，即表示同意。

（二）订婚

过一些日子后，男方再派去一人，商量举行订婚的日期，到女方家要说：“我们的老人们，想在某月某日到您处做客，不知贵方意见如何？”对方同意时说：“对自动要来的人，我们不加以拒绝；对不来的人，我们也不邀请。”派去的人说：“我们的老人，认为自己已经年迈，体力日衰，而希望自己在世时，看到自己的儿辈成偶。这种希望，只有依靠你们的同意，才能如愿以偿。”于是，约定订婚日期而回。

订婚叫“伯尔格”，这一天，男方要选五六人，其中有一个懂礼节和能说会道的人为代表，叫“突儒呼达”，带着一匹马、一只羊、二三十斤酒和一条哈达，按时到女方家。这时女方家已经邀请了自己的至亲等候。

来到女方家，突儒呼达说：“我们是去充军途中的人，想在您家休息一下再走，想借您的锅用一下。”女方说：“这么多的人，走这样远的路，为何忘了带锅？”男方说：“曾让年轻人们带锅，而他

们竟然忘掉，但我们并未忘带水（指酒而言）。”女方说：“锅要留下锅底，碗杓也要报酬，你们能承担吗？”这时男方来的人异口同声地说：“能承担。”这样就把酒倒进锅里，并用碗杯敬第一杯酒，同时说：“这是向您方的天、您方的神所敬的酒，请大家喝！”过少许再敬第二杯酒，称作解渴的酒，第三杯酒叫尊敬的酒。

这时，外边早已煮好羊肉，人们吃肉的过程中又几次敬酒。过后，女方就要看男方带来的马匹，男方相陪并解释道：“这是我们的老人花了七年的时间，用自己的双手揉好的笼头（指马）！”女方满意则已，不满意时就说：“这哪里是揉了七年的笼头，不过是被雨淋得很硬的笼头而已！”这样男方就必须回去另换一匹好马来。

（三）纳礼

在订婚后不久，男方须向女方送一次彩礼叫“贺林”，彩礼的内容和名目很多，需用银元宝一锭（约五十两）、大畜五六头、羊三只。要给女方的母亲一头乳牛，以报答哺育女儿的奶水，给女方父亲一匹马，要给女方舅舅大畜一头，给女方的叔叔、伯父一头牛。还要带一头空怀母牛。如果女方认为牲畜给少了，或对所送的牲畜不满意时，还要有一次“阿波拉必伊拉（ra）仁”（补缺）。

过去，半农半猎区的孩子们最早的在七八岁就订婚，到十七八岁时，男方要给女方送礼。给女方的母亲一头乳牛，报答对女儿的育乳叫“姆海哈娄”；给女方父亲一匹马，叫“西鲁宝鲁”。由男方的兄弟们到女方送东西叫“好利尼拉鲁”，到女方家时说：我们是扎赉特边上来的，带来了够不上槽的几头猪（大猪），拿来了笼头（马）。然后，把猪头供女方家的“吉亚西”（财神），拿一部分肉给做饭的人尝一口。在女方吃顿饭，女方“毛哄”的人都参加，男方的兄弟、嫂子、舅舅都参加，之后，男方向女方提出结婚的日子（要先请人看），并争得同意。另外还要举行“市古日格”宴礼（磕头宴礼），需要几十斤酒和一口猪等。

“市古日格”宴是女方家办的喜宴，男方带着酒肉，在定好的吉日，由一名“胡达”（男方主婚人）和一名“胡图勒胡达”（赶车的主婚人）同新女婿到姑娘家设宴。娘家所有的近亲和好友都要来吃“市古日格”宴，认识新女婿。新女婿为来宾一一敬酒，行跪拜礼。

过去，使鹿鄂温克人在订婚后，双方父亲商定男方送彩礼的日期、地点，一般除了酒和肉外，主要是驯鹿和灰鼠皮，也有送钱和布匹等东西的。

（四）迎娶（闹房）

结婚前的晚上，女方把近亲都请来举行宴席（宴席中所用的羊、酒等一般由男方提前送到），宴席叫“介绍女婿”。女婿要为各位长辈和兄长敬酒。宴席上，前来的亲戚给将要出嫁的姑娘送礼物和祝福。送礼结束后，人们都怀着留恋姑娘的心情，快乐地跳起“阿罕拜”舞，唱起送姑娘的歌，直到天亮为止。

结婚那天，男方父母委派“突儒胡达”（也叫“达胡达”，男

主婚人或第一亲家公，多由叔叔担任，）、“杰胡达”（次男主婚人或第二亲家公）和“突儒胡都古”（也叫“达胡都古”，女主婚人或主亲家母，多由姑姑担任，）、“杰胡都古”（次女主婚人或次亲家母），带领新郎和一些男女青年，用数辆“市拉日特日根”（带篷的勒勒车）形成迎亲车队，每车还有“库图勒胡达”（赶车的亲家），去女方家娶亲。但不能空手去，需带酒肉等礼物，叫“古个日布讷仁”。

过去，辉河地区的男方在这天应带一只羊和几十斤酒到女方家做客，并举行宴会，新女婿给岳父母及长辈敬酒磕头。女方宰一只羊招待，并给新郎换一身新衣，若是富裕人家，还送给新郎一匹马和全套鞍具。

使鹿鄂温克人在要到结婚日期时，男方的“乌力楞”不管距离有多远，一定要搬到和女方“乌力楞”约一里左右的地方，由男方“乌力楞”在通向女方森林的两旁树林的树皮上用刀切刮，意味着给新郎开道，叫“奥克特牙，那给楞”。娶亲之日，新郎“乌力楞”的所有人都去女方家。由于受俄罗斯东正教的影响，有一位老人拿着耶稣像走在最前头，其后是新郎，再后是新郎的父母和亲戚，最后是牵着驯鹿的人。女方也以同样的队形出来迎接。新郎新娘见面后先要吻耶稣像，然后互相拥抱接吻。到女方家，新郎新娘从男方送来的十只驯鹿中选出两只好的，各牵一只按太阳运行方向绕“仙人柱”三周。宴会后，再到外面唱歌跳舞。当晚，只留下新郎，在女方家过夜。

（五）送亲

女方送姑娘前，要找个美满幸福、子女满堂的妇女，为女儿分发，带头饰。姑娘出嫁时带四季穿的衣物和装衣物的篷车。

送亲时，女方父母都不去，也委派“突儒胡达、突儒胡都古、结胡达、结胡都古”等，还有“乌娜吉胡都古”（伴娘）、新娘的兄弟姐妹及一些近亲，但忌寡妇和单身男人。

当双方接亲和送亲的队伍走到半路时，男方按预计的时间，派几名长者带着酒和食品，在半路上敬引路酒和迎亲酒。到了男方家，女方嫂子和“突儒胡都古”先进屋，把随嫁物品放在新人床上。这时，婆婆端着一碗牛奶迎出门，来让新媳妇喝口鲜奶，并领着新媳妇进屋。其他送亲的人在门口喝完两杯酒后才能进屋。进屋后，送亲的姑娘们围着新娘，坐到新人床上，这叫“达力仁”（意为不让别人看见）。这时，在“突儒胡达”的带领下双方相互敬烟，敬完烟，各自坐到自己的位置，意味着结婚酒宴的开始。

使鹿鄂温克人的新郎在第二天早晨要先回自己家，随后由女方家父母和“乌力楞”的人牵着十只驯鹿，去送亲。这时，男方的人们出来迎接，新郎新娘再度拥抱接吻，并吻耶稣像。在男方家举行酒宴，宴会后送亲的人都返回后，新娘这时才算正式嫁给了新郎。

通古斯鄂温克人在结婚日以前女方父母准备陪送的衣服、用具，通知族人和亲友来参加送姑娘，由女方将姑娘送去。男方要派人在野外迎接，在野外向女方的来宾敬酒敬肉，双方都有“突儒胡达”和“突儒胡都古”。等女方的来宾进“乌儒格柱”后让座敬酒，并宣布某姓某男与某姓某女今天结婚成了夫妇，然后一同到包外宴席上吃喝。

（六）举行婚礼

牧区鄂温克人在结婚典礼上要轮酒24次，每一轮酒都有它的礼仪内容。

男方“突儒胡达”宣布结婚典礼开始。轮酒仪式的程序是：

第一第二盅酒为接亲礼酒；

第三第四盅酒为敬茶、解渴礼酒；

第五第六盅酒为祭神酒；

第七第八盅酒为吃羊肉汤礼酒；

第九第十盅酒为赠送礼物酒；

这主要是男方向女方叔叔、舅舅、兄弟姐妹赠礼而敬酒，敬酒时说：

树有根，水有源，
人有祖，家有恩。
四季穿用，二十四套……

然后，让女方叔、舅、兄弟、姐妹每人穿上一套新衣服。

第十一第十二盅酒为全家族助兴酒；

敬此酒时说：

媳妇们满屋，儿女们满堂，
家族欢庆，父母喜笑颜开。

第十三第十四盅为敬祖神酒；

敬酒时说：

选好的喜日里，儿子成家立业，
祝他们美满，兴家发财，

畜群千万只，金银成堆。

第十五第十六盅为请求同意、广开酒席礼酒；

这个酒是请求双方老人和长辈同意席间不分等级、唱歌、跳舞的酒，（因为鄂温克族的礼仪很严格，不经老人们同意，绝对不允许唱歌、跳舞），经老人同意后，妇女们欢快地跳起“阿罕拜”，边唱边跳，夸奖新娘的装饰美：

有二十对戒指，
有双对手镯子，
有八付头饰，
有两条项链。
其他人也唱起婚姻歌：
碗中的酒啊，敬天神，
祝福出嫁的姑娘欢乐。
盅中的酒啊，敬“胡达和胡都古”，
祝愿出嫁的姑娘啊，终身幸福。

第十七第十八盅为上羊尾酒；

敬酒时宣布主食的品种。

第十九第二十盅为送客礼酒；

告知送新娘的贵客们送给他们，半头牛的肉、活羊一只、宰羊一只，然后敬酒，请他们收下礼物，客人们接收礼物时把活羊放到女婿的羊群。

第二十一第二十二盅为婚礼将要结尾的酒；

男方敬酒辞：

从鹿鸣时饮的酒，
壶中酒将要喝干。
从虎啸时饮的酒，
瓶中酒将要喝空。

女方敬酒辞：

您家壶中酒，永远喝不尽，

像贝尔湖的水一样澎湃。

您家瓶中酒，永远不干涸，

像伊敏河的水一样川流不息。

第二十三第二十四盅酒为“西勒日”（起程）酒。

敬酒时男方道:

拿起马鞭子骑上马，

是否能回乡土哟！

登上马镫、套上马车，

是否能回您的“莫昆”哟？

大家喝完最后两盅酒就要起程，这时“争碗”游戏开始，这是牧区鄂温克人喜爱的婚礼娱乐项目之一。

送姑娘的队伍中早已挑选好几个骑术好、有力气的小伙子，等到喝完最后一盅酒时，趁对方不注意时，把碗揣进怀里，但男方也早有防备，等他们喝完最后一盅酒时，看准是谁揣碗。在他们起程时小伙子们已找好各自的目标，去追回碗。如果男方追不上，女方就算胜利；男方如果追上并把碗抢回来，就算男方胜利（现在，鄂温克族的“瑟宾节”或“那达慕”上举行的“抢银碗”表演就由此而来）。

送姑娘的客人们走后，婆婆领着儿媳妇转炉台一周，然后新娘妇动手熬奶茶。意思是新媳妇敬重老人，也表示新媳妇从此成了这家的人了。

半农半猎区的鄂温克人在新娘到新郎家时，在门口右侧放一张高桌子，桌子上放一斗米，米上插好点燃的香，将搭好的弓和箭放在米上，点上红蜡烛，桌前铺一张褥子，新郎和新娘由一对伴郎和伴娘陪同，轻步走到桌前，朝南向天跪拜，拜后将褥子一次次的移到门口，使新娘脚不踩地。新娘由伴娘扶进门槛后，由新郎揭掉新娘蒙头的红布，女眷过来给新娘吃一口炒米或炒面，以示从此以后不得说三道四，要装聋作哑。

新娘进屋后方可踩地，上南炕面南而坐，由婆家媳妇给新娘重新梳洗打扮，重新换上新衣服，而后下地立在门旁。

喜宴开始，娘家胡达和胡都古们为首席，由男方胡达和胡都古作陪，然后按辈分依次而坐，菜上完后，新郎和新娘在伴郎和伴娘的陪同下，持酒拜神、拜长辈。舅舅要向新郎和新娘送重礼以表示祝贺。

另外，有两位长辈男性，一手持酒碗，一手持苫房草梢，站在屋中央，蘸酒向神台和房梁，说唱新婚祝福词。祝福词通俗幽默，没有固定的说唱格式，是一种即兴创作，语言富有诗意韵味。一般祝福词有：

树有根，水有源，
人有祖，家有恩。
媳妇们满屋，
儿女们满堂，
家族欢庆，
父母喜笑颜开。
选好的日子里，
儿子成家立业。
祝他们美满，

兴家发财。
畜群千万只，
金银成堆。
碗中的酒啊，敬天神，
祝福出嫁的姑娘欢乐。
盅中的酒啊，敬“胡达和胡都古”，
祝福出嫁的姑娘终身幸福。

通古斯鄂温克人的新郎和新娘进到为他们建的新“乌儒格柱”后，先拜神，再拜火，然后新娘换上妇女装（通古斯鄂温克人的姑娘装和妇女装有区别，人们通过服装就能看出她是已婚还是未婚），和新郎同到屋外的宴会场，给父母及长辈近亲献礼敬酒。这时，会由一位长辈人向新娘介绍亲友和一些礼节。长辈们祝福道：“要好好劳动，不可骄傲，拥有成群的牲畜，白头到老……”宴会要进行到第二天中午时分。

婚礼上，双方的年轻人都要争取自己一方的人将送亲带来的枕头运进屋内，所以就开始争夺较量，看到不相上下时，长者们便进行调解，由双方共同将枕头送进屋里，才算完事。

第二天清晨，要进行告别宴会，叫“萨黑木吉”。当宴会接近结束时，坐在主席上的长者割下羊耳，由包的天窗扔到外边，这时双方的年轻人都早就备上马，准备夺得扔出的羊耳，如被女方夺得，男方一定要夺回，所以在草原上进行一阵骑术的较量。此外，为了延长娱乐，女方来人偷去一个酒盅或碟子，骑上马后拿出给对方看，然后就跑，这时男方也一定要拼命夺回，所以也表演出很激烈的追、跑争夺的场面。如果夺不回来时，要给女方敬烟、敬酒，哀求还回盅碟。

在通古斯鄂温克人中，过去还有青年男女双双出走的自由婚姻习俗。传说，有一对男女感情很好，但女方父母不同意，于是这对男女约定一起逃走，被女方父母抓回三次，但一有机会仍是逃跑，最后父母无法，只好默认。他俩的婚姻受到青年男女热烈赞成和效仿，时间久了就变成了一种婚姻形式。

最初，这种婚姻没有任何彩礼和仪式，但逐渐演变为婚后的第二天，男女二人到女方家正式请求承认，这时男方向女方家缴纳彩礼，举行仪式完成婚礼。也有把姑娘接回家，几年后举行婚礼和宴会的。一般是双方决定结婚日期后，男方告诉父亲，要和谁何时结婚。父母就会给新人准备家具和生活用品，给他们新建一个包，包旁盖一个“仙仁柱”，请一位老年妇女在里边等着。晚上，姑娘偷偷和小伙子在约好的地点见面，和小伙子来到“仙仁柱”里，老太太把姑娘的八根小辫梳成妇人式两根的发辫，天亮时派两个人到女方家，把带去的“哈达”献到女家供的神灵前并跪拜，女方的父母一看女儿不见了，又来了两个人，知道一定是出事了，但不愿意接受女儿连婚事都不告诉父母的事实，说一些生气的话。来人给女方父母斟酒，女方父母也不理，看也不看。这时来人就要显示他们的口才说：

马蹄子可以缩短距离，
青年男女结合可以让两家变为亲戚。
我们手拿白色哈达，
来请求两位父母的祝福，
满杯的酒，
还是请你们喝了吧！

来人站在女方父母前，千方百计让女方父母喝这个酒，同意女儿的婚事。

这时，在男方家里，所有近亲朋友都来祝贺，有一个专门祝福的老人坐在西边，肩上放一条哈达，第一，让新婚夫妇先拜父母包中的“舍卧刻”神。老人说：

敬拜“舍卧刻”，
祝你们有福气！
敬拜“舍卧刻”，
祝你们有运气！

向“舍卧刻”神像磕三个头后，第二，再拜火：

拜火，

祝你美满幸福！
拜有烟的火，
祝你们长寿！
拜燃烧的火，
祝运气好！

第三，拜父母，拜完坐在包内东南边的床上。这时，包外已宰完羊，煮好肉，宴会开始，男方近亲们吃喝、唱歌。过后，让一个小孩去通知人们，来参加晚上的新人成家宴会。人们吃肉、喝酒、唱歌、跳舞到天亮。

三天以后，男方父母带着酒去见女方父母，两个亲家商量怎样举行婚礼，这时决定权在女方父母，同意时就说："为我们的儿女共同举行一个婚礼吧。"

婚礼在女方家举行时，女方主婚人坐在最高位。新郎的父亲站起来说："为了答谢'胡达'，献给他一匹马！"这时女方的主婚人特别调皮说："我们的女婿什么样？怎么还不来？"这时新婚夫妇前来敬酒，主婚人不理他们，说："我们的'胡达'要骑××样的马；我们的母亲要挤××样的乳牛；要吃××样的羊！"男方主婚人说："要多少都行！"女方说："你们有吗？看看！"男方把最好的马牵到门口给看一看。女方说："不错，不过可能是跛马！"这时女方主婚人喝酒了，意味着还满意。新郎的父亲小声告诉："给女方一匹马、五只羊、一头乳牛。"女方主婚人动手吃羊头了，意味着基本满意。男方主婚人站起来宣布："男方给女方多少牲畜！"女方的人故意说："这太少了。"

过些天，新婚夫妇带着煮熟的羊肉和几瓶酒去女方父母家去取嫁妆，这时女方的近亲老人都在座。新婚夫妇把各部分的肉按辈分尊敬地献给每一个人，并敬酒。每个老人在还酒杯时说："我给你三头牛"、"我给你一只羊"等。女孩通过这种形式，向自己的长辈们要嫁妆，这时姑娘变成了客人。晚上女方父母杀羊招待客人，举行晚会，晚会结束才算"正式结婚"。

（七）回门

结婚后的第三天，新婚夫妇带着酒、肉等礼物去女方家探望，女方父母举行家宴欢迎女儿和女婿，要在女方家住一宿。

现在，在城镇居住的鄂温克人的婚姻仪式一般是：男女青年自由恋爱，或者由别人介绍认识，在一段时间的恋爱后，又互相带到各自的家里和父母见面，认为到了结婚的时候，可向家长提出结婚要求。这时双方父母要见面商量儿女们的婚事，女方父母也一般很少有人提出要彩礼，而是准备给女儿买出嫁时的嫁妆和陪嫁的物品，因为小城镇里人口也不多，大多数人互相都认识，如果提出要彩礼，担心被别人议论，影响自己的面子，在别人面前抬不起头。但是男方还是在女方办的介绍女婿的婚宴前，至少送一只羊以上的肉食、酒类物品。一般在办婚礼的前一两天的中午，女方的父母都代表自己一方，办一次介绍女婿的宴会，婚宴都在饭店举行，由一个女方父母的好友中能说会道的人主持，女方主要是向自己的亲属和好友介绍女婿，女婿和姑娘一起为来宾敬酒，宴会还要请乐队唱歌和伴奏，一些能唱歌、跳舞的亲朋好友也要上台表演一下。晚上在女方父母家一些近亲和好友也要在一起聚餐，一直到送姑娘结婚回来的晚上再宴请一顿才基本结束。在姑娘结婚的第三天回门时，近亲过来看姑娘和女婿，姑娘的父母又怎么能让人空着肚子走呢，因此还要聚一次。

结婚之日，女方要给新娘化好妆，穿上嫁衣，有几个姑娘陪着坐在床上，其中一位是伴娘，几个姑娘把新娘的鞋藏起来，新郎来接新娘时也不给开门。在接新娘和送姑娘的双方队伍中都有“突儒胡达”、“突儒胡都古”和“结胡达”、“结胡都古”等。男方的“突儒胡达”和“突儒胡都古”等代表男方父母来接新娘；女方的“突儒胡达”和“突儒胡都古”等代表女方的父母去送姑娘。现在接送新娘都是用轿车，还有装新娘陪嫁的冰箱、电视和行李等物品的客货两用车，有的怕女方送姑娘来的人多，还要带大客车。接新娘时，还要带肉和酒等物品，据说肉是给新娘家的离娘肉。男方家的“突儒胡达”和“突儒胡都古”主要是和女方的父母和女方家的“突儒胡达”和“突儒胡都古”交谈，向女方的父母和“突儒胡达”和“突儒胡都古”等问好，介绍男方家的情况和婚礼的准备情况等，有时还要给女方的父母及亲属敬酒。新郎则到新娘的闺房，如果姑娘们不给开门，还要说好话求她们，有的要给红包才开门。新郎还要找到新娘的鞋，并给新娘穿，找不着时，也要给姑娘们红包，让她们把鞋拿出来。此后新郎新娘要向新娘的父母敬酒告别。当接新娘的婚车到家时，男方派人在大门口放鞭炮，在大门口有两位岁数较大的人为送新娘的女方人员敬酒。新娘新郎把陪嫁带来的东西布置好后，向新郎的父母敬酒，新郎的父母要给新娘改口钱（即红包）。快到中午时，参加婚礼的人员全都到举行婚礼的饭店，女方的“突儒胡达”、“突儒胡都古”和送亲人员在男方“突儒胡达”、“突儒胡都古”等人员陪同下坐在主要席位。婚礼由一个能说会道的人或者由专门主持婚礼的人主持，主持程序和社会上流行的其他民族的婚礼程序一样，还要请乐队伴奏和演唱人员等。新郎新娘要从主桌起，为各位来宾敬酒（儿童除外）。新郎的父母也要为女方的送亲人员和来宾敬酒。女方人员要回去时，男方还要派车送到新娘的父母家。晚饭时，新娘的父母还要招待送新娘回来的人员。

2007年6月15日，内蒙古自治区人民政府公布的第一批自治区级非物质文化遗产名录中，根河市申报的《敖鲁古雅鄂温克婚礼》（民俗），被列入自治区第一批非物质文化遗产名录。

七、女人巧手变幻出的美丽（服装）

过去，对于鄂温克人来说，外出狩猎和放牧的是男人的工作；家务劳动和制作服装等，那是女人的专利。鄂温克人的服饰和他们所居住的区域及生产方式有一定的关系。过去，居住在林（狩猎）区的鄂温克人，男子春秋和冬季的服装多用狍子、犴、鹿等野兽皮毛制作，而且还有便于狩猎而起到伪装作用的帽子。居住在牧区的鄂温克人所从事的是畜牧业生产，当牧民外出放牧时，一年四季都要穿长袍，这是因为放牧时不能整天骑在马上，牧人还要坐在、躺在草地上休息，长袍起到防止地面潮气侵袭的作用，尤其在冬季，带有皮毛的长袍，能够有效地阻止寒冷的入侵。

使鹿鄂温克人的服装从样式上看，除皮制的衣物有自己独特风格外，布制的衣物多近于俄罗斯的样式，是本民族独特样式，夏天女子穿裙子，有垂到肩上的圆翻领，头上包头巾。男子穿夹克，爱戴军式帽。衣服的颜色，老年男人一般喜欢穿黑色；妇女喜爱蓝色；青壮年男子喜爱青色和绿色。女子爱穿带花的衣服。冬天在单衣外穿毛皮衣服。无论冬夏，男女都穿犴皮靴子，冬靴是带毛的，夏靴是去掉毛的，这种靴子轻快结实，走路无声，适合在山林里行走。

在冬季穿的犴皮大衣叫“奈雅玛”；犴皮裤叫“耶什它姆”；去毛的套裤叫“阿拉市什”，毛朝外的套裤叫“奥老黑”； 犴腿皮靴子叫“和市楚热”。夏天穿的上衣叫“坡利套”，短裤子叫“和勒刻衣”帽子叫“阿功”，过去有过狍、鹿、狍子头皮做的帽子，用灰鼠或猞猁皮做里子。夏靴叫“奥老西”（不带毛）。有毛皮里的手套叫“乌达皮西”；去毛的手套叫“别里洽克”。皮腰带叫“卡培”。小儿防寒衣叫“给布给罕”，以狍皮为面，驯鹿毛皮做里，是鄂温克人独有的。

毛皮褥子有用狍皮、鹿皮、熊皮、猞猁、野猪等各种皮子制作的，叫“依斯坦”；狍腿毛褥子叫“陶克南南”。狍鹿毛小型垫子叫“库玛兰”，狍皮被子叫“好啦”。皮烟口袋叫“卡布吐克”。大小口袋叫“图儒格儒克”。钱褡子叫“音漠格”。

通古斯鄂温克人的服装，特别是女子的服装具有自己的民族特色，它是一种上身较窄，下身较宽大的袍子，走起路来显得下身丰满，很适合鄂温克妇女的粗壮体形。并根据季节、年龄以及已婚和未婚的不同，有各自不同的特点，使人们通过服装就可以看出她是已婚还是未婚。如已婚妇女衣服袖子之间缝有一条带颜色的道子，叫“陶海”，并且在长袍外，上身还穿有坎肩，坎肩和长袍是一个颜色，并和长袍搭配的是严丝合缝，一般不注意看不出她还穿着坎肩。长袍一般以青色和蓝色为普遍，横道和镶边多用绿色，显得朴素、美观。女子长袍的腰间，不分已婚还是未婚都缝有和镶边同色的横道，但未婚女子的道宽，前后相同，已婚妇女的缝道是前宽后窄。已婚妇女长袍的肩部有重叠式的起肩，比肩高出一点，呈小翅形。未婚的则是平肩、袖口都有卷起的马蹄袖。另外，男子和未婚女子的衣襟上还缝有一道或两道倒垂直角的独特花边，已婚女子的衣襟上就没有这种襟道。

传说鄂温克人的衣领是仿半月形做的，所以老年人的皮衣领子还保存着半月形的样式，大襟上的倒垂直角的边纹是仿天上一种星星的排列形式做的，已婚女子衣服的起肩是仿手掌上的一种纹道做的。

鄂温克人喜欢较深的颜色，如蓝色和青色统称“巴仁那”，禁穿白色和红色衣服。当他们做皮衣服时，把熟好的皮板，用烟熏成黄色，也用松树皮煮水把白色染成紫色。说明熏的皮子不但成色好，而且能避免虫咬，还发明用羊尿煮染料，皮子被染后不易掉色。

通古斯鄂温克人的帽子，呈倒圆锥形，帽顶尖端有似红缨枪的穗子，帽面多用深蓝色或天蓝色的布料缝制，蓝色与红穗相配，鲜明夺目。帽耳可下放遮耳，也可折到帽盔里去，可系结在帽尖处的穗子前或穗后等多种戴法。帽耳冬季以洁白的羔皮或水獭皮为里，夏帽则衬以呢绒。也有另一种夏季帽子没有帽耳，帽檐宽约1寸，缝有水獭皮，帽盔呈环形，这种帽子叫“陶儒格”。

通古斯鄂温克人的衣服都用铜或银等金属做的扣子，扁式的如金属硬币状，背面镶有圆环用于缝在衣服上，这种扣子多用在坎肩上；还有就是圆形扣子，表面有花纹，背面有圆环，在衣服上多以两三个扣并排缝在一起。后来也有用布做扣，仍并排缝在一起，布扣的颜色多与衣服颜色不同。

男子的衣服，衣襟有倒垂直角的花纹，腰间有宽长的腰带，淡绿色的较多。带子叫“奥市勒”，也有人称“布斯”。

他们无论男女老幼都穿皮靴，随季节气候不同，靴的衬里也不同，冬季的靴子都以毛皮为里。皮靴叫“温它”，有三种：一块皮子制成的叫“哈巴奇巾勒温它”；两块皮子做的叫“鄂温克温它”（夏靴，前尖形似靰鞡，有皮腰，底是另一块牛皮）；另一种叫“伊勒巾奇温它”。

他们的衣着，按冬、夏之分都各有名称：男子夏季最普遍的衣服叫“脱莪勒克”；一种劳作的短上衣叫“怕拉苏克”；男子冬季的大毛皮衣、羔毛皮衣叫“苏吾那”，都有镶边的叫“额格斯”；男子上身短衣，宽袖，在皮大衣外面穿用叫“呼儒巾”； 皮裤叫“莪拉给恩我热基”，厚毛皮裤叫“额格斯我热基”；皮套褥叫“恨敖布特恩”；女人夏季的穿着叫“哈拉特”，冬季的穿着叫“特莪勒格”。

妇女的装饰品有一种用黑色布做的套筒（宽约一寸，长一尺二寸），已婚妇女，把两根发辫各套进筒内，套筒上端有银质的链子，下端有似银圆大小的圆形银坠叫“内刊德内伦”，两条辫子之间以银链系结在胸前。富裕家的妇女，头上戴着镶有成串的珊瑚、玛瑙等贵重宝石的头圈，叫“生日巴克”，戴在额上帽下，胸前佩有银质的颈圈。普通妇女都有耳坠、耳环、镯子这些装饰物。新婚的妇女发辫上系有三角形的银牌，叫“陶义毕”。

男人腰带前佩带绣有花纹图案的烟口袋，背面夹着刀子，刀鞘和刀把上都镶着带有花纹的银制的壳，并用银链条系在腰带上。

通古斯鄂温克人的家庭，在1920年左右从俄罗斯返回时，富裕家庭就有手摇缝纫机“乌勒丁刻玛新”，夏季衣着都用机器制作，只有冬季皮衣的皮子部分和靴子用手缝。

在牧区居住的索伦鄂温克人过去冬季服装用具主要以羊皮为主，也有用牛皮、马皮和其他野生动物皮制成的服装，在其他季节多使用布料或绸缎等材料制作服饰。在半农半猎区居住的，冬季服装用料主要以狍子皮为主，也会用到鹿皮、猞皮和其他野生动物皮。在其他季节也是多使用布料或绸缎等材料制作服饰。

牧区索伦鄂温克人的服装根据穿用季节的不同和穿戴场合的不

同，可以分为以下几种：

大羊毛皮里的长袍，叫“苏翁”，主要在寒冷季节外出放牧时穿，它由七八张入冬后的羊皮做成，毛朝里；皮板外一般用深蓝色等深色的布做面，如果要在野外住宿时，把其下摆附近部分当褥子，把上身部分盖在上面，就可以使人度过冬季寒冷的一夜。

羊羔毛皮里长袍，叫“胡布其苏翁”，主要在冬季做客、会亲、过年或参加某些活动时穿用。它的缝制比较繁琐，需用35张羊羔皮，缎子做面，带金属丝的材料缝镶边，还有人用翡翠、玛瑙、珊瑚做扣子或用银扣等。

棉长袍，叫“何温其希吉干”，是用布和棉花等材料制作的长袍，一般在冬季不外出的时候或不是很冷的时节穿着。

夹长袍，叫“嘎格日”，在春末和初秋时穿。有布制和缎子制两种，布制的主要在放牧等劳动时穿，缎子面的主要在参加各种活动时穿。

单长袍，叫“散其”，在夏季穿用。有布制和缎子制两种，作用和夹长袍相同。

短皮衣，叫“胡儒市”，是外边套穿的上衣，袖子较宽。据说这是礼服的一种，在冬季结婚时，男女双方送亲、迎亲代表必须穿它。

布棉袄，叫“何温其特格其”，在冬季日常生活中穿用。也有用骆驼绒代替棉花，做的棉袄，叫“音阿特其特格其”。此外，还用骆驼绒和羊绒纺毛线，织毛衣和毛裤，木制的纺线用具叫“额如勒”。

布衣叫“特格其”，衬衫叫“汗塔斯”，牧民在日常生活中经常穿用。

裤子，叫“额克”。棉裤叫“何温其额克”，皮裤叫“南德额克”，皮裤有带毛的皮裤和去毛黑色亮面外穿式两种。在款式上，有普通式和马裤式两种。由于牧民要骑马放牧，所以男式裤多做成马裤，即臀部较肥大，裤腿部位较细，过去还有俄式和德式等不同款式的马裤。此外，还有以骆驼绒代替棉花做的棉裤，叫“音阿特其额克”，比棉裤保温效果要好。

坎肩，叫“得和列”，有布制、皮制、毛线制作和绸缎制作等多种做法。

套裤，叫“苏威”，多以皮或帆布制作，由两个同样的裤腿组成，前部较高，并固定有皮绳，拴在裤腰带上。它耐磨，具有防寒、保护裤子等作用。

呢子防风长袍，叫“松布”，由厚呢子制成，有镶边，具有防风、防雨等作用。

靴子，叫“温塔”，对于骑马放牧的牧民来说，一年四季都离不开皮靴，长腰靴子具有防寒等作用，还可以起到保护腿部不受伤害的作用。根据穿用季节的不同，长腰靴子有单、棉和带毛皮里等三种样式，此外制作也有不同样式。在靴腰上通常缝有花纹，以求结实美观。

帽子，叫“阿功”，冬季戴的皮帽有用很多种皮类来制作的，比较普通的是以羊羔皮做里子，也有用马驹皮做帽子的。用野生动物皮做的帽子比较多，有水獭皮、旱獭皮、猞猁皮、麝鼠皮、貂皮、獾子皮、貉子皮、狐狸皮等。过去还有人戴短帽耳的乌克兰式帽。夏季和春秋季戴的帽子中，有前进帽、礼帽，还有和“松布”配套的，厚呢子做的倒锥形的帽子。近年来戴牛仔帽的人也开始多了起来。

手套，叫“伯利”，冬季毛皮手套以大拇指为一套，另四个指头为一套的较多，也有五个指头各有一套的。此外，男性牧民劳动时喜欢戴马蹄袖“乌色屯”的比较多。

袜子，叫“道布屯”，过去冬季穿的有皮袜和毡袜，现在已经不多见。现在冬季穿的有毛线袜、人造毛袜子、厚线袜、厚尼龙袜等。

裤腰带，叫“特鲁给”，一般用牛皮制作；长袍外边扎的长腰带叫“乌玛拉”，多数用绸子制作，也有布类制作的。

过去冬季放牧，还穿用毡子做的靴子，汉语叫“毡疙瘩”。现在这种靴子已经不多见了。

在半农半猎区居住的鄂温克人的服饰有：

“哈拉米”是用春季的狍子皮做的袍子，皮外没有布面，用6～7张狍子制作。一般由男性出猎和野外劳动人员穿着，它具有又轻巧又暖和的特点。

“苏翁”是皮袄，和牧区鄂温克人的“苏翁”，只不过是有羊皮和狍子皮区别。它是以冬季的狍子皮制作。以春皮制的皮袄是“哈拉米”的一种，6～7张皮子可做一件。

“南德额克”（皮裤），两张狍子皮可做一条。此外，猎区的布、棉等材料做的“额克”（裤子）和附近其他民族的裤子基本差不多。

“灭塔阿贡”，用狍子的头皮做的帽子，它是把狍子的头皮、

耳朵和角一起剥下来，晒干后熟软，在两眼处镶上两块黑色的皮子，在其下部接上一圈皮子做帽耳。从远处看，有眼、有耳、有角，就像是狍子的头，有利于猎人接近猎物。

“伯利”（手套）有三种，一种是猎人专用的，大拇指是一小套，另外四指是一大套。大套的背面绣着花纹，掌的正面有一道横口，当发现野兽时由横口把手指脱出便于放枪。一种和猎人所用手套相似，但没有横口。一种手套和现代人用的手套一样，带五指，稍肥大。

“奇哈米”，是用狍子的腿皮做的靴子，16条狍子腿皮可以缝制一双，靴底一般用犴的颈部皮制作，用狍子背上的筋捻线缝制。后脚跟处固定有两根皮绳，穿上靴子后绑在脚前，使靴子不易脱落。

“苏威”（套裤），由皮子或帆布制作，和牧区鄂温克人的基本相同。

“道克陶恩”（狍子皮袜子），一张狍子皮可做两双，也是用筋线缝制。

“乌玛勒”（腰带），一张去毛的皮子，可做两条。

“奥拉得”（被子），用布、棉花和丝绸制作。

“南德奥拉德”（狍子皮被子），六张狍子皮可做一个，是一个圆筒口袋型，入口处竖向带有皮绳，是猎民出猎必带之物。

“德哲”（褥子），用布和棉花等制作。狍皮褥子也叫“德哲”，两张狍子皮可做一条，一般垫在褥子下方。此外，有时也用毡子做成褥子，垫在褥子下面。

“哈道苦”（皮制烟口袋），两条狍子腿皮可做一个。

“敖恩特”（鞋），过去，除了在冬季和春秋季穿皮制的鞋外，夏季穿布鞋，把旧布用糨糊粘多层（约6～7厘米厚），晒干后用刀割成鞋底形，用麻线纳鞋底，再用新布粘几层做鞋帮，鞋底和鞋帮割的边都用新布条封闭缝好，把鞋帮和鞋底再缝到一起即可。

“苏市勒西勒格特”（狍筋线），有两种：一种是用狍子背上的筋捻成的，最结实，缝靴子用；另一种是用狍子腿上的筋捻成的，结实程度稍次于前者，缝皮衣等物件时使用。

“奥楞迪”（布棉长袍），带大襟，男式左下边有开衩，女式的没有开衩，以铜、银等金属制的圆形扣或布制的系扣，在右边分两排并列固定。

“特日格其”（各种布、棉、绸缎制的衣服），包括布和绸缎制的单衣、夹衣及短棉袄。一般女性的衣服有大襟，扣子在右边；男性的衣服扣子在前边。

2009年6月3日，内蒙古自治区人民政府公布的第二批自治区级非物质文化遗产名录中，陈巴尔虎旗申报的《通古斯鄂温克萨满服饰》（民俗）、《通古斯鄂温克民族服饰》（民俗），根河市申报的《鄂温克萨满服饰与器具》（民俗），被列入第二批自治区级非物质文化遗产名录。

2011年8月26日，内蒙古自治区人民政府公布的第三批自治区非物质文化遗产名录中，根河市申报的《鄂温克族熟皮子技艺》（传统技艺），被列入第三批自治区级非物质文化遗产名录。

八、飘溢四方的乳香（饮食）

乳汁是洁白的，乳汁在鄂温克人眼中是特别圣洁和珍贵的。在鄂温克人的各种祭祀活动中，乳汁和乳制品是不可缺少的。有的人说，鄂温克族与附近牧区蒙古人在饮食方面相比较，蒙古人肉食占第一位，乳食为第二，而鄂温克人则是乳食第一，肉食占第二位。

鄂温克人每天从早到晚都离不开奶茶，接待客人，首先敬奶茶。喝奶茶时，茶中还要放些奶皮、奶干、黄油、奶酪等，使奶茶变得更加醇香。有时，还会把带油脂的凉手扒肉切成片，放入热奶茶中，喝茶吃肉美味无比。

鄂温克人煮奶茶的方法是：把水烧温时，放入茶叶和带有碱性的“霍吉日”，煮开后把茶叶滤去，再把炒熟的稷子米兑入茶水锅里，放适量的盐和牛奶烧开即可。在没有稷子米时，也可把炒米、小米、大米、高粱米等当茶米。

牛奶的食用方法很多，有人把刚挤出的牛奶趁温热给孩子喝；许多时候是煮开喝，生鲜奶和熟鲜奶可以泡米饭吃；还可以煮稀奶粥、稠奶粥（鄂温克语叫“拉里”）和鲜奶面片；把煮熟的土豆在熟鲜奶中捣碎吃；把煮熟的倭瓜片在鲜奶中捣碎后，加芸豆煮汤，清香味美，营养丰富；用牛奶和黄油和面做酥饼子。

酸奶有两种，一种是酸性较少的半凝固体奶，索伦鄂温克语叫“额格德色乌洪”（有人叫“吉希勒东乌洪”），通古斯鄂温克人称其为“塔儒嘎”，这种呈半凝固体状的酸奶可直接饮用，也可以加入白糖饮用。另一种是酸性较大的，凝固体被捣碎的液体状奶，索伦鄂温克人叫“温格尔”，也有的地区叫“萨嘎”；通古斯鄂温克人称其为“阿义拉固”，制作方法是把牛奶盛在缸里，用“呼隆”（引子）使奶发酵，然后每天继续往缸中加入鲜奶即可。这种酸奶在天气炎热时兑凉水加白糖饮用，特别清爽可口。此外还可以泡米饭吃，做煮烂糊的玉米糙子酸奶粥，肉汤酸奶大米粥或酸奶大米肉粥，用酸奶和面做面包、烙饼和炸果子等。

稀奶油“希恩格”（通古斯鄂温克人叫“西米坦恩”）一般用牛奶分离机分离鲜奶或从放置一夜以上的牛奶上部撇取获得。一般在早餐、午餐喝茶时，把稀奶油涂在面包、馒头、发面饼、点心上或拌炒米食用，其味美、营养丰富。“给日特仁依米其”，即奶油，也叫白奶油，一般把缸里的“温格尔”（酸奶）稍加热后搅拌获得，也可以把稀奶油搅拌获得。奶油的吃法和稀奶油基本相同。“香仁依米其”即黄油，把奶油烧开后冷却就变成黄油，黄油比奶油更香。把黄油放在热奶茶中会增加奶茶的香味。吃稠粥“拉里”时要放黄油和白糖。黄油的其它吃法和奶油相同。

奶皮子叫“乌如市”。奶皮子的制法是：当锅中的牛奶烧开时，用水舀子将其舀起再从高处倒入锅中，使牛奶的表层起很多气泡，再把它放凉后奶的精华部分就凝固在表层了，第二天把表层重叠成半圆形取出晾干即可。奶皮子可以放入奶茶中吃，也可以和面包、馒头、饼等一起食用。奶皮子是贵重的乳制食品之一，常被当作馈赠的佳品。

奶干叫“阿日其”，通古斯鄂温克人叫“阿儒勒”，是把搅出奶油后的酸奶在锅中烧开后，把固形物挤出水，再用手捏，让其从手指缝挤出细条晒干或把制酒后沉淀于锅底的固形物挤出水，再从手指缝挤出细条晒干获得。奶干通常用来泡在奶茶中吃，也可以抓在手中吃。

奶酪叫“额吉格”，通古斯鄂温克人称其为“俄都市”。是把“额格德色乌洪”（酸性较少的酸奶，也有人叫“吉希勒东乌洪”）烧开后，挤出水分的固形物。喝茶时，把“额吉格”盛到盘子里，上边浇上一层“希恩格”和糖，用勺子吃，是招待客人的上好乳品。也可以把奶酪放入模子里做成各种形状晾干，储藏起来在冬季喝茶时食用，还可以赠送亲朋好友。

奶糕，也叫奶豆腐，一般是把牛初乳倒入铁盆中，放在锅中蒸熟，形似鸡蛋糕。

奶酒的制作方法是在盛满酸奶的锅上紧紧盖上一个叫“布鲁呼勒”的无底木桶——此桶有一个旁口，一流槽斜着从口伸到桶外，槽的上端宽约2~3寸在桶内的中心位置上，大火煮到沸腾时，在木桶顶上放一盆凉水，因酸奶中奶酒的沸点和冷凝点要低于酸奶，故奶酒首先遇冷水盆凝为液体，滴在流槽中流出。

草原上鄂温克人的肉食，是以牛羊肉为主，有时还吃猪肉，偶尔也吃马肉、骆驼肉。此外，过去还经常吃猎获的野生动物肉。在牧区一般家庭一年四季都要杀羊，入冬时要杀牛准备一冬的肉食。家养动物的肉有煮、红烧、烤、炖、炒菜、熘肉段、做汤、做馅、做酱肉、做腊肉等多种吃法。

手把肉是鄂温克牧民们日常生活中最普遍的一种吃法。其制作方法是将生肉放入清水中煮，煮手把肉的汤中不放盐，但有时要放一些土豆。吃手把肉时需要配一些调味品，有韭菜花、菜末或辣酱等，也可以在肉汤中放盐蘸着吃。手把肉的吃法是用一只手拿着煮熟的带骨的肉，另一只手拿着小刀将肉割成小块，蘸调料吃。割肉时的刀法还有一定的讲究，不能把刀口朝向别人，更不能用刀尖指着别人说话。每次牧民们在宰杀牛羊之后，都要吃一次手把肉和灌肠，就是杀猪后也要吃一顿手把肉。

羊胸脯肉被认为是羊身上最好吃的部分，杀羊剥皮时，要留下羊胸口上的一块毛皮，做法是反复用火烧毛再用刀子清理，清洗干净后和手把肉一起煮，这样制作出来的羊胸脯肉别有一种风味。

鄂温克人的灌肠有多种，用不同材料做成的灌肠其名称也不同。灌血肠，鄂温克语叫“色额其”，做法是把收集的血块用手捏碎，捏碎后的小碎块去掉，把一些牛或羊的油脂剁碎放入，再放一些葱花、盐和调味品等，灌入肥肠和大肠中煮熟，吃着非常香。还有把

肝肺剁碎放入葱、盐和调味品做的灌肠，叫“额热尔吉”，这种灌肠吃起来别有一番风味。也有切肉条装入肥肠中做的灌肠。此外，也有把羊肉和羊肚切成条，用羊细肠编花纹包在肉肚外，这种叫“敖日耶市勒”。以上几种肉食都是和手把肉一起煮食的。

牛羊蹄和牛羊头也都带毛皮，先用火把毛烧掉（有条件的人家用喷灯烧毛，和烧羊胸脯的方法一样），再清洗干净后放到锅里煮（煮牛羊蹄时要放调料，煮的时间稍长一些），其中煮好的牛蹄筋切成片后是下酒的好菜。带有调料的煮牛羊蹄的汤，放凉凝固后可以切片做炖子。

牛羊的尾巴。牛尾巴一般用刀子从各个关节分开后，放调料炖着吃，是一种好吃的肉食。大尾羊的尾巴可以和手把肉一起煮着吃；还可以把外面的油脂切块用于烤荤油，中间的带骨肉也在油中一起烤熟后吃。

饮食介绍：南屯牛排。鄂温克族自治旗烹制的牛排有水煮和烤牛排两种。牛排的选料非常讲究，以当地牧区散养的适龄牛为主（即6岁左右的牛），肥瘦相间有淡黄色油脂的牛排为原料（油脂白色的是育肥牛，当地都不喜欢吃这种肉），水煮或烤制而成。水煮是在清水中放入牛排煮熟，不放调料以保持牛排的原味，一般放一些土豆，让土豆吸收牛肉汤的营养而变得鲜美可口。

现在，一般饭店烤牛排都有自己特制的圆形烤桶，桶的中心自下而上是放炭火和使火能够向上升腾的烟道，牛排用铁丝被转圈挂在外层桶和烟道桶之间的夹层空间内，用慢火烤制成呈深红色外焦里嫩即可食用。

吃牛排和手把肉时，一般饭店都备有小刀，用刀子自己切肉吃，吃肉的调料有韭菜花、菜末或辣酱。

现在，不仅南屯（巴彦托海镇）饭店有南屯牛排，海拉尔的一些饭店门口或菜单也写有南屯牛排。甚至，呼和浩特市有的饭店的菜单也写有南屯牛排，但是，呼和浩特市饭店的牛排用的肉是育肥牛肉。

2011年年末前，内蒙古电视台的《蔚蓝的故乡》节目中也对“南屯牛排”进行了介绍。

马肉被认为火大，一般在“三九”天，天气很冷的时候吃。马鬃下部位的肉，红烧后也是一种美食。

鄂温克人的饮食中，炒菜、菜汤必须放肉，粥、面条、面片、挂面等也要放肉。

鄂温克族猎民以猎获的狍子、鹿、犴、野猪、黄羊、旱獭、飞龙、乌鸡、野鸡、沙半鸡的肉为主要肉食，烹饪方法有手把肉、烧、烤、炖、做汤等。烤肉的方法是把切成片的兽肉穿在木棍上，蘸一些盐在篝火旁烤，烤到外表金黄，“吱吱”冒油即可食用，这种肉外焦里嫩，越嚼越香，别有风味。用狍子肉或黄羊肉做干炸或熘肉段，肉质鲜嫩柔软。狍子肉和肥牛肉一起剁碎，制成丸子，非常鲜美，丸子汤也非常可口。犴鼻子和熊掌都是山珍之类。

猎民们常用猎获的禽类做汤。飞龙肉质细嫩，呈白色，味道鲜美。一般煮牛羊肉时，在肉汤上都要起白沫，传说这时在肉汤内放入几块飞龙肉，白沫马上就会消失。常做的汤有野鸡汤、乌鸡汤、沙斑鸡汤、野鸭汤等。把飞龙、沙斑鸡、野鸡或乌鸡肉和黄瓜咸菜一起剁碎炒熟，也是下酒的美味佳肴。野禽类的肉还可以包饺子吃。

鄂温克人有生吃动物肝和肾的习惯。打到猎物后，一般先把猎物的肠肚等内脏从动物的腹腔清理出来，这时趁热切一块肝和肾，蘸点盐吃。鄂温克人认为吃生肝对人的眼睛有好处，吃生肾能使人延年益寿。

夏秋季猎获野兽多的时候，除吃鲜肉外，也要晒成肉干贮存。有熟肉干和生肉干两种，狍肉干、鹿肉干属于山珍之类，烧着吃滋味最美。

牧区杀了牛羊以后，肉吃不完时，春秋季晒肉干保存的较多；夏季多是做成腊肉储存，夏季除了苍蝇污染外，因为气温高，各种细菌繁殖也容易使肉变质；冬季在“天然冰箱”中冷冻保存。现在有电冰箱后，各季节多是在电冰箱中冷冻保存。

鄂温克人吃鱼有多种烹饪方法。新鲜鱼以清炖为主，在江河边捕到鱼后，去鳞洗净，放入锅内倒上江河水，再放入盐、葱花和花椒、大料清炖，也有的放些辣椒，味道清香鲜美。清炖鲫鱼、鲤鱼头、鲇鱼尾等，都使人食欲大增。在家中炖鱼，有时把鱼用油炸一遍或在面粉上滚一圈油炸后，放调料炖的。也有把鱼收拾干净，用适当的盐腌后，锅中放少量的油把鱼烤熟吃，此种方法更适合于不宜炖着吃的鱼。对于花子等不宜炖着吃的鱼，先用油炸后，再用酱油、醋、淀粉、葱花、蒜、盐和调料等做成汁，做浇汁鱼为多。对于一些几十斤以上的大鱼，去掉大骨，切成片后在面或浓淀粉水滚过后油炸，撒一些盐后可吃干炸鱼段；也可以用酱油、醋、淀粉、葱花、蒜、盐和调料等做成汁，把炸过的鱼段放入汁中熘，做熘鱼段。大鲇鱼可以和柳蒿菜一起炖着吃，还有用鲇鱼炖茄子吃。也有把小鱼清洗干净后，用酱、盐、油等炸成鱼酱的吃法。加盐晒的鱼干，可以用火烤着吃，也可以生吃。盐腌后晒成半干的鱼块，用油炸熟吃最好。加盐晒的狗鱼干，在鱼干中是最好吃的。无盐晒的鱼干，用水泡后，有炖、蒸、炸、熘等吃法。冻鱼需泡在水中解冻，食用方法基本和鲜鱼一样。

蔬菜类有：倭瓜，在蒸、煮熟后捣碎，和牛奶、芸豆一起熬菜汤吃；也可以蒸、煮熟后直接吃。豆角，和肉一起炒着吃；可以和肉、土豆一起炖菜吃。土豆，可以埋在炉膛下的余火中烧熟吃；可以切成片放在锅中烤熟吃；在各种蔬菜和肉一起炖菜时都可以放一些土豆；煮手把肉时也放一些土豆；此外还可以做炒土豆片、炒土豆丝、炝土豆丝等。卜留克，一般多用于做咸菜，也可以加肉炒着吃。西葫芦、黄瓜、大萝卜、胡萝卜、水萝卜、芹菜、西红柿、青椒、辣椒、葱、蒜、长白菜、圆白菜、茄子、菠菜、香菜等蔬菜的各种吃法和当地其他民族的吃法一样。

采食的野菜有："昆比勒"（柳蒿芽）是鄂温克人采集最多的野菜，它除了食鲜外，还可以晒干储存（现在用开水焯熟后在冰箱冷冻保存），一年四季都可以食用。新鲜食用时，洗净后用开水焯一下，再用清水冲洗几遍挤出水分剁碎，剁碎后加芸豆、肥肉（也可以是肥肠、猪排骨或大鲇鱼等）炖做，味道可口鲜美，是鄂温克人最喜欢食用的菜肴。"昆比勒"还可以和肥肉剁馅包饺子，也可以用开水焯后蘸酱，当凉菜吃等。它具有清火解毒等药用功能，深得人们的喜爱。"满给特"（野韭菜的一种，有的书中认为是山葱）可以加芸豆和肉熬菜汤，可以加盐做凉菜，也可以洗净后蘸酱吃。"海列日"野韭菜可以和肉馅包饺子，可以和鸡蛋做合子，可以和肉炒着吃，和鸡蛋炒着吃，加盐当凉菜吃，蘸酱吃。“索尔其”野韭菜花加盐碾碎，是吃手把肉的主要调料之一，也可以当咸菜吃，还可以加入肉汤和炒菜中当调味品。“洪格日”或“鲁克”野葱，比家葱稍细，可以炒着吃和腌咸菜。“达日给勒”沙葱，食用方法和野葱一样。“松克日”野韭菜的一种，比普通野韭菜小，吃法和野韭菜一样。“杭古勒”山芹菜，一般和肉一起熬菜汤吃。“香仁给罗其”或“克鲁斯”黄花菜，和肉一起炒菜吃，也可以和肉一起做菜汤。“吉古额”一种带刺的菜，可以和肉一起做菜汤吃。蕨菜可以和肉一起炒着吃，也可以做凉菜。“昭格特”山丹，其根部像蒜，可以吃。“敖儒德”线菜。“沙藤”甘草有甜味，可以吃。“吉苏恩”、“哈活特”、驼尾草、黄芪，可以当茶喝。

采食的野果有：“乌利特”山丁子和“音额特”稠李子可以除了生吃外，捣碎的山丁子和稠李子还可以掺在做奶干的料中一起晒，做掺有山丁子和稠李子的奶干；还可以做带有山丁子和稠李子的面包；山丁子还可以夹在奶皮子中吃，还可以做山丁子加糖馅的馒头和烙饼；碾碎的稠李子晒干后，能够保存到春节，和点心等一起用来招待客人。“吉特”或“讷日”都柿（现在叫蓝莓）和“固德格特”或“固主格讷”（草莓）可以直接吃，也可以加糖做成酱，在面包、馒头、烙饼中做馅。“雅格达”红豆可以直接吃，现在多用于制酒。“吉苏额”一种发酸的山果，可以直接吃。“希依特”榛子，放在炕上烤干或炒熟吃。“桂勒孙”山杏，杏仁可以吃，还可以榨油。“哈卡特”灯笼果，可以直接吃。“扎列其”面果，一般直接吃，但不能多吃。“哈呼特”刺梅果（野玫瑰），一般在入冬后采着吃。松子炒熟后吃。

采食的菌类有：白蘑、二白蘑、白花脸蘑、紫花脸蘑、猴头蘑、黑木耳、松树蘑、桦树蘑、杨树蘑、灵芝等。鄂温克草原上的白蘑闻名于世，传说在日伪时期，日本人想拿到日本种植都没有成功。现在很多蘑菇都有人工种植的，但市场上就是看不到有卖种

植的白蘑。在80年代初，不到5角钱一斤的白蘑，2012年已经到了200～300元一斤，一斤干白蘑已经卖到上千元。白蘑主要和肉一起炒着吃，也可以和肉一起炖着吃。猴头蘑主要和各种动物的肉炖菜汤吃，各种蘑菇和木耳除了炒着吃外，还可以和肉一起炖菜汤。

鄂温克人的面食有：“格列巴”或“列巴”即面包，把发好的面放在烤炉中烘烤而成，也有放“乌利特”山丁子、“音额特”稠李子、“吉特”都柿（现在叫蓝莓）、“固主格讷”（草莓）等野生植物的果实做馅的面包；“别思期克”用动物的肺做馅烙的发面饼；“卡拉巴”用驯鹿奶和面发酵烙的发面饼；“阿拉吉”（使鹿鄂温克）或“卡拉索”（通古斯鄂温克）油炸馃子；“毕利尼”一种发面饼；“西木日其欧恩”用烤出荤油后的油脂加糖做馅烙的饼或蒸的包子；“巴乐其欧恩”把苏子炒熟压碎后加糖做馅烙的饼；“乌利其欧恩”山丁子加糖做馅的烙饼；“固主格讷其欧恩”（草莓）加糖做馅的烙饼；“扁西”或“扁其”饺子，饺子馅的肉可以是各种动物的肉（带油脂的肉），馅中的蔬菜可以有葱、圆白菜、长白菜、酸菜、韭菜、胡萝卜、大萝卜、西葫芦、芹菜、柳蒿芽等，拌馅时最好放一些白蘑或泡过白蘑的水，饺子的吃法有煮水饺、肉汤饺子、蒸饺子等；

此外还有肉馅饼、鸡蛋韭菜合子、肉包子、白面豆包、黄黏米豆包、油炸糕、油炒面、酥饼、玉米面和白面混合饼、煎饼、荞面饸饹、馒头、肉汤面条、肉汤挂面、肉汤面片、牛奶面片等吃法。还有玉米面大饼子、窝头、发糕等。还有用木炭烧面饼等。

据《鄂温克族社会历史调查》记载：燕麦是鄂温克人制“阿嘎”的原料。先把燕麦炒好，在木臼捣米之前，用石板（两块）压去皮，然后压成面子，放进奶茶里变成一种浓茶（或称面茶），一直是鄂温克人喜爱的食品（荞面也可这样吃）。

米食有焖大米、焖小米、焖稷子米、稷子米掺大米和芸豆焖饭、小米掺大米和芸豆焖饭，一般吃各种米饭，喜欢加牛奶吃。此外还有大米粥、大米肉粥、大米奶粥、大米酸奶粥、小米粥、小米肉粥、小米奶粥、小米酸奶粥、玉米糙子粥、玉米糙子芸豆粥、玉米糙子芸豆酸奶粥、高粱米饭、高粱米粥、高粱米芸豆焖饭、高粱米芸豆粥、高粱米芸豆酸奶粥、煮玉米等。

鄂温克人对荞麦的一种吃法是，先将荞麦蒸熟，晒干后再用碾子去皮，成三角形的米粒，做成奶粥或肉粥，吃起来另有一种风味。荞麦半碎不碎的米粒另外分离出来，叫做“尼基”，做成“阿木松”（不干不稀糊状的饭），和奶油或奶皮拌着吃，是待客的好食品。还有用大麦碾成的米，叫“木热给勒哲格特”，也可按上述方法做。

鄂温克人有很多独特的饮食习惯，也有和其他民族相同的饮食方法。如果您有机会亲自来到鄂温克人生活的地方，一定能够品尝到各种饮食的独特滋味，享受一番不同寻常的美味。

九、山林草原上的人家（居住）

鄂温克人喜欢依山傍水居住，他们居住的地方有巍巍的群山，纵横的河流，宽阔的草原。冬季漫长，气候寒冷，夏季阳光和煦，微风吹拂。在这种自然环境条件下，形成了鄂温克族独具特色的居住习俗。

过去，鄂温克人进山打猎或采伐时，经常更换居住地点，为了便利，就搭盖可拆卸的“仙仁柱”，也叫“斜仁柱”或“萨喜格柱”，即人们所说的撮罗子。鄂温克语中“柱”意为“房屋”或“家”。“仙仁柱”的构造主要有两部分组成，一部分是“柱”的木架子，叫“仙仁”；另一部分是木架上的遮盖物。中间屋顶处一般要有带许多穿眼的圆木，用3根长约4米的木杆，细头向上插进屋顶圆木的穿眼，使其三足鼎立成基本架子，再用20～30根辅助柱插入穿眼中，形成木架。也有用三根上端带叉的木杆（叫“苏那”）做主柱，叉相交斜立成锥形，再搭上辅助柱构成框架。根据地区、条件和季节的不同，遮盖物的材料也不同。寒冷季节则是以狍皮做围子。其他季节多用桦树皮覆盖，桦皮苫盖宽约1米，长约3米，一般要用7块，下部用布围子；也有盖以牛毛细绳编的苇笆，笆上再盖之以草；还有用柳条编笆，再盖苇子的房盖。“柱”的门向南开或偏东南方向。

“柱”门的对面是“玛鲁”的位置（神位），主要供祭祖先

神。在门上，悬着“德力格丁”神（用桦树皮或红铜做成的面具）。“柱”中间是烧火做饭、取暖的火位，按照旧习惯，男子住在火位以北，女子住在火位东侧，女子不能到火位以北，主妇和未满15岁的女子，可以到“玛鲁”附近，但须由去的路线回来，不允许绕行火位。妇女临产，不能在供有“玛鲁”的房子中，要另搭“柱”作为产房。产房的标志是立杆要长出屋顶，使人一看就知。

在寒冷的冬季，“柱”除改用皮围子外，需要烧火取暖。在用木板或杆子搭起的铺位上，铺上用犴、鹿、熊、野猪等皮制作的褥子，上面盖一条毯子或一条被子即可。被子一般用狍皮做成。外出打猎时，只带一件狍皮囊，赤身钻入囊中睡觉。夏季，“柱”内常铺熊皮垫子，据说蚂蚁不会爬上熊皮垫咬人。

搬家时，“仙仁柱”的木架并不拆走，每次搬家的距离一般为6至10公里。

2009年6月3日，内蒙古自治区人民政府公布的第二批自治区级非物质文化遗产名录中，根河市申报的《敖鲁古雅鄂温克族撮罗子》

（传统技艺），被列入第二批自治区级非物质文化遗产名录。

使鹿鄂温克人至今还有在森林中存放物品的仓库，这种在树木高处搭建的仓库叫“靠劳宝”。在深山中，选四棵树，距地高约5米左右截掉，保证野兽（特别是熊）上不去，然后用稍细的树杆做仓底和仓壁，仓盖用木板，底部留一开口。从地面竖起一根柱子，作梯子。“靠劳宝”可以是一户独建，也可以几户合建，主人不用时，别人也可以使用。主要是夏天存放冬季的物品，冬季存放夏天的东西，

凡不用的衣服、用具、粮食等都放在仓库里。在鄂温克人传统习惯上，出猎或旅行中如断了粮食，可就近到别人仓库里拿粮食接济，物主虽然不知谁拿了东西，但不会为此担心。每年各部落在统一日期进集镇进行交易时，从仓库拿走东西的人，会主动找到物主还东西。所以鄂温克人说：我找他干啥，他自然会找我，这是我们的传统。

在草原上生活的鄂温克人，一部分人除了有土房或砖房外，还有“乌儒格柱”，即人们所说的蒙古包。它和蒙古包的区别是：过去蒙古包无论在冬夏，包顶和包身都围毡子，而鄂温克人的包，夏季包顶围苇帘子包盖，用细柳条帘子“西伊”围包身，冬季在毡子外还包有苇帘子和柳条帘子。“乌儒格柱”便于拆卸和组装，拆装一个“包”，一般只用二十分钟左右，适合于转场游牧。转场游牧的好处：一是有利于草场的恢复，二是牲畜能吃得饱，有利于牲畜的生长，因此多数牧民都有“乌儒格柱”。现在，在草原上有些不游牧的鄂温克人家，院里也经常支有“乌儒格柱”。

在清朝时期，鄂温克草原上在住房方面有着严格的等级区分。平民不得住六块哈那以上的大包，并且不能把哈那染成红色、黄色；只有少数嘎拉达（副总管）以上的人才能住8块哈那以上的大包。

“乌儒格柱”，形似蒙古包。“包”壁是用柳木条做的可展开可合拢的木架，叫“罕”，也叫“哈那”，一块罕约由26～34（双数）根木条组成，立起展开时成网状木格。一个乌儒格柱由4～6块罕建成，罕越多，容量也越大。包顶是直径1米至1.3米的天窗，叫“陶嗯”，连接罕和天窗的是2米多长的木椽，细头插在天窗边缘的小孔里，另一头带有用皮条制成的小圆环套在罕上两木条交叉头上。罕与罕的衔接处要用皮条系住，把门窗结构与罕用牛毛围绳紧扎外，围毡也要用围绳紧扎。毡盖由两块半圆形的毡子合成，用在南半部的毡子叫“珠勒古乌纳很”，北半部的叫“阿麦故乌纳很”。

“乌儒格柱”的特色是夏季用柳条或苇子做围子，用苇子做包的顶盖，这是其他民族没有的。苇子盖是五层，由下而上铺搭到顶，最下层的叫“道高德勒布热”，第二层叫“吐鲁古德勒布热”，第三层叫“阿拉痛”，第四层叫“俄儒和特格热”，第五层叫“胡哈痛”。

包中间安灶生火，多用铁炉子和铁皮制的烟囱。冬季定居的包内，也用砖搭炉灶和小型火墙。

炉灶以北是最上位，为长辈夫妇床铺；西侧是未婚男子的铺位，女人则不能住在火位西面；东和东南是晚辈夫妇的床位。幼子一定和父母同住，主包的火由老人点燃，幼子要继承主包的火。

建在西面的包是上位，因此新建的包要在主包东侧。通常萨满的包设在最西边，并且禁止人们接近装法衣、法器的篷车。包的周围除了牛圈、羊圈外，每家都有几个库车，叫“色呼特根”。库车是长方形小库房，带半圆形篷顶，外面覆盖毛毡或铁皮，开有小门，存放换季服装、生活用品和食物。另外，每家都有一辆篷车叫“木格拉日特根”，在勒勒车上固定1米多高，半圆形篷顶的木架，覆以桦树皮或毡子，鄂温克族妇女在做客或搬家时都要坐篷车。每家还要有一辆水车叫“穆讷日特根”，上面固定能装几百斤水的大木桶或铁制水桶，以便从河边拉取生活用水。每家还有一辆带有高2尺多的长方形木柜的粪车，叫“艾吉其特根”，也叫“斯恩格勒其特根”，用于拾燃用的牛粪、羊粪或清理圈里的牛粪。每家通常还有几辆“杭盖日特根”没有栏杆的勒勒车，用于容纳搬家时拆下的乌儒格桂和羊圈的围栏。

过去，农区和半农半林区的鄂温克人都住土房（也叫草房），少部分在牧区居住的鄂温克人也有土房。土房多为两间房、三间房，还有“马架子”。有门旁窗户和西墙有窗户的特点。最简单的两间房的外门在东间，东西间之间用“比日单”（火墙）间壁，“比日单”的“古勒者日”（灶坑）在东间进门后的西面；火墙北部向西间有一个门，东间的北部是厨房，西间一般北、西、南三面是“拉哈”（火炕），火炕的灶坑在厨房。大的两间房由于南北跨度大，有的在各间的中部再加一个间壁形成南北两个小间，共四个小间。东北的小间为厨房，有通东南间的门和窗户；西北的小间有北火炕，有西窗，

有通西南间的门；西南间有南火炕，有南窗户，有通向西北间和东南间的门；外门在东南间。简单的三间房的外门在中间，中间的北面是厨房，从中间的中部向东西间各有一个门，西间也和两间房的西间一样三面有火炕，老人一般都住在西间；东间一般只有北火炕，小辈居住。大的三间房也有和两间房一样间壁成六小间的，中间的北面是厨房，老人住西南间为多，其它房间住小辈。

在草房和马架子里，供祖、供神的位置是在西墙上，最南最上是“敖教勒”神（祖先神），还有“娘娘神”，有的是清朝参战的索伦八旗的士兵家还供有关老爷（关羽）等。“吉亚西”神挂在外屋西墙上，灶神挂在锅台上，“德力格丁”神挂在门上。每年的农历五月初五和八月十五、春节给这些神点灯并献祭食物。

新房盖好后，要请另一姓的人住头宿。让事先邀好的人背着行李佯装来借宿，房主开始装出不同意的样子，经对方一再要求，才表示允许，还要杀一只鸡或一口小猪招待。第二天送走客人后，家人才搬进新房住。上梁时，要放鞭炮，宴请亲友。

鄂温克人住房四周多以柳条编成里外双层篱笆围院，大门在住房的正南方。大门内西侧为大牛和小牛两个圈，大牛圈在外侧，小牛圈带篷。大门东侧羊草圈在外，马圈在内。住房的西南侧有仓库，鄂温克语叫“蒿柱”。在住房的东、北、西三面两层篱笆中间是菜园，种植各种蔬菜、瓜果、黄烟等。在住房的西窗外还要有一小菜园，一口井，在西窗下种植各种花卉，在小菜园内还种植部分需要浇水的蔬菜。在菜园的四周还要种植榆树、杨树、山丁子树、稠李子树等。

被称为“通古斯”的鄂温克人从很早就有一部分富裕户住的是俄罗斯式的板房，即“木刻楞”房。在使鹿鄂温克地区，自1957年开始在奇乾定居时，人民政府盖了“木刻楞”房，供他们居住。1965年他们迁到满归及1973年迁到敖鲁古雅时，政府给盖的多数也是木刻楞房。

过去，一些富裕的鄂温克人在新中国成立前就已经住上了砖瓦房，在黑龙江省讷河的嘎布卡地区（笔者的原籍，今兴旺鄂温克民族乡），有的富裕户甚至到卜奎（齐齐哈尔）购买砖瓦房居住。据《鄂温克族简史》记载：其中被称为“阿米达巴音”（鄂温克语北财主）和“朱尔勒巴音”（南财主）的两个家族，占有一千多垧好地……地主住房的四周，筑了一道高墙，四角有炮台，中间还筑起三层楼式的中心炮台，用的是火炮，并以自卫为名，摊派团丁，团丁夜间轮流在炮台放哨。三层楼式的炮台，用泥土是很难完成的。

现在，在鄂温克族自治旗政府所在地居住的大部分鄂温克人都已经住了楼房，在伊敏镇和大雁镇居住的大部分也已经住上楼房。就是在巴彦托海镇和伊敏镇居住的砖瓦平房的部分居民，在平房内有土暖气，有的人家还通入了自来水和公用暖气，地面铺有木地板、水磨石、瓷砖等，许多人家自己设计的平房，其间壁各式各样，体现着不同住户的不同风格，人们的居住方式越来越向现代化发展。

牧区在居住方面：从20世纪80年代中期开始，牧民的住房和棚圈逐步向砖瓦住房和棚圈转化，到近几年实行的扶持人口较少民族发展资金的下拨，用于建砖瓦的住房和棚圈，预计至2007年末，90%以上的鄂温克族牧民要拥有砖瓦的住房和棚圈。如在20世纪80年代上中期，伊敏煤矿征用鄂温克族自治旗伊敏苏木伊敏嘎查的土地时，就为伊敏嘎查的牧民在伊敏煤矿前的敖义木沟建立了砖瓦化的奶牛村。此后，旗和苏木也积极凑集资金为牧民建奶牛村，如在辉苏木乌兰宝力格嘎查，建立了由十余户组成的砖瓦化奶牛村。巴彦嵯岗苏木也利用了他们的农业收入先后为鄂温克族集中的乌兰敖希特嘎查和扎格达木丹嘎查，建立了砖瓦化的奶牛村。尤其是近几年的扶持人口较少民族发展规划，国家投入大量资金，让鄂温克族牧民出很少的一部分钱，住上砖瓦的住房，并带有砖瓦的棚圈。

小知识：在内蒙古自治区，地区级政府部门过去叫盟，现在有的地区级的盟改为地区级的市，如呼伦贝尔盟改为呼伦贝尔市，把过去呼伦贝尔盟所在地海拉尔市改为了海拉尔区；县级部门叫旗，也有县级的市，如过去的喜桂图旗改为牙克石市、布特哈旗改为扎兰屯市、额尔古纳右旗改为额尔古纳市、额尔古纳左旗改为根河市等；乡级部门牧区叫苏木为多，有些地方还叫乡；村级部门在牧区叫嘎查为多，有的也叫村。

现在，在放牧或打草时也有住在“乌日格柱”（蒙古包）或帐篷的，也有人把报废的旧公交车的车体部分当作流动住房，在放牧或打草时使用。富裕户在春季接羔时，还有用铁制的帐篷架盖有尼龙纤维布的接羔棚。

在80年代，很多苏木都已经通电，在苏木所在地居住的富裕牧民有的开始用上电视、电冰箱等电器产品。

从90年代初开始，有些苏木所在地的牧民住户开始安装电话机。90年末开始，苏木所在地也开始安装了移动手机信号发射接收塔，牧民们开始用上了移动电话。现在，牧区的各种电子产品也应有尽有，通网络的地方有了上网电脑。

在苏木（乡）居住的人家主要有砖房、土房和木刻楞房等，基本都通有交流电，有的人家还用上液化气炉、安装了土暖气。也有的人家把压水井改装成自来水式装置。

近几年，国家民委出了一部分扶贫资金，让牧民或农民拿一部

分钱，为少数民族农牧民盖起了砖房，使绝大多数农牧民都住上了砖房，体现了国家对少数民族农牧民的关怀。

十、远处传来驯鹿的铃声（交通）

生活在大兴安岭森林里的鄂温克人，他们在游猎和不断的迁徙时经常使用的交通工具是很特别的，人们也许想不到，那就是驯鹿。一首王笠耕作词、那日松作曲的《兴安岭啊，我的家乡》，以浪漫的诗情描述了森林里的驯鹿。歌中唱道：

兴安岭绿葱葱，绿葱葱
染绿了云彩染绿了风
鄂温克人的驯鹿铃儿啊
震落了原始森林绿色的梦
啊，好日代，牵着驯鹿哟背着猎枪
绿色的兴安岭，我的家乡

鄂温克族是我国唯一饲养驯鹿的民族，他们称家养驯鹿为“奥伦”，野生驯鹿为“索格召”。驯鹿有鹿一样的角、牛一样的蹄、马一样的头、驴一样的身，所以也称它为“四不像”。驯鹿是美丽、强健的动物，个头比马小一些，不论雄雌都长着长犄角，其毛色有灰褐色、灰黑色、白花色和白色。驯鹿体轻、蹄大，善于在沼泽、密林、雪地中行走，被人们誉为“林海之舟”。鄂温克人非常喜爱驯鹿，把驯鹿视为吉祥、幸福、进取的象征，并把驯鹿确定为本民族的吉祥物。

驯鹿能负重百余斤，牵拉小车或雪橇时，负荷超过一百公斤。每小时可行走 5 至 6 公里。猎人搬家时，粮食、衣物、炊具和各种生活用品，搭“仙仁柱”的桦树皮等都要由驯鹿驮运，老人、妇女、儿童及体弱者也需乘骑。在出猎时，驯鹿可为猎人驮行装，打到猎物后，也用驯鹿驮回猎获的野物。驯鹿颈下的铜铃，鄂温克语叫“巧尔然”，也用落叶松做铃，叫“康嘎拉”，是为了方便在森林里顺铃声寻找驯鹿和恐吓野兽。

20世纪50年代到60年代，国家开发大兴安岭，在森林资源调查、物探、修建铁路、护林防火以及支援部队边防建设等各项工作中，鄂温克族猎民不仅当向导，而且用驯鹿驮运物资、粮食、器材、柴草等。按使鹿鄂温克人的话说：大兴安岭林业铁路的物资，是他们用驯鹿一点点驮进深山的。可见驯鹿作为交通运输工具，在交通并不发达的年代，起了很大的作用。

波斯政治家、史学家拉施特主编的《史集》也对古代鄂温克人的驯鹿、滑雪板和爬犁进行了记载：“他们的衣服是用兽皮制的，他们没有牛羊，他们饲养山牛（即驯鹿）、山绵羊和类似山绵羊的哲兰（即狍子）以代替牛羊；他们把它们捕捉来，[加以驯养]，挤乳、食用…… 在迁徙时，他们用山牛驮载，而且从不走出森林。在他们停留之处，他们用白桦和其他树皮筑成敞棚和茅屋，并以此为满足…… 因为在他们那里，山和森林很多，而且雪下得很大，所以冬天他们在雪面上打到许多野兽。他们制造一种叫察纳的特别的板

子，站立在那板上；用皮带做成缰绳，[将它拴在板的前端，]然后手拿着棒，以棒撑地，[滑行]于雪面上，有如水上行舟。他们就这样用察纳[滑雪板]驰逐于原野上下，追杀山牛等动物。除自己踏着的察纳外，他们还拖着连接起来的另一些[滑雪板]走，他们将打杀的野兽放在上面。即使放上两、三千曼[重荷]，花不了多大力气就可以轻快地行走在雪层上。如果是一个不熟练的人，那么，他的两腿就会分开而撕裂，尤其是在下降和急驰时。受过训练的人则奔驰得极其轻快。没有见过的人，谁也不会相信这点”。《多桑蒙古史》引用拉施特的记载：“兀良哈人迁徙时，用野牛载其衣物，从不出其所居森林之外。其居室以树枝编结之，用桦皮为顶。刺桦树取汁以饮，汁甚甘。……兀良哈人所居之地，山岳屹立，森林遍布。天时酷寒，冬日常猎于雪中，以名曰察纳之板系于足下，持杖撑雪而行，如同舟子之撑篙于水以行舟，其行平地抑升降山岭，甚为迅捷，常易获其所欲捕之野牛或其他动物。猎获以后，以猎物载之身后之橇上，每橇可载二三千明（每明约合二斤）。其不善于使板者则伤足，尤以下降时为最险；第若善用之，则可迅达远地，此事非亲见者不能信有之”。

桦皮船是鄂温克人使用的一种颇具特色的水上交通工具，用于渡河、捕鱼和狩猎。桦皮船非常轻便，有几十斤重，一个人可以把它扛在肩上走。它的制作工艺精湛，全船没有一块铁、一颗钉。鄂温克语把桦皮船叫“佳乌”，它是用松木板条做船身架，桦树皮为船身，接头处用红松根当线缝牢，针孔和接头用桦树油子和桦树皮油熬成的混合油涂抹粘实，以防渗水。桦皮船一般长 5 米，高约50厘米，船腹宽约60厘米，两端尖细稍向上弯曲。可乘五六人，能载一只大犴（驼鹿）。使用时，用一根两头都可以划水的木桨划水，可一人划，也可以两人划，速度很快，能够逆水而上。行进在水中的桦皮船不出声响，在深水和浅水里都可以使用，是渡河或在河边狩猎非常便捷的交通工具。有人用诗的语言对桦皮船作了形象的描写：

雪一样的洁白，羽一样的柔轻。
为了追求速度，构成箭似的造型。
在林海碧波，救护多少亲人。
用它打猎捕鱼，载着鄂家的幸运。

其他地区居住的鄂温克人，使用各式大小不等的木船。如在嫩江下待网时，使用乘坐十几人的大船；下挂网时使用乘坐两三个人的小船；嫩江流域发洪水的话，稍高的地方成为汪洋中的岛，狍子、狼

等动物都集中在小岛上。这时鄂温克人划着带有四个桨的“快马子”船，追猎游在水中的野兽。

鄂温克族自治旗伊敏苏木的鄂温克人新宝在80年代初还主持建造过铁制“伊敏双马号”渡船。该船面积30多平方米，一次可渡二百余只羊，还能渡汽车、拖拉机，载重量为12吨。宽50多米、3～4米深的伊敏河两分钟就能到达对岸，为当地牧民夏季倒场解决了渡河难的问题。

北方漫长的冬季，大雪封山给交通带来不便。但是智慧的鄂温克人，很早就制造了滑雪板和爬犁（雪橇）。他们踏滑雪板追击野兽，还用爬犁拉运猎获的野兽。一般徒步走三天的路程，登上滑雪板当天就能到达。固德林氏的伊那肯奇老人曾用滑雪板追打过4个犴、2只鹿，有一只鹿他追了六十多里才打住。有个叫卡利拉的猎人，穿滑雪板追一群野猪，打着6头。

鄂温克人的滑雪板，长约2米，宽20厘米，以松木为原料，前端呈弯状，后端呈坡形，在滑雪板的中间，有皮带子做成的绑脚装置叫“模哼模乐”，板下面贴有光滑的犴腿皮，叫“卡亚玛”，有向前滑时阻力小，向后退时阻力变大的作用，利于登滑雪板上坡。

使鹿鄂温克族的儿童从12岁就开始学滑雪，父亲打猎回来，孩子拿父亲的滑雪板去练习，而且互相之间进行滑雪比赛，所以他们的滑雪技术很精湛。

草原上的鄂温克人，主要交通工具有骑马、勒勒车、四轮车、“米日干”车、骑骆驼、驼运，冬季还有马拉和驼拉爬犁（雪橇）等。

勒勒车因轮子高大，又称为大轱辘车。过去是牧民必备的交通工具，尤其在逐水草而居时，每家都要用十几辆车。勒勒车适用于草原、沼泽、河溪等地方行驶，有“草上飞”的美称。勒勒车的原料主要为桦木，只是在轴毂摩擦部位有少部分铁。车长约4米，轮子直径约1.3米至1.7米，车宽约1米，可载重约400公斤。勒勒车根据使用的用途和所套的牲畜的不同，也有不同的类别。多以犍牛和马为动力牵引，套马的车辕较短，类似于过去胶轮车辕马的装置，在马脖子上套个套脖，牵引绳前用夹板套在马的套脖前，有马鞍和肚带使车辕不能随便上下活动；套牛的有长车辕和短车辕两种，长辕的比较简单，在两根车辕头处有上下两根弯木，使中间形成空间套在牛脖子处；短辕的和套马的类似，牵引绳前部是类似于倒V形（角度大于90度）弯木，又用一根绳子固定一个V形（同上）弯木，使两个V形形成的中空处套在牛脖子上，也有鞍子和肚带固定车辕。勒勒车上面什么都没有的敞车叫“杭盖日特根”，迁移时用于装拆卸了的“乌儒格柱”及羊圈；库车，叫“色呼特根”，棚外钉有铁皮，平时当仓库，迁移时装衣物被褥等；带箱板的车，叫“艾吉其特根”，也有叫“斯恩格勒其特根”的，车厢高约一米，冬季每天用于把牛圈的牛粪扔到圈外；篷车叫“木格拉日特根”，一般是短辕车；水车“穆讷日特根”，车上放有木制或铁制的装水容器。近30年来，人们开始使用胶轮、铁辐条、铁轴承，车身其它部件也全部是铁制的勒勒车。

历史上，辉河地区的很多鄂温克人，每人赶7至10辆勒勒车，在海拉尔至卜奎（齐齐哈尔）间，甘珠尔或贝尔湖至海拉尔之间拉脚运输物资。牧民搬家时，主人要坐在最前面的篷车，由女主人赶车，儿童坐在篷内。随后是每家都有的一两辆用来放置生活用品的库车。还有一辆装载蒙古包的“罕”、椽杆和顶口的车，一辆装载蒙古包盖和围子的车，一辆装载炉灶和室内各种盛器的车，一辆装载箱柜的车，一辆装载被褥、毡子等的车，三四辆装载羊圈木杆的车。此外，还有拉水车、装牛粪车等。后车的牵牛绳拴在前车的后部，形成了一条浩浩荡荡的“草原列车”。现在，有了拖拉机以后，勒勒车已经基本退出历史舞台。

四轮车，叫“鲁塔特勒格”（意为俄罗斯车），共有三种，最大的套两匹马，能载五十普特（在牧区羊草等都以俄制普特为单位计算，1普特约等于16公斤）。套一匹马的叫“敖德奴库库”，能载十普特。最小的叫“浩特克”，主要乘用，能载五至十普特，从19世纪末通古斯鄂温克人开始使用这种车，从俄罗斯传入。四轮车前两轮小，后两轮大。前两轮起转向作用，四轮有减震的弓片。

2009年6月3日，内蒙古自治区人民政府公布的第二批自治区级非物质文化遗产名录中，陈巴尔虎旗申报的《通古斯鄂温克木制四轮车制作技艺》（传统技艺），被列入第二批自治区级非物质文化遗产名录。

“米日干”车有两个轮子，也有减震弓片，车轴有轴承，并有充气轮胎。只能乘坐2人，既轻便又快速，被人们誉为“草原吉普”。现在，在“瑟宾”节和鄂温克那达慕上，赛“米日干”车成为一项比赛项目。

雪橇，索伦鄂温克语叫“爬犁”，有大小几种，大型的雪橇在冬季下雪后主要用于拉羊草，能载二十至三十普特。小型的主要用它从圈中往外拉牛粪，冬天骑马时把它拖在后面，小孩可坐在里面，东西也能装上，可拉四十斤左右。通古斯鄂温克语中，大型雪橇名叫“搭拉嘎吉”，小型雪橇，叫“斯恩基”。

从20世纪60年代开始，鄂温克族自治旗就有了德特-20、千里马-28、英D-900型等拖拉机；有的鄂温克人购买当时苏联产的带小型摩托发动机的Д-4、Д-4k、Д-5等机动脚踏两用车。70年代，当时的生产队就有了东方红28拖拉机、东方红55拖拉机和捷克三缸30马力的拖拉机，也有手扶拖拉机；也有人购买了上海产永久105型机动脚踏两用车，也有人有过苏联产依日250等摩托车。从80年代初，人们开始购买幸福、黄河、西湖、钱江等250型摩托车、长江750摩托车和苏联产依日250、明斯克125摩托车，捷克产佳娃350、仕子175摩托车，日本产的神鹰145、神鹰80及后来的铃木100、铃木125、本田100、本田125、嘉陵70、嘉陵125等其他各种型号摩托车，牧民们开始购买小四轮拖拉机，80年代后期，有人购买大货车，80年代末，开始购买小型越野车（北京212型）。90年代初有的购买北京2020型越野车，到90年代末也有人已经购买了日本进口越野车（二手车）。

现在，鄂温克族地区的交通运输业有了很大发展，不但有了四通八达的公路、铁路，而且在鄂温克族农牧民家庭里，也有了摩托车、小型拖拉机和汽车等交通运输工具。

十一、同天鹅一起飞舞（歌舞）

鄂温克族是一个热爱歌舞艺术的民族，他们每逢节日、婚礼、宴请客人、有喜庆事项或一些多年未见的老相识偶尔相遇时，在宴请的同时都愿意以歌舞的方式来庆祝。鄂温克族的歌舞同他们的生产生活及民俗民风等密切联系在一起。

传说在清代一次作战中，鄂温克官兵被敌军围困，在这十分危机的时刻，远处传来一阵浩大的“咕”、“给”的声音，如同千军万马飞奔而来。敌军以为鄂温克官兵的援军到来，便撤去包围，军队后退。原来那是成群的天鹅遮天盖地地飞了过来，使鄂温克官兵转危为安。在另外的一次征战中，掉了队的官兵迷失了方向，正在他们焦虑不安的时候，天上飞来一群天鹅，不停地鸣叫着，仿佛在呼唤“跟着我们吧”，于是士兵们增添了信心和力量，在天鹅的带领下赶上自己的队伍。就是这样一些神奇的故事，为天鹅舞的产生打下了基础，使其在民间流传了下来。

鄂温克语中天鹅叫“斡日切”。在鄂温克人的心目中，“斡日切”是一种吉祥鸟。“斡日切”舞是鄂温克族人民把对天鹅的美好情感融入到民间舞蹈的一种表现形式。舞蹈人数不限，男女均可参加，排成里外两圈，面向里，男士在外圈，女士在里圈，左右伸展双肩，双肘下压，腕部抬起与手平行，手心向下，随着音乐节拍上下轻摆手臂和手腕，脚部动作为跟随步，男士向左转，女士向右转，也可以里外两圈交错，当交错时双手由旁至前到头顶，再从头顶移至胸前，并配合着男士口呼“咕”，女士口呼“给”，其呼声恰似天鹅从高空飞落时的声音，十分逼真，动作优美，形式独特，别具一格。舞蹈中身着盛装，头顶一红布似天鹅冠，肩披的白布伸展开似天鹅的双翅，上下左右摆动似天鹅飞翔、起落，舞蹈象征着自由、幸福与吉祥的祝愿。

鲁日格乐舞又称为“鲁日该仁”，也叫“罕拜”舞或“阿罕拜”舞，是鄂温克族传统民间舞蹈形式。每逢节日、婚礼、宴请客人时，人们载歌载舞，跳起鲁日格乐舞等舞蹈。关于鲁日格乐舞，中国美术家协会会员、中国民间美术学会理事、中国工艺美术学会会员、国家文物专业少数民族美术史研究馆员鄂·苏日台（达斡尔族）在他的《鄂温克民间美术研究》一书中写道：阿罕拜舞，又名“鲁日格乐舞”，这部分鄂温克人有的也称鲁日格勒，这一点与达斡尔人相同。据考证此民间舞蹈原名叫“鲁日格乐”舞，意为“燃烧”，源于狩猎时代的“篝火舞”，后改称“阿罕拜舞”，起舞时“阿罕拜”是主要的衬词之一，故名。

鲁日格乐舞一般都由妇女们跳，有时男人也参加。跳舞时分多组，每组由二至四人组成，一般都是两人面对面跳，并不时交换位

置；四人一组时，以十字形方向相互移动为多，和对面相互交换位置时，和另外二人交错进行。

鲁日格乐舞的动作有多种，开始时动作比较轻柔，两手掌心向下左右换方向上下摆动，两人互相接近并不时交换位置，人们嘴里发出“罕拜”或“阿罕拜”等声音。随着舞会的深入，有时两手掐腰，挺胸对肩跳动；有时一只手叉腰，一只手上举摆动的，然后再换另一只手叉腰，换另一只手摆动；有时一只手在胸前，一只手在背后；有时会加入梳头照镜子、担水等动作；根据不同动作，嘴里发出“哲呼哲呼”、“哲呼哲”、“哲嘿哲”、“厚哲厚哲”、“呼吉日呼吉日”等，人们的舞步动作配合着这些声音的节拍来跳动。后来越跳越有劲，节奏越跳越快，上举摆动的一只手变成拳头，好像两人互不相让，谁也不服谁，这时在一旁观看的人或另外一组的人，做着和他们相同的舞姿加入到两人中间跳动，好像是在劝架，使两个人的矛盾化解。

鲁日格乐舞是鄂温克族民间歌舞形式，通常情况下词、曲、舞三部分是密不可分的，有歌必舞，有舞必歌。

鲁日格乐舞的歌曲部分歌词与曲调结构对称，节奏性强，极适于舞蹈动作。如：

《萨吉格聂萨那》

1.照着那鹊雀的嘴哟，介本介会楞，
金丝银线楦鞋底，介本介会楞。
额胡楞、德胡楞，介本介会楞，
德胡楞、德胡楞，介格舍楞，介本介会楞。
2.仿照那乌鸦的嘴哟，介本介会楞，
飞针走线纳鞋底，介本介会楞。
额胡楞、德胡楞，介本介会楞，
德胡楞、德胡楞，介格舍楞，介本介会楞。

也有部分鲁日格乐歌曲生动地描绘着妇女生活和风俗礼仪等内容，如：

《内胡楞》又名《新娘达西苏如》
在那黑龙江有根源，内胡楞，
雅鲁河畔有家园，内胡楞。
在海拉尔、呼伦贝尔有家园，内胡楞，
辉、伊敏那儿有亲眷，内胡楞。
在鄂温克、满两个民族，内胡楞，
享有伟大英雄的称呼，内胡楞。
她的名字叫达西苏如，内胡楞。
达斡尔、鄂温克中闻名，内胡楞。
年龄刚刚一十八岁，内胡楞，
在扎红杜拉尔有娘家亲属，内胡楞，
说起她那生长的家庭，内胡楞，
在左翼右翼旗都是有名望的，内胡楞。
衣领子用珊瑚装扮，内胡楞。
有十对珊瑚珠光灿灿，内胡楞。

黑天鹅绒的发带，内胡楞。
系着乌黑的长辫子，内胡楞。
库锦缎做成的帽子，内胡楞。
绸缎衣袍有花边美饰，内胡楞。
紫缎子坎肩正合体，内胡楞。
精心缝纳的靴子，内胡楞。
镌刻着花纹美饰的，内胡楞。
手腕上两对手镯子，内胡楞。
镶着珊瑚的帽子，内胡楞。
脖颈上有彩穗美饰，内胡楞。
玉石翡翠烟袋嘴儿，内胡楞。
一尺有余的长杆烟袋，内胡楞。
镶嵌着玛瑙美饰的，内胡楞。
巧匠制成的鼻烟壶，内胡楞。
有银线带子的，内胡楞。
丝绵绣花的烟荷包，内胡楞。
橘黄色的大手帕，内胡楞。
垂在身边飘悠悠，内胡楞。
镶着宝石的戒指，内胡楞。
戴在手指上作美饰，内胡楞。
……

"爱达哈喜楞"舞（公野猪搏斗舞）是表现公野猪之间相互争斗的舞蹈。跳时由二人为一组，身穿毛朝外的狍皮衣服，化装成公野猪的形象，脸上擦上白粉，开始时，俩人从两边向中间靠拢，一脚单步，膝盖稍弯，另一腿向后抬起，自然弯曲，身体向前稍倾，一手握拳向头部前方伸出，另一手握拳背后，俩人靠拢后背对背转圈，向左右方向做动作，然后俩人对面错开，互相左手拉左手，左脚勾左脚，成一大扇面形。右脚跳动，互相向外扯，最后变斗式，双腿同时蹲住，沉稳地踱步，身体不起伏，姿态如熊斗舞，动硬肩，互相进攻做

咬肩状。接下来后退、躲闪、又互相撞肩，直至一人败下阵来，这组动作与“熊斗舞”气质相同，在整个舞蹈中同样伴有“吼莫，吼莫”的怒吼声。

熊斗舞是模仿熊斗架动作的舞蹈。俩人一组，上身略微向前倾，两膝弯曲，两手放在膝盖上，双脚同时跳跃，落地有力，双肩和头部左右换方向，模仿熊咬对方状，并口呼“吼莫吼莫”的吼声。最后用嘴叼下对方的头巾或帽子，脱开身跳出者为胜利。可以几组同时跳，或有其他人用同样动作在旁边助威。熊斗舞由男女组合一起跳，其男性动作雄健、潇洒，体现了高山丛林所赋予他们的剽悍英姿和勇敢坚毅的气质。女性动作则健俏、柔美。

鄂温克族萨满舞，鄂温克语叫“萨满额黑仁”一般在宗教盛会或治病时进行表演。萨满身穿神衣“萨玛西克”，头戴神帽，手持神鼓“温屯”，舞蹈的步法有前进、后退、蹦跳、回旋四种类型，并伴有一些激烈的技巧性动作。如：手握神鼓飞快地摇动，脚部动作有力踏地，节奏非常快，并在旁边伴唱人的协助下迅速翻转身，并挺直身体，与地面形成45度角。并边击神鼓边唱祈祷词。伴舞的鼓法上主要有挡脸鼓、碎打鼓、飞鼓和煽鼓，每种鼓法伴有咒语谐谓音律，节奏感极强，舞蹈时萨满服装上的铜镜、铜铃、铜片等装饰品，有节奏的叮叮当当作响，伴着萨满吟诵声，整个舞蹈颇有神秘特色。

“巴勒图克卡南”舞，即跳虎。一般由5人参加，其中4人扮虎，威武地分站四面，1人扮猎物，站在“4虎”的中间。跳舞时，扮虎者双脚平行，双手扶腿，作半蹲状蹦跳，双脚同起同落，按节拍发出“吼、吼”的声音。扮猎物的人头戴帽子，左顾右盼，显出不安，躲避追捕。直到一只“虎”把猎物的帽子叼起，舞蹈即告结束。鄂温克族还有“勃尤辛·额黑勒仁”，即猎人舞，其中有骑马、射击的动作，粗犷而豪放。

居住在敖鲁古雅乡的鄂温克族的民间舞蹈，别有一番风格，每当两个氏族的人们相聚一起，或举行婚礼，或其他喜庆之日，人们便在夜晚点燃篝火，少则十来人，多则几十人，手拉手围绕篝火依太阳运行的方向，跳起欢乐的篝火舞。舞蹈以歌声统一节奏，通常是一个人领唱，众人跟着合唱，载歌载舞。歌中唱道：

兄弟姐妹相见是多么宝贵啊！
来，让我们歌舞吧。
不久，我们又要分开，
为了幸福的重逢，
为了祝愿狩猎的丰收，
我们欢乐地歌唱吧，
我们欢乐地跳舞吧！

对于鄂温克人来说民歌是表达精神世界的载体，尤其对于一个没有文字的民族来讲也是传播人生哲理、传授生产生活经验、记载民族发源地、姓氏来源的教科书。同时有些民歌还反映了男女爱情、婚丧嫁娶、宗教仪式、思念家乡、思念亲人及鄂温克人热爱生命、热爱大自然的崇高美德。

扎恩达拉嘎

扎恩达拉嘎是鄂温克族民间小调、山歌之类民歌的总称。从音乐结构、节奏和文学内容来讲，可分为山歌体“扎恩达拉嘎”和小调体“扎恩达拉嘎”，或简称作长、短“扎恩达拉嘎”。

山歌体扎恩达拉嘎字少腔长，节奏舒缓自由，旋律不甚固定。演唱风格因地区、因人而异。它常于抒怀叹咏，多表现劳动生活、思亲怀乡、习俗礼仪等内容。如：

《金色的雅鲁河》

1.金色的雅鲁河金光闪烁，
清澈的辉河荡起碧波。
属于我们民族大众啊，
甘霖般的矿泉、辉河。
2.飞奔的枣骝马矫健活泼，
富饶的家乡美丽辽阔。
这是我们诞生的故乡啊，
鄂温克人祖辈在这里生活。

山歌体扎恩达拉嘎有时也作为长篇叙事歌曲。如：

《母鹿之歌》
母亲啊母亲，
你那半边脸上为何发红？
是什么沾在了上面？
是什么在流涌？
孩子呀孩子，
当我越过山峰翻过崖顶，
是山丁子的树叶，
沾上了面孔。
母亲啊母亲，
你的小儿子累得筋疲力尽；
稍微歇息歇息吧，
可以吗，母亲？
孩子呀孩子，
为了看望我才紧走急行；
不跟妈妈一起，
怎能赶出路程？
母亲啊母亲，
刚才从我们身后传来怪声；
什么东西“嗵”的一响，
响得那么难听？
孩子呀孩子，
那是雷声隆隆；
暴雨要来临，
才发出“嗵”的轰鸣。
母亲啊母亲，
我看那不是山丁子叶子；
也不是红色的榆叶，
是不是鲜血淋淋？

孩子呀孩子，
你母亲因为没有留心；
被那黑头的东西，
一枪给击中。

这首民歌以高明的艺术手法和深刻的哲理思想，用人类的感情和拟人化的方式道出了动物母子之间一段催人泪下的对话，在这首民歌中，人类不再是被歌颂的主题，表达的却是动物界在怎样承受着人类的猎获，给它们带来的痛苦和灾难。在人与自然的关系中，人类第一次把自己放到了一个尴尬的位置上，对于自己去追击杀害善良、自由的母鹿而带上了一种沉重的负罪感。

《金珠和珠烈》

1.骑上奔驰的枣红马，
飞过维特根的早晨；
想起我们一直同欢共乐，金珠，
我在晨曦中来临。
2.骑上善颠的枣红马，
穿过哈拉图的早晨；
想起我们一直亲密相处，
我在晨曦中来临。
3.你穿过维棚赶早来了，
珠烈，我煮的奶茶请品一品；
我煮的奶茶味道，
要比熟透的稠李还香甜。
4.骑上我那艾苏马，
穿过乌拉草地的早晨；
想起我们一直友好往来，
请你把递上的奶茶喝净。

小调体“扎恩达拉嘎”包括各类抒情小调、儿歌、风俗礼仪歌等；反映的生活内容十分丰富，如：

《为什么把我嫁给他》

1.在那不毛荒地上，
乌鸦为什么要栖落？
从来没有见过面的人，
为什么把我许配出阁？
2.没有丛林的地方，
小鸟为什么要栖落？
从来不认识的人，
怎能和他一起生活？

萨满调

“萨满”这一称谓来源于古代鄂温克语，意为“狂欢，激动，不安”的人。又称为“先知者”“神通者”“通晓者”。作为鄂温克族民歌的一种体裁，萨满调指由萨满所唱的各种歌曲。萨满调由曲调、歌词和舞蹈动作三部分组成。根据内容和场合不同，歌、舞、曲各有侧重。用于开场、祈祝、请神等场合的“扎恩达仁”、“呀呀仁”和各种“以若”，侧重歌吟叙事，而无明显舞蹈动作；用于跳神、驱鬼等场合的萨满调则侧重于舞蹈动作，并以歌、鼓伴奏。

萨满调有各种风格流派，各地区、各氏族乃至每个人都有独特的“以若”。如“敖鲁古雅萨满调”、“博勒吉盖萨满调”、“黄萨满调”、“道萨期间”等，演唱形式一般都是萨满领唱，助手和众人伴唱，气氛十分浓烈。内容多与宗教仪式、驱鬼治病有关；有时在序歌、插曲中也讲述民族、部族历史和家族史。或者为烘托气氛，唱一些与宗教活动毫不相干的内容。

萨满调一般结构短小，节奏强烈多变，大跳音程较多，带有原始宗教神秘、粗犷的色彩。如“格耶米”“扎莫花”（黄萨满调）“跳吧，跳吧”。

“尼玛罕”是鄂温克族的说唱故事（叙事民歌），布特哈地区的鄂温克人称作“尼玛罕”或“尼市阿罕”，敖鲁古雅地区的鄂温克人称作“尼姆阿坎”，西伯利亚鄂温克（埃文基）人称作“尼玛坎”。有许多部完整篇目流传至今，主要有：《希温·乌娜吉》、《母鹿之歌》、《恋歌》、《莽吃》等。

2007年，内蒙古自治区人民政府公布的第一批自治区级非物质文化遗产名录中鄂温克族自治旗申报的《鄂温克叙事民歌》（民间音

乐），被列入第一批自治区级非物质文化遗产项目名录。2008年6月7日，国务院批准文化部确定的第二批国家级非物质文化遗产名录和第一批国家级非物质文化遗产扩展项目名录中，鄂温克族自治旗申报的《鄂温克族民歌》（鄂温克叙事民歌），被列入第一批国家级非物质文化遗产扩展项目名录。2008年10月，内蒙古自治区文化厅公布的内蒙古自治区级第一批非物质文化遗产名录项目代表性传承人中，热妮娅（古香莲，女）为“鄂温克叙事民歌”（民间音乐）的代表性传承人。

民间乐器

1.口弦琴

口弦琴，鄂温克语叫“市库莲”，又称朋楞克。莫力达瓦达斡尔族自治旗、阿荣旗、扎兰屯市、鄂伦春自治旗、根河市敖鲁古雅、黑龙江讷河一带鄂温克族民间流传的乐器之一。是一种簧片乐器。“市库莲”用铜和铁制作琴身，呈锥形状。琴架长约13厘米，宽约2.5厘米，用一根锥形薄片钢条做琴簧夹在中间，长约17厘米，簧尖

比琴身稍微长出并往上弯曲45度，高2厘米，簧尖顶端置一小圆珠，形状美观大方。琴有大、中、小之分，型号越大，声音越低、越浑厚。

演奏“木库莲”时以左手执琴架左端，将带簧的一端含于唇齿之间，簧尖顶端小圆珠露在嘴外，用左手食指拨动簧片的圆珠而发音，通过对口形的控制，琴架的移动，嘴唇的张合，呼气，使其发出细腻、优美动听的曲调，音量很小，即使在很安静的场合下演奏，也只能使几个人听到。音域狭窄，只能演奏出简易的民歌，演奏技巧高明的民间艺人，能奏出歌曲或模仿出十多种鸟、兽的鸣嘶呼号声。当在高音区拨动琴簧，加快频率时，可产生类似狂风呼啸声。

2.萨满神鼓

萨满神鼓，鄂温克语叫“温屯”，各地形制略有不同。布特哈地区的神鼓为正圆形，鼓框稍窄且薄，宽约3厘米，直径60厘米，用榆、杨木或落叶松木板条撅成。正面蒙鼓皮（山羊皮、狍皮或狼皮、牛犊皮等），背面鼓框内有作为把手的十字交叉皮条，中心由铁环衔接。敖鲁古雅鄂温克萨满鼓呈椭圆形，鼓框较宽且厚，整个形状犹如一段横截的空心粗树干，正面蒙鼓皮，鼓框内亦有交叉皮条作为把手。

3.鹿哨，即猎鹿木哨，鄂温克语称“乌力翁”，意为“号角”、“喇叭”。鹿哨是狩猎工具，属于原始吹奏乐器。据史料记载，它在鄂温克等北方民族中流传已久。《黑龙江外记》转引《金史》所载，那时的鹿哨以“桦皮”为之（“桦皮”犹“桦木”之讹）；而《外记》记述当时的布特哈哨鹿者，其哨以木为之，长二尺余，状如牛角中空。并说明吹鹿哨“不能人人擅长，盖亦有独特之妙”。敖鲁古雅鄂温克猎民的鹿哨用桦木制作，长约40厘米，一头粗一头细，两头均能吹（吸）。

2009年6月3日，内蒙古自治区人民政府公布的第二批自治区级非物质文化遗产名录中，《敖鲁古雅鄂温克族民间音乐》（传统音乐）、《敖鲁古雅鄂温克族萨满舞》（传统舞蹈），被列入第二批自

治区级非物质文化遗产名录。

2011年8月26日，内蒙古自治区人民政府公布的第三批自治区级非物质文化遗产名录中，根河市申报的《鄂温克族口弦琴制作技艺》（传统技艺）、《鄂温克族鹿哨制作技艺》（传统技艺），被列入第三批自治区级非物质文化遗产名录。

4.诺仁卡琴，又名牛头琴。是以三根弦的拉奏乐器。

5.奥茸琴，以六弦的弹奏乐器。

现代歌舞

“彩虹”舞是鄂温克族的一种集体性表演舞蹈，“彩虹”舞由著名舞蹈家贾作光编舞、图力古尔（蒙古族）编曲（鄂温克族作曲家明太提供鄂温克族民间音乐素材），自产生之日起就深受鄂温克族及各族观众的喜爱。鄂温克族舞蹈家赛音斯琴的评述为“《彩虹》没有拘泥于鄂温克族传统舞蹈的某些基本动作，而是在传统风格基础上，恰当地融进了时代舞蹈动律，使鄂温克族舞步时代化，表现了粉碎‘四人帮’之后鄂温克族人民欢呼跳跃的情景，真切地反映了鄂温克族与祖国命运息息相通的心理和感情，反映了富有时代特征的鄂温克民族精神。从而，不仅得到鄂温克人民的喜爱、承认，而且也得到了全国各族人民乃至外国朋友的好评”。“彩虹”舞由女性表演，舞者头戴红缨帽，身穿代表彩虹的赤、橙、黄、绿、青、蓝、紫七色服装。

乌日娜、布仁巴雅尔历时四年，克服重重艰难阻隔，长途跋涉深入森林部落，抢救性地收集了当地鄂温克民歌、舞蹈、器乐、形体艺术资料，走访北欧及远东地区，并邀请俄罗斯鄂温克艺术家鼎力相助，与根河市乌兰牧骑共同编排导演的敖鲁古雅风情舞台剧《敖鲁古雅》，在2010年七八月在呼和浩特及北京演出。它以鄂温克族原始独创的“喉音发声打拍”唱法、以腿部蹬踢弹跳为主的“鹿舞”、“仙鹤舞”和神秘的萨满舞等罕有稀缺的文化艺术，获得了“中国版阿凡达”的美誉。

2011年5月，《敖鲁古雅》应智利总统之邀，参加第四届国际民俗艺术文化节，得到了参演各国艺术团体的一致好评，荣获了包括“特市科优秀表演奖”等在内的六个国际艺术大奖，成为本届艺术节最受欢迎的团队和节目，乌日娜和布仁巴雅尔更是获得智利国际艺术节杰出教育成就奖、杰出艺术成就奖。

由鄂温克族影视演员涂门创作，尤拉、涂门、王枫、包玉祥、额日太编剧，尤拉、武峰强导演，吾函、丁宇川编舞，希恩图、多剑平作曲，由鄂温克族自治旗乌兰牧骑排演的鄂温克族历史风情歌舞剧

《彩虹之路》，在当地试演后，于2012年7月初在呼和浩特“内蒙古草原文化节”演出。

鄂温克族文艺人物简介：

著名音乐家——明太

明太，鄂温克族，涂格敦氏，共产党员，1928年出生于今鄂温克族自治旗巴彦嵯岗苏木莫和尔图嘎查。1941年毕业于莫和尔图国民优级学校，1942年～1945年就读于扎兰屯国民高等学校。从小爱好音乐，由于生活在少数民族中间，受到深厚的民族民间音乐的熏陶，童年即学会鄂温克、鄂伦春、达斡尔、蒙古等民族语言和民歌，小学时期经常参加口琴演奏会及歌咏比赛，中学时参加了学校的铜管乐队，吹小号。

1947年参加革命，先后任呼盟文工团、内蒙古歌舞团的小号及手风琴演奏员，1951年开始担任歌舞团的作曲兼指挥。

明太的艺术作品有：

1.创作的舞曲有，《鄂尔多斯舞》、《盅碗独舞》、《布里亚特婚礼》、《哈库麦》、《嬉戏舞》、《索伦舞》、《盅碗群舞》、《骑士舞》、《安代舞》、《牛奶站》、《筷子舞》、《布里亚特骑士舞》、《送战马》、《阿罕伯》、《牧民见到毛主席》、《驼铃舞》、《驯马手》、《精奇里姑娘》、《人民代表》、《炼钢工人》、《鄂温克舞》、《育新苗》等。其中《鄂尔多斯舞》、《盅碗独舞》曾在第二届世界青年联欢节荣获金质奖章。其他舞如《布里亚特舞》、《哈库麦》、《驯马手》、《嬉戏舞》、《鄂温克舞》、《牛奶站》、《筷子舞》、《精奇里姑娘》、《驼铃舞》、《炼钢工人》、《送战马》等分别在国内和区内获得一、二、三等奖。

2.创作的舞剧音乐有，《乌兰夫》、《草原英雄小姐妹》等，还有小舞剧《东郭先生》。

3.创作的歌剧音乐有，《湖畔情歌》、《鄂伦春新歌》等。

4.创作的器乐作品有，《鄂温克圆舞曲》、《丁香贝尔》等，这两部作品在50年代曾分别获一、二等奖。

5.创作的声乐作品有，《黒山》、《我的鄂温克家乡》、《锡尼河马》、《扎马》（路）、《妈妈的嘱咐》、《人民公社》（二重唱）、《歌唱我们的好勒宝生产队》（合唱）、《褐色的鹰》（蒙古长调）、《送姑娘》、《啊！桃拉》（哲盟民歌）等。

6.指挥过的作品有，《嘎达梅林交响诗》、《中亚细亚草原》、《鲍罗丁作品》、《卡门序曲》（比才的作品）、《小号协奏曲》、《天鹅湖序曲》、《小号练习曲》、《小提琴独奏曲》、《三座山》（蒙古人民共和国著名歌剧）以及几部大合唱等。

明太曾于1953年参加抗美援朝慰问团，赴朝鲜民族主义人民共和国演出；1956年，作为“五人艺术家代表团”成员，出访蒙古人民共和国。

舞蹈家——赛音斯琴

赛音斯琴，鄂温克族，哈赫尔氏，1935年生于今鄂温克族自治旗巴彦嵯岗苏木扎格达木丹嘎查。中国舞蹈家协会会员，中国舞蹈家协会内蒙古分会会员，呼盟艺术家联合会舞蹈家协会理事，中国舞蹈家协会少数民族学会会员，内蒙古自治区鄂温克研究会理事。

1942～1951年在莫和尔图国民优级学校、海拉尔呼伦小学学习。1951年考入内蒙古歌舞团当舞蹈演员。当年被保送到内蒙古艺术学校学习两年，毕业后回到内蒙古歌舞团工作。1953年参加抗美援朝慰问团赴朝鲜人民共和国演出。1954年参加了慰问解放军演出和中央慰问苏联红军演出团，并参加多次演出。1955年在北京参加了为全国人民代表大会而设的专场演出。1956年参加了全国第一届舞蹈汇演。1962年在北京参加了国庆节一些专场演出。在这些演出活动期间，受到了毛泽东、刘少奇、周恩来、朱德等老一辈党和国家领导人的接见，并和他们合影留念，还参加了中央主办的联欢会、宴会等。她曾多次参加全国各省市自治区的巡回演出以及为自治区内的广大农牧民演出。参加过的节目有：《布里亚特婚礼》、《慰问袋》等歌舞剧；《哈库麦舞》、《筷子舞》、《乌克兰舞》、《荷花舞》、《盅碗舞》、《特尔古特舞》、《扇子舞》等多民族、多风格的舞蹈、歌剧及表演唱等。

她创作的作品有：1.与蒙古人民共和国舞蹈专家道力格尔苏荣合创的《在那达慕路上》曾在全国第一届舞蹈会上获得好评。2.集体创作的有《盅碗群舞》、《牛奶站》。3.独创作品有《一对红花》、《各民族团结》、《多彩的布里亚特》、《山岭鼓声舞》、《达斡尔姑娘》、《鄂温克青年》、《相会》（双人舞）、《黑市日》（三人舞）等。她以丰富的想象力，精湛的技巧，用艺术形式表现出鄂温克以及各族人民热爱祖国、热爱社会主义，热爱共产党的优良品质和高尚的境界。

中央民族大学音乐学院声乐教师——乌日娜

乌日娜，鄂温克族女高音歌唱家，中央民族大学音乐学院声乐教师，文学硕士学位。出生于内蒙古鄂温克族自治旗伊敏苏木的鄂温克族牧民家庭。曾就读于内蒙古艺术学校和中央民族大学，又赴俄罗斯圣彼得堡音乐学院学习。中国音乐家协会会员。以唱蒙古族“长调民歌”和鄂温克族、鄂伦春族、达斡尔族等北方少数民族歌曲见长。多次参加国内大型音乐会，并应邀赴蒙古国、俄罗斯、美国、日本、韩国、新加坡、马来西亚和台湾、香港等国家和地区访问演出。

曾与其夫布仁巴雅尔组建并指导“呼伦贝尔五彩传说儿童合唱团”；编排导演了敖鲁古雅风情舞台剧《敖鲁古雅》；演唱的《吉祥三宝》等歌曲广为人知。

曾荣获全国少数民族青年声乐大赛“金凤奖”（最高奖），获第五届全国青年歌手电视大奖赛民族唱法三等奖，在新加坡第七届亚洲歌唱比赛中获优秀奖，在马来西亚国际华人声乐公开赛中获“优秀纪念奖”，在全国“歌王歌后”声乐大赛中获民族唱法“挑战者奖”（二等奖），并在国内国外多次举办个人音乐会，乌日娜在蒙古族“长调”的演唱中有个人独到的艺术表现，她所演唱的蒙古族、鄂温克族、鄂伦春族、达斡尔族民歌已享誉海内外。

国家一级演员——涂门

涂门，鄂温克族，国家一级演员。现在内蒙古呼伦贝尔文联任职。

出演的电影有：《小骑兵历险记》(1988)、《阴阳界》(1988)、《欢乐英雄》(1988)、《铁血金魂》(1990)、《火狐》(1993)、《悲情布鲁克》（1996）、《一代天骄成吉思汗》(1997)、《黄河绝恋》(1999)、《天上草原》(2002)等。

电视剧有：《笑傲江湖》（2001）、《王昭君》（2006）、《贞观长歌》（2007）、《鹿鼎记》（2008）、《倚天屠龙记》（2009）等。

十二、从家庭教育、私塾、官学、学校教育到集中办学

鄂温克族由于自己没有文字，在清代以前没有学校教育，他们的传统教育方式主要以言传身教为主。传统家庭和社会教育的内容主要有传统礼仪、伦理道德、生活常识、生产技能、民间知识、民族宗教知识等。此外，通过老人们讲的民间故事、神话、传说、叙事诗、谜语、谚语，和自己的社会实践，都能受到一定的教育。

（一）鄂温克族传统的教育方式

1.传统礼仪和伦理道德教育

鄂温克人非常重视子女和晚辈的礼貌及伦理道德教育。从孩子很小的时候，父母们就教育孩子要尊重老人，不能直呼长辈的名字，见到不经常见面的老人和长辈时要屈膝请安，并给老人敬烟，到年节时要给老人磕头。就是同辈之间见面也要相互问“爱罕”（好吗），到别人家串门，进门先要问安。进“乌日格桂”（即蒙古包）中，男性要坐在火位的西边，女性要坐在火位的东边。老人和长辈进屋，晚辈要站起来让座，并要给客人倒奶茶。如有长辈老人从远处来，全家

人要出去迎接，孩子们要替老人把马拴好，主人开门把老人请进屋。就是不认识的客人，也要同样招待。鄂温克人中有这样一句话：外来的人不会背着自己的房子走，你出门同样也不能带去你的家，如果你不招待外来的客人，你出门就没有人照顾你。还有一句话叫：有火的屋才有人进来，有枝的树才有鸟落。客人虽然年轻，主人应招待好客人，使他满意。因此，必须给远路来的客人倒茶，敬烟、做饭吃，给客人盛饭，直到客人谢绝为止。教育孩子到别人家串门，不能拎着鞭子进人家，要把鞭子绑在马鞍的拴绳上，如是赶牛车或马车去的，要把鞭子放在车上。吃手把肉都要用到刀子，但边吃肉边跟人说话时，不能在别人面前晃动刀子，更不允许用刀尖指着别人。

过去，对女孩的礼仪伦理道德教育更加严格。从八九岁开始就对她们进行各种礼貌教育，要求她们温顺老实，一言一行都要慎重，穿戴也要干净利落，上要尊敬并伺候老人，下要爱护和管教弟妹，还要学会心灵手巧料理家务，怕姑娘将来出嫁后什么都不会，影响家长乃至家族的声誉。

2.生活常识和生产技能教育

过去，鄂温克族对儿童的传统教育是男女有别。女子主要从事家务劳动，所以对她们的教育主要是以生活常识、家务劳动为主。从女孩七八岁开始父母就教她们怎样挤牛奶，怎样煮奶茶，怎样做奶皮子、做奶干、做酸奶，怎样煮手把肉、做饭、做腊肉等等，如果家里大人外出未归时，女孩们就可以担当起家里做饭等家务劳动。等她们长到十几岁时，父母又教她们怎样制作布、缎、棉、皮等各种服饰和服饰中的各种花纹，怎样做羊毛线、牛毛线，马鬃马尾线，怎样剪羊毛、做苇帘、柳条帘等等。孩子们还要喂养被大羊抛弃的小羊羔，并且会随父母到野外采集野菜、野果、蘑菇等。在这些活动中，她们可以学到很多东西。

男孩长大后主要从事外部生产劳动，因此，从小就要对他们进行打猎、牧业生产技能等方面的教育。会骑马是当牧民的必要条件，当孩子五六岁时父母就会带着他们同骑一匹马外出，到他七八岁时就能够掌握马的习性，单独骑马了（女孩也在相同的年龄能够单独骑马）。男孩在十岁前就要学会放羊和管理自己家的小牛犊；十二岁左右就会宰杀羊和分解羊，并学会驾驭套牛或套马的勒勒车从事简单的牧业劳动；到十五岁左右就学会放马、套马和驯生马。家长使孩子们通过和各种牲畜长期接触，让他们掌握牲畜在自然条件下的习性，以便于在不同的自然环境中能够顺利地管理好它们。

在猎区，孩子到五至六岁以后，做一些传统性有狩猎教育意义的游戏。老年人用桦木给孩子们做小弓箭，让孩子们互相练习射击、练习打靶，他们从小就知道射击目标。到了小飞龙鸟出生的时候，三五成群的孩子们出去捉它。另外，孩子们通过打熊、打猝、搬家等狩猎生活游戏，学到一些狩猎生活知识。

到十二岁就开始学滑雪，父亲打猎回来，孩子拿着父亲的滑雪板去练习玩，自然就学会，再加上乡里每年举行隆重的滑雪比赛，孩子们的滑雪技术进步很快。大人还开始给孩子买旧枪，领着孩子打灰鼠。十五岁以后，教孩子怎样打猝、鹿等大兽。通过实际狩猎生产的实习，培养他们成为优秀的猎手。

3.民间知识教育

⑴教判定方向　在茫茫草原或森林中放牧或狩猎，没有一定的方

向定位，知识就很容易迷失方向。尤其是遇到下雨天、下雪天、雾天或者在夜晚，能见度只有几十米（大雾天能见度只有七八米左右），这时如果没有一定的方向定位知识和经验，就会迷路。因此，家长们从孩子四五岁起，就反复让他们辨认方向。如太阳是在早晨从东方升起，中午到正南方，傍晚在西边落选。夜晚还让他们辨认星系，通过星系来辨认方向。如“那旦奥西特”（北斗星）绕着转的那颗星（北极星）是正北；“超鲁门”（启明星）在什么季节早晨天亮前出现在东南方，在什么季节又在傍晚时出现在东南方；月亮和三星也是出自东南方，在西南方下落等。教孩子们通过地形来辨别方向，告诉孩子，这个山叫什么名字，山旁边的沟子叫什么名字，它是什么走向，沟子旁边的岭子又叫什么名字，岭那边的河又叫什么名字，它又流向什么方向等等。还让他通过树市和草等植物的生长情况来辨认方向，如树市都长在山的阴坡（北面），而阳坡（南面）上几乎没有树；树的阳面（南）比较干，树阴面（北）有些潮还长有苔藓；草原也并不是完全平的甸子，很多地方都有一定的坡，阳坡的草长得矮而稀，阴坡的草长得高而密等等。教孩子根据自然规律辨别方向，如下阵雨时刮西风或西北风为多；或者雨从那个方向来，风也是从那个方向吹来；夏秋季下几天的阴雨，开始时为东风或东南风，要结束时改变为西风或西北风；冬季一般刮南风为多，但是，下暴风雪时多为西风或

西北风；四季中风力达五六级以上时多为西风或西北风，可以根据风的方向来辨别方向。

⑵教植物知识 在草原，家长在孩子们成为真正牧人前给他们讲述各种牧草知识。如“满给特”是一种形似野韭菜的植物，对各种牲畜都有营养，它能驱除牲畜肠道中的寄生虫。在6月初就把羊群赶到“满给特”多的草场，羊把体内的寄生虫排除后，有利于羊的生长和长膘。“满给特”含水量大，在这种牧场羊可在一两个星期内不饮水。“布阿”（毒芹或藜芦）草是一种毒草，生长在河边和泡子（湖）边上，任何牲畜吃了它，在一小时内口吐白沫死亡，但它只是在6月间才有毒，解救办法是及时给中毒的牲畜灌酸奶。“西巴嘎那”和“阿给”是生长在沙丘地带的植物，羊很爱吃，春季的风雪多，沙坑又能挡风，因此这两种草的生长环境对春季放牧非常有利。“塔那”和“呼尔苏”是生长在碱性地上的植物，是秋季的重要牧草，为各种牲畜所喜爱，是秋季抓膘必食之草。碱草是各种牲畜的主食草，所说的打羊草，就是以碱草为主的混合草。此外，家长还要给孩子教识别毒蘑的知识，如毒蘑外形类似于白蘑，其根部细长于白蘑，根部发青，毒蘑中不生蛆等。

4.运用民间故事、神话、传说、叙事诗、谜语、谚语进行教育

鄂温克族因为没有文字，很多东西都要通过民间故事、神话传说、叙事诗、谜语、谚语等口传知识达到教育目的。鄂温克人中有句谚语，叫“老人不讲古，后人会失谱”。因此，老人不断地用上述几种方法把本民族的文化遗产传承下来，又以此教育了后代。如有两则关于人类来源的传说，虽然故事内容不一样，但其主题都表明各民族之间都是兄弟关系。一则为：在很早以前，在一条大河边的一所房子里住着一个人。有一天，来了一只狐狸卧在门旁，它来后，每天把房子打扫得干干净净，还给他把饭做好，他觉得很奇怪。有一天，狐狸变成了一个漂亮的姑娘，便和他结婚了。后来，他们共生了十个孩子，都各有长处。有的会种地、有的会做木匠活、有的能写会算……后来，兄弟十人都分散开了，其中做木匠的成了鄂温克人的祖先，种

地的成了汉人的祖先。另一则传说为：在很早以前，有一对夫妇住在地洞里，共生有七男一女八个孩子。这七个男孩后来成了七个民族，即鄂温克、蒙古等。通过这两则传说，使孩子们懂得，各民族之间都是兄弟关系，应该友好相处。

鄂温克人经常用各种谚语来教育孩子，如“弓不强，箭不好射；孩子不教，不成人才”、“马不驯服不好骑，人不教育要变坏”、“娇生惯养，害儿一生”等谚语，都强调了教育好孩子的重要性。有一些谚语，如“知识像骏马，骑上走千里”、“猎枪不擦会生锈，人不学习会落后”、“伊敏河水挑不干，世间知识学不完”、“笔杆子没有猎枪重，没有志气就拿不动”、“猎刀越磨越锋利，脑子越用越聪明”、“谦虚人产生的智慧多，虚心人学会的学问多”、“骄傲人总看别人短处，虚心人总学别人长处”等谚语，都是从各方面鼓励人们，要立志学好各种知识。有一些谚语教育人们要勤快，不要怕艰难困苦，做什么事都要有志气。如“不进山打不到野兽，不劳动什么都没有”、“劳动是收获的父亲”、“勤快马觉得背的东西轻，勤快人觉得干的活少”、“越是艰难，越是练就好男儿；越是困苦，越是能出英雄豪杰”、“世上还是人最厉害”、“鸟往高了飞，人往远了看”、“只要耕耘，就有收获”、“猎人的胆子，好汉的志气”、“母亲的宝贝是儿子，好汉的宝贝是志气”等。

鄂温克人还经常用各种谜语来训练孩子们的思维能力。谜语的范围有自然现象、生产劳动、生产用具、生活用品、人体器官、生理现象、动植物、衣食住行、日常生活等方面。如“没有云彩的雨”（露水）、“房顶上悬着半块饼”（月亮）、“比山岭还高，比蒿草还低”（道路）、“亲亲嘴巴，敲敲脑瓜”（烟袋）、“兄弟赛跑，永无胜负”（两条腿）、“蛇一样的身子，三个木头瓜子”（马绊子）、“四块板壁八个头，当中有水水不流”（井）、“有四条腿不会走，生两个翅膀不能飞”（两扇门的柜子）、“灰羊羔越滚越胖”和“白牛打着转长胖”（纺毛线）等等。谜语不仅能够训练人们的思维能力，而且还有助于提高人们的智力。

民间故事和叙事诗有些能起到伦理道德教育作用。有些教育人们通过智慧和勇敢战胜邪恶，才能过上幸福美满的生活。

（二）学校教育的发展

从清代以来，清政府开始对少数鄂温克族儿童进行学校教育。据光绪十六年（公元1890年）出版的《黑龙江述略》的第二卷“建置”记载：“黑龙江省建学始于康熙三十四年，将军萨布素公奏准，在墨尔根两翼各立一学，设助教官，选新满洲及锡伯、索伦、达呼尔每佐领下幼童一名，教习书艺，嗣是齐齐哈尔、呼兰、墨尔根、黑龙江四城，均设满学官一员，有同额缺，凡八旗子弟愿入学者，由各旗协领保送，习清文骑射，日不过一二时为率，多至百余人”。说明从1695年开始，清政府就对少数鄂温克人的子弟进行了学校教育。到清末，各地的学校逐渐增多。光绪八年（1882年）海拉尔城建立了呼伦贝尔八旗（即索伦八旗）官学堂，索伦八旗的鄂温克族儿童开始进入该学堂上学。据光绪二十三年（1897年）的《呼伦贝尔副都统衙门册报志稿》记载：“本地索伦、巴尔虎、额鲁特三部之民幸蒙圣上生养与抚育之德政，近二百年来以繁殖家畜为业，除放牧牲畜，又服兵役，家家过着丰衣足食的安定、快乐、富裕生活。这些人习惯于长年的野外游牧生活，且又擅长于文墨之道，自幼长于骑驰，秉性以忠厚为本”。也说明索伦（鄂温克）人中，也有一部分人在光绪二十三年（1897年）以前，就具有一定的文化知识。

在索伦八旗（今鄂温克族自治旗），清宣统二年（1910年），曾在呼伦贝尔副都统衙门任笔帖式的鄂温克人贵福（额都格涂格敦氏）和牧民敖成吉的努力下，动员牧民集资，在莫和尔图村以石块修建校舍成立了学校（又叫石屋学堂），贵福亲自教满文。后来，从西布特哈（今莫力达瓦达斡尔族自治旗）聘请了贺西部（达斡尔族）加授汉文。当时招收有鄂温克族、达斡尔族20余名。开设的课程有满文、汉文（《论语》、《圣训》）等一些古典文著。由于地处偏僻，买不到文具纸张，学生自备木板，涂荤油撒灰土，以尖木棍代笔写字。民国11年（1922年），在鄂温克、达斡尔族聚居区出身的名人郭道甫、福明太等，捐资在莫和尔图建立了比“石屋学堂”还宽敞明亮的学校，命名为莫和尔图学校。并从苏联乌金斯克城聘请来鄂温克族女教师索尼娅·萨哈娅诺娃任教，在教俄语、数学、音乐的同时，还宣讲“十月革命”的道理。

1926年，莫力达瓦旗的巴彦街（今莫力达瓦达斡尔族自治旗巴彦鄂温克乡），在保长卓布尔和敖英宝、敖春源及老杜家、老萨家等有识之士的努力下，有钱的出钱，有力的出力，大家齐心协力，在巴彦街盖起了三间大草房，一人多高的土坯围墙，木制黑板，长条桌椅，还有一个手摇铃铛，白手起家把学校办了起来。

1927年9月，辉河地区在那林嘎“嘎拉达”（副总管）、布和“坚恩给”（佐领）等人，几年的倡议和筹备下，索伦右翼旗小学在洪克尔舒古日（地名）成立。当年有17名学生，6名教师，布和任校长。课程以满文和蒙文为主。学校有一个教室、一个宿舍、一个食堂三间土房，用木浆纸糊的窗户，有木制院墙。每月收一只羊和四元钱作为学费和生活费，这对于贫困学生来说具有一定的压力，但是人们

还是省吃俭用让儿童上学，儿童的入学率逐年增多。另外，从辉河地区知名人士的简历看，他们至少在1909年以前就在私塾学堂学习过。

1927年，布里亚特蒙古族和部分通古斯鄂温克人居住的锡尼河苏市，布日德、米吉德副总管和阿尤西佐领等在牧民群众的要求下，创办了锡尼河学校。

1931年，阿荣旗查巴奇成立私塾，学校是一栋五间草房，148平方米，戴福祥任教师，教授蒙语，学生近20人。1947年在原校址成立公办小学，学习蒙语和汉语，有2名教师，学生20名，其中鄂温克族17名。1953年9月，查巴奇小学开始全部用汉语授课，学生增加至50多人，鄂温克学生占三分之二，杜万寿任主任教师。到1997年查巴奇鄂温克族乡境内共有10所小学，67个教学班，1668名学生，其中少数民族学生225人，教师84人。到2004年共有9所小学，47个教学班，771名学生，其中少数民族学生96人，77名教师。1970年查巴奇鄂温克族乡中学成立，当时只有1个班，2名教师。1973年为5个班，共273名学生，教职工15人。1975年增设高中班。1981年根据上级要求撤销了高中班。到1997年共有11个教学班，456名学生，其中少数民族学生124名，有38名教师。到2004年共有10个教学班，331名学生，其中少数民族学生76名，有37名教师，校舍建筑面积1560平方米。在查巴奇鄂温克民族中学建校35年中，有56名学生考入大中专院校，45人考入高中，同时为农村培养了大批新型劳动者。

1936年，伊敏地区在玛日斯成立旗立第四初高两级小学，1937年被火烧毁，1938年在毕鲁特（今伊敏苏木所在地）建立红砖房学校。由宝音陶格套胡任校长。

1936年，特尼河地区成立旗立第五初高级小学（今陈巴尔虎旗鄂温克苏木），1945年8月呼伦贝尔地区解放，成立了呼伦贝尔自治政府，1947年自治政府主席额尔钦巴图认为，索伦旗（今鄂温克族自治旗）地盘大建议划给新巴尔虎左旗、陈巴尔虎旗一部分土地，1948年7月特尼河地区被划归陈巴尔虎旗。

1949年中华人民共和国成立时，当时的索伦旗（今鄂温克族自治旗）有8所小学，28个班级，443名学生，33名教职工，采用蒙语授课。

1958年鄂温克族自治旗成立时，全旗有9所小学，37个教学班，在校生956人。其中，鄂温克族296人，蒙古族305人，达斡尔族286人，其他少数民族7人。

1999年，鄂温克族自治旗实现了“两基”达标，被国家教育部门确定为基本普及九年义务教育、基本扫除青壮年文盲（简称“两基”）达标旗。

2000年鄂温克族自治旗被自治区人民政府授予国家贫困地区义务教育先进集体。2000～2002年在全市教育综合评估中排位第一名。

2001年被自治区人民政府授予国家贫困地区义务教育达标旗。

2002年作为呼伦贝尔市唯一的实施“体育、卫生、艺术、国防教育33211工程”试点旗，接受自治区评估验收，被评为实施“33211工程”优秀单位，受到表彰奖励。

到2004年全旗的中小学发展到43所（其中企业办学12所），在校生20660人（其中企业办8617人），学生中，鄂温克族2113人（企业办176人），蒙古族4411人（企业办1167人），达斡尔族1900人（企业办442人），汉族11289人（企业办6264人），其他民族937人（企业办602人）。教职工2042人（企业办678人）。学前班有39个班，学生954人。全旗的教育教学条件、教学设备、教学环境都得到很大的发展。全旗现有旗市级教育示范校17所，区级义务教育示范校7所；市级“百佳村小”5所；“六个一工程杯”学校（园）5所；市级教育科研实验基地4个，区级教育科技实验基地1个；市级牧民文化技术学校3所，区级牧民文化技术学校1所；市级现代信息技术优秀学校4所，区级现代信息技术优秀学校1所；市级“绿色学校”2所，旗级“绿色学校”4所。

据《内蒙古日报》2007年3月20日第8版摘录了记者辛语的题为《鄂温克旗集中办学造福700多牧民娃》报道：到2007年3月，鄂温克族自治旗全面完成了牧区教育资源整合工作，全旗中小学由原来的35所撤并为25所，有741名牧区中小学生迁往镇区就学。除了辉苏市、伊敏苏市学校以外，其余学校全部集中在镇区办学，实现了集中办学模式，牧区的孩子们告别了过去简陋、艰苦的学习生活环境，也不再为上下学交通不便而发愁，他们和城里的孩子们一样坐在宽敞明亮的教室里，享受现代化教学设备一应俱全的高质量学习环境。牧区的教师也把“讲台”搬到了城里，工作热情大大提高。

2003年，根河市对敖鲁古雅鄂温克民族乡的生态移民，把他们

搬迁到离根河市只有4公里处，现在撤销了学校，学生也都在根河市学校上课，为鄂温克族猎民家庭向城镇化发展迈出了一步。

十三、“草上飞”行进被阻后引发的运动（体育运动）

草原上的勒勒车被誉为是“草上飞”，牧民迁徙时都赶的是牛车，经常用绑在牛头犄角上的绳子来指挥前进的方向。迁徙时赶车人坐在第一辆车上，第二辆车的牛头绳绑在第一辆车的尾部，第三辆车的牛头绳绑在第二辆车的尾部，即套在后一辆车的牛头绳绑在前一辆车的尾部，如此几十辆车首尾相接，形成了一条长长的“草原列车”。

“抢枢”来源于鄂温克族的民间传说：说在很早很早以前，有一个儿孙满堂的鄂温克家庭，他们的牲畜如天上的星星那样，数不胜数，他们依靠着水草丰美的草原，过着幸福美满的生活。有一年的夏日，全家族要游迁到他们的夏营地，路经一块沼泽地时，因领头车的“枢”（车轴销）脱出遗失，后面的50多辆勒勒车无法行进，此时已是日落西山，月亮升起，星辰满天，人困马乏。经验丰富的扎拉老人灵机一动，召集人马分成两队，一队由长子吉雅希领队，另一队由次子吉嘎哈领队。老人说：“车的‘枢’一定遗落在游迁过来的路上，要是按原路返回一定能找到，如果你们两队人马谁能找到并先修好车，我就奖赏他。”于是两队人马按原路返回找“枢”去了。不久，次子吉嘎哈的人找到了“枢”，并向大家表明找到了“枢”。听到消息后，身材魁梧的大哥吉雅希为了立头功，同弟弟吉嘎哈争夺起“枢”来，双方人马展开了一场激烈的抢“枢”搏击，结果力大无比、反应敏捷的吉雅希夺得了“枢”，并把头辆车修好，游迁的队伍又踏上征途，顺利地到达了目的地。

事后，扎拉老人对两个儿子说：“吉嘎哈虽然没有吉雅希那样力大无比，但他眼疾手快、聪明敏捷，能在暮色朦胧中找到‘枢’；

吉雅希虽没有弟弟那样灵敏，但有顽强的斗争精神，所以两人都应受奖赏。”他给两个儿子各奖了一匹好马、金银若干两，并教育他们说：“你们各有所长，也各有短处，如果能够团结合作发挥各自的长处，克服自己的短处，今后定能战胜一切困难。”他语重心长的一番话，使全家族的人深受教益。

后人为了纪念这个家族勤劳勇敢、聪明机智的优良品质，把抢“枢”的故事逐渐演化为鄂温克族人民喜爱的一项民间体育运动。

抢“枢”，鄂温克语叫“枢体能”。多年来，经过专业工作者的发掘研究，已经把“枢体能”作为一种对于参加人员、场地、器材、规则都有明确规定的体育活动。“枢体能”的场地以草坪为主，分为藏枢区、前锋区、中锋区、后卫区、车轮区等。场地为等腰梯形，上边长15米，底边长30米，上下边的直线距离为48米。上边中心部位有一底边长4米，每个角的边长为2米的星形区域为藏枢区。从上边向下10米为前锋区，前锋区向下16米为中锋区，中锋区到底边22米为后卫区。底边中心位置有一直径8米的圆圈为车轮区。

“枢体能”比赛分为甲队和乙队，每队队员不超过11人，其中上场队员7人，即1名前锋，3名中锋，3名后卫。双方服装颜色上要有区别，号码从2-12号。上场裁判3名，其中主裁判1名，副裁判2名。裁判员的服装与队员的服装要有明显区别。此外，还有1名记录员，负责记录得失分情况。

比赛器材有：枢（车轴销）30厘米长，5厘米宽，重约350~400克；勒勒车轮子及车轴。

比赛时，在主裁判鸣笛前，双方队员在车轮区底线外，背对藏枢区站好位，鸣笛后双方队员迅速进入各自比赛区。可有推、拉、挡、拌、摔等动作，但不得踹、反扭关节，如有严重犯规者，罚出场外2分钟，如有故意伤他人者罚出场外停止上场比赛，不准替补。

得分标准：每个区都有固定的得分标准。

1.藏枢区：前锋队员进入本区并首先找到枢者可得1分；

2.前锋区：前锋队员在藏枢区找到枢后进入前锋区并把枢安全传

送到中锋区本队队员手中可得1分；

3.中锋区：中锋队员接过枢后把它安全传送到本队后卫队员手中可得1分；

4.后卫区：后卫队员接过枢后并把枢安全传到车轮区可得1分；

5.车轮区：即终点区。进入此区后，经过一番较量，先用枢敲击车轮者得6分。

扣分标准：在各区失落、抛传和误传枢等违例行为可做扣分处理，标准如下：

1.前锋区，扣1分；

2.中锋区，扣2分；

3.后卫区，扣2分。

枢只能向下一个区传递，不得回传。

时间是每一场比赛为40分钟，即上下两场，中间休息5分钟。

名次以积分多少决定，若出现积分相等时，在车轮区点枢数决定名次，直至决出名次为止。

“抢枢”已被列入第二批国家级非物质文化遗产保护名录，哈

森其其格（女）被批准为第三批国家级非物质文化遗产传承人《鄂温克抢枢》项目代表性传承人。“抢枢”、“围鹿棋”被列入自治区级第一批非物质文化遗产保护名录。

鄂温克族自治旗鄂温克研究会又根据鄂温克婚礼中有抢碗的游戏内容，开发了名为“抢银碗”的马上体育活动，在瑟宾节或那达慕中表演。

“布库扎瓦勒迪仁”（摔跤）

摔跤是鄂温克族比较普及的体育运动项目，通常在青壮年聚集的场合或劳动休息时进行摔跤，他们不分体重大小来较量气力，锻炼了身体同时用娱乐的方式调节了自己的心情。在敖包会和重大节日时，各地的摔跤手们也赶来聚会，参加摔跤比赛，人数达数十人。他们在参加比赛时穿上马靴子或自制的“黑色靴”，穿上“照得”（摔跤坎肩）出场，裁判员发令后，双方握手致敬，接着开始一场激烈的摔跤比赛。鄂温克族的摔跤比赛也有自己的规则，一般为淘汰制。摔跤的技巧种类多样，有勾、绊、压、背、晃、旋、踢等多种，但不能用手抓对方脖子以上的部位，也不允许抱腿和用脚踢对方膝盖以上的部位。当选手把众多对手摔倒在地，并且在没有选手与之较量时为胜，可给予“布库”（鄂温克语“摔跤手”）称号。

“莫林伊拉勒迪仁”（赛马）

鄂温克族放牧和狩猎都离不开马，赛马比赛是炫耀自己的好马和骑术的好机会，多在敖包会和丰收会及重大节日时进行。是传统的体育比赛项目。

现在，赛马分为速度、远距离和颠马赛三种。速度赛程一般分为1000米、3000米、5000米不等。远距离赛分为15公里、20公里、30公里等。颠马赛分为5000米、6000米不等。比赛场地选择宽敞平坦之地，便于众多骑手相互追赶超越。其中远距离赛马赛途中有小山坡和小河沟等障碍物，主要是比赛马的耐力。

参赛马匹事先经过挑选、调养和训练。比赛时，除了颠马赛外均不备马鞍，骑手多为10岁左右的少年儿童，颠马赛由成年人参加，开赛令响，骑手们扬鞭策马竞相追逐，先到达终点者为胜。

“诺日嘎普仁”（射箭）

弓射在很早以前就已成为鄂温克人狩猎的重要工具，也是抵御外来侵略和参战的武器之一。在过去鄂温克族男子都佩戴弓箭。弓：鄂温克语叫“波日”，是用柳、榆、桦木为材料折弯上弦制作而成，为了增强拉力和耐用，可把两层弓木黏合在一起。弦是用鹿、狍的筋制作，并在弓的握柄和系弦处镶兽骨固定。箭：鄂温克语叫“诺日”，是用木削制而成，箭头配有铁或骨制的箭镞。箭尾装饰配有两排对称的羽毛，以保持在射程中的平衡，为了拉弓得力，射手在拉弓的大拇指上，戴上空心兽腿骨制成的扳指，鄂温克语叫“额日格屯”。

射箭比赛是在敖包会或节日进行。比赛时，选出射箭能手们参加，所射的靶环是用6厘米多厚圆形箭靶，用木架固定在比赛场上，靶环有红白相间的道，环的中心为洞眼，鄂温克语叫“托布道林”。比赛射程约30至50米不等，选出的射手，以中环多者为胜。

有一种是把“阿伊坎”(嘎拉哈，动物的踝骨）当靶来射击，把“阿伊坎”在地上横列成一排，用木制箭头的箭射“阿伊坎”，以射中多者为胜。

现在，在那达慕射箭比赛中，多用长约8至10厘米、直径约8至10厘米的圆柱形的布做靶子，在地面上摆成一长条，用市制箭头的箭来射，比赛名称叫“布龙”。以中心位置的环数最高，中环多者为胜。

“米日干”车比赛

“米日干”车，鄂温克语又叫“奥古得坎”，它是由单马拉动，具有轴承和减震设备的双轮有充气轮胎的马车。它是草原上使用的交通工具，在鄂温克族自治旗和陈巴尔虎旗鄂温克苏木等鄂温克族聚集的地区在日常生活中广泛使用。

“米日干”车具有轻便、灵活的特点。与一般的畜力车相比，具有舒适、轻松、速度快的独特优势，非常适合于进行速度比赛。“米日干”车比赛多在赛马的环形跑道上，规定一定的比赛距离。

1983年，在呼伦贝尔盟首届那达慕大会上鄂温克族自治旗首次推动了“米日干”车速度比赛表演赛。比赛中，以鄂温克旗参赛队为主的米日干车赛手，淋漓尽致地发挥了米日干车的特点和优势，得到了大会组委会的一致认可，同时受到了广大牧民群众的普遍欢迎和赞同。从此以后，这项比赛在呼伦贝尔地区举行的历届那达慕和各种大型活动中频频亮相，取得了极好的社会效果，受到了各族各界的充分肯定。

“莫贡坛古日体能”（抢银碗）

抢银碗是由鄂温克族古老婚礼演变而来的展示力量与智慧的游戏，也是展示骑手们在马上的骑术和速度的一种独特的竞技性体育运动。在鄂温克族的婚礼中，女方在送亲队伍中选出几名骑术优秀、善骑好马的壮小伙子，等婚礼快要结束喝完最后一轮酒时，女方代表中的一人趁机将一只银碗揣起来（意为带走福气）退席，等到起程时，揣银碗的人拿出碗来挥动手说：“男方亲家们，你们能追上我们的快马吗？有骑术高超的好汉吗？我们把姑娘的福分带走了”。说完就快马加鞭往回跑，这时早有准备的男方小伙子们飞身上马追赶他们，准备抢回银碗，如果女方揣碗的人被追到，他就立刻将碗传给同伴，而

在互相传递过程中把碗掉在地上，这时骑术好的人在马背上俯下身来捡起地上的银碗。如果男方追不回碗，就代表女方胜利，女方守不住碗被男方抢去，就代表男方胜利。

这是在鄂温克族地区流传已久的一种中青年喜爱的体育项目，也是一种具有民族风格和特点的马术表演项目之一。

马爬犁和骆驼爬犁比赛

马爬犁和骆驼爬犁比赛是在冬季雪地里举行的一种比赛，可以在环形的赛马场跑道上举行，也可以在平常雪地举行，鄂温克族自治旗的冬季那达慕和各苏木在冬季举行活动时，经常举行马爬犁或骆驼爬犁比赛。

"伊勒玻奇仁"（围猎比赛）

鄂温克族在19世纪末以前曾存在过联合围猎的古老传统，"伊勒玻奇仁"就是由古老集体围猎演化的一种体育游戏。

1.场地：矩形场地，长40米，宽30米。营池内半径两米的半圆形，在矩形对角线的两头。

2.器材：网球2至3个。

3.裁判：正副裁判员各1名，其位置在营池的两头。计时员、记分员各1名。

4.队员：甲乙双方各6名队员，其中各1名队长。

5.时间：共4场，每场15分钟，每队轮换攻击2次（可分上半场、下半场，中间休息10分钟）。

6.比赛方式：甲方为攻击手，乙方则为被攻击对象。甲方6人在场内外布防。乙方5人在甲营池内，主裁判员发令后，乙方另外1人离营池3米外供球，击球者用手掌击球后即刻快速跑到对面的乙营池。甲方队员接到球后，用球投击乙方跑的队员，打着了乙方队员甲方得1分，没打着，而乙方队员跑进乙营池内，则乙方得1分。

7.规则：

（1）乙方5名队员按号轮流击球，只要打着球就往对面乙营池跑，进乙营池后从界外顺时针方向自动回到甲营池。

（2）击的球落在甲营池两边及延长线界内有效，球在界内落地后滚出界外也有效。

（3）乙队队员在两营池之间被球击中身上任何部位都有效。如跑出界外则乙队输1分。

（4）乙方击球手如果3次没打着球，或打出界外和甲营池内；则甲方自动得1分。

（5）攻击手之间可以互相传球，把球传给攻击对方有利位置的队员。

8.胜负：累计4场得分多的队为胜队。

“毛塔玛西仁”（拉棍子）

拉棍子是鄂温克族民间趣味性的体育活动，比赛不分场地随时可以进行，是两个人比力气的游戏，开始需备一根长50厘米至60厘米，直径4至5厘米的光滑木棍，比赛时两个人面对面，双脚脚掌相对互蹬，席地而坐，双臂伸直，两人紧握一根木棍，待裁判一声令下，比赛的双方利用木棍使劲拽对方，直到把对方拉起，臀部离地面为胜。如果在比赛过程中斜倒、松开棍子者为败。败者退下，任何人都可以上来与胜者较量。

“尼哈莫塔玛西仁”（颈力）

颈力赛与拉棍子一样也是鄂温克族传统的体育活动，和拉棍子在同等条件下均可随时进行。用具只不过是把木棍改为鄂温克人长袍外系的腰带而已。比赛时和拉棍子一样脚蹬脚坐在地上，把两端结在一起后成环形的布或绸腰带套在两人的脖颈上，双手按住各自的膝盖

上部，双方用颈、腿、腰及全身的力量，设法把对方拉起，臀部被拉离地为胜。

“伊满得西勒都仁”（滑雪）

“基恩勒”（滑雪板）是鄂温克猎人在冬季打猎时追击野兽不可缺少的工具，从古至今都使用滑雪板打猎。传说，滑雪板是鄂温克族的先人发明的，成年猎人套着一副滑雪板，一天可滑80公里左右，是冬季追打野兽的较快交通工具。使鹿鄂温克人的儿童从12岁就开始学滑雪，父亲打猎回来，孩子拿父亲的滑雪板去练习，而且互相之间进行滑雪比赛，所以他们的滑雪技术很精湛。

“宝伊靠”（曲棍球）

“宝伊靠”是鄂温克族一项具有悠久历史的传统性的球类运动，“宝伊靠”的打法像似冰球。“宝伊靠”（球棍）是用柄长1米至1.3米左右，下端弯曲的幼柞木做成；“坡烈”（球）是用杏树根块儿或牛毛做成圆团，与网球的大小相似。在平日进行游戏时，双方队员在自己这方划一条界线，一方将球打过对方的界线为胜。但在正式比赛时，相距约250米远的场地两端设门。分甲、乙两方，每方人员相等，多为中青年参加，每队设守门员一人，其余队员为前锋和后

卫，这些队员在夺球、护球、进攻、防守、射门的技术相当高超，经过激烈的争夺，一方将球击入对方大门为胜。

“额勒布希仁”（游泳）

鄂温克人一般都居住在江河岸边，有传统的喜爱游泳的习惯，特别在鄂温克族中青年里，过去经常进行横渡江河的比赛活动。

“吉别莫勒者仁”（划船赛）

过去鄂温克人在狩猎或捕鱼时，经常用桦树皮制作的船作为生产和水上交通工具，在捕鱼或狩猎的途中，在江河上进行划船比赛。

“乌日务塔克拉仁”（爬山）

由于鄂温克族所处的自然环境和生产生活条件，使鄂温克人练就了能爬山的本领，还以自己的智慧制作出了专门有利于走山路的非常轻便、抗刮、耐磨的适宜在山地穿的鞋（奇卡米）。在山上徒步狩猎的途中经常进行爬山比赛，看谁能先爬到山顶。以此来缓解路途中的劳累。

夺宝

“夺宝”是鄂温克族自治旗挖掘整理的民间体育运动项目，过去称为玩“宝贝”，在鄂温克族自治旗境内居住的各民族中小学生在20世纪50、60年代都曾玩过，它是一项集灵敏、力量、技巧、斗智为一体的集体项目，它对摔跤运动也有一定的辅助价值。现在“夺宝”作为呼伦贝尔市那达慕大会的民族体育项目，受到广大群众的好评。

“夺宝”运动的场地为边长10~15米的正方形，四边内侧有1米~1.5米宽的跑道，两队的场地之间有一条1米~1.2米宽的跑道，跑道可以从正方形的两个对角使两队的场地分开，也可以从两个对边的中心部位把两队的场地分开，使两队的场地形成两个相同的三角形或长方形，在两队场地之间跑道的中心部位画和跑道宽度相同的两道线为出口，在各队场地和出口相对的位置为入口，即如果各队的场地是等腰直角三角形，直角处为入口（入口的宽度和出口相同），如果各队的场地是长方形，另一个长边的中心处为入口。各方场地的中心是放宝点。比赛时，只要把对方的宝贝夺到自己的场地为胜。比赛中，运动员脚踩线或出界线，在本局中就被淘汰出局，如持宝队员犯此条例属于输一局。双方队员可以使用推、拉、摔、拌等合理动作。但不得使用反关节动作，击打对方的要害部位。

“尼尼肯给森扎瓦仁”

“尼尼肯给森扎瓦仁”是一种狩猎游戏，游戏前按人数准备一个小木棍，其中有一个是短棍，游戏开始每人拿一个木棍，如果谁拿到了短棍为猎犬，其余的为狍子，这时猎犬开始撵狍子，谁被猎犬抓住，就得替猎犬继续抓狍子。这种游戏反映了鄂温克人的狩猎生活中离不开猎犬。忠实、机智、勇敢的猎犬始终是猎人的好助手。

“巴力克乌给仁”

“巴力克乌给仁”是一种蒙眼游戏，也叫蒙瞎子，是用帽子或头巾蒙住双眼，转三圈后去抓别人。当抓住一个人后，要猜出这个人是谁，如果猜不出来，就继续抓人。如果抓到人后，猜对了，并说出了他的名字，那么被抓着的人要蒙上眼睛重新开始下一轮游戏。所以鄂温克人在狩猎中听到微小的动静，就能辨别出哪种动物在活动，距离有多远，这个游戏充分说明了鄂温克人从小就开始锻炼孩子们的听

觉和判断能力。

“阿讷罕”

“阿讷罕”是用纸或桦树皮剪出的纸人和动物。鄂温克族女孩子从能游戏时，父母就为他们用桦树皮剪出各类动物，如：鹿、狍、犴、骆驼、狗、鹰等各种动物形象作为玩具。剪出的动物均为四条腿，剪成形后把动物的四条腿叉开可以使其直立，这样既能让孩子们识别这些动物，还可进行捕捉动物游戏，从中增长知识，也是对孩子进行早期教育的主要形式之一。随着年龄的增长，男孩与女孩的爱好就有所不同。男孩喜欢小动物、骑马、射箭等，父亲就制作木马、弓箭让他们射着玩，从小培养他们骑射的兴趣。女孩子喜欢玩哄小孩、过家家等游戏，母亲就用各种彩色纸为材料叠纸剪出人形，也叫纸偶，是小女孩们的玩具。有装饰华丽的男女老少、多彩的被褥，叠成的各种家具和炊具，再用染上各种颜色的小布块，小盒子等摆成房子、院墙和大门，女孩玩时，将这些“阿那罕”摆满炕面，她们效仿生活中的各种情节，有“拜年、串门、迎亲”等等，通过这些游戏，让女孩子们从小了解妇女应做的家务以及各种礼仪。

“阿伊坎”（嘎拉哈）

“阿伊坎”是动物的踝骨，鄂温克人在游戏时多用狍子或羊的踝骨，阿伊坎有棱角，除自然的骨色外，也可染上各种颜色使其更加美观。由于鄂温克族从事狩猎业，每家的孩子都有几十个甚至上百个阿伊坎，这对鄂温克族的孩子来说是纯天然且精美的兽骨玩具了。不论男孩女孩都喜欢玩阿伊坎游戏，他们可以从几岁玩到十六七岁，不但游戏方法简便易行，而且多种多样，很有趣味性。

“阿伊坎”的形态立着为（阿力卓）、反立着为（塔阿）、背着为（市库）、坑着为（楚库）。各地对“阿伊坎”的玩法有很多种，又有所不同，在此介绍以下几种玩法。

第一种玩法是两个或两个以上的人进行游戏，叫“阿伊坎吉日格勒仁”，首先将10个阿伊坎放在手心上，然后将这10个阿伊坎翻在手背上，如果一次将10个阿伊坎都翻到手背上叫“郭斯”，就是争得了第一的游戏权，掉一个阿伊坎就排第二，以此类推。争得第一的游戏者将所有的阿伊坎收在一起后，往上扔，然后用手背接，如果接到两个（以手背上接到阿伊坎数为标准），就把手中的一个阿伊坎向上扔，同时手抓散在炕面上的两个阿伊坎，然后接住向上扔的阿伊坎，抓炕面上的阿伊坎时，不准碰到旁边的阿伊坎，若碰了就算输，该轮

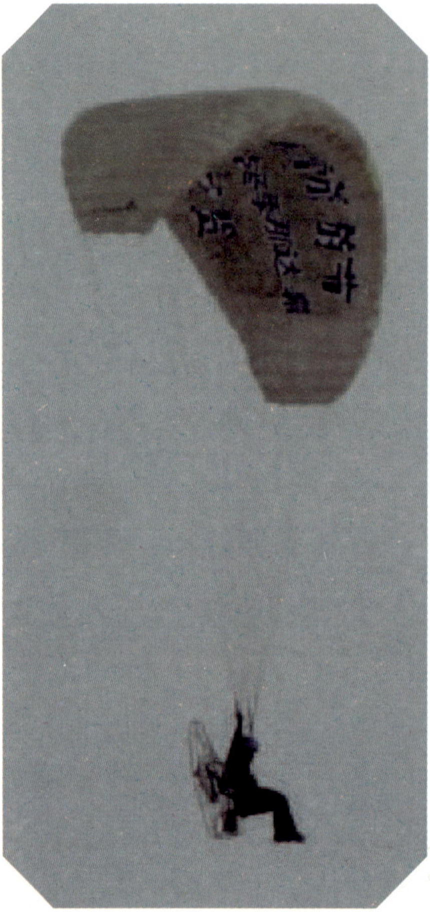

到下一个抓（也抓两个），直到抓完所有的阿伊坎为止，以多抓者为优胜者。

第二种玩法也是两个或两个以上的人进行游戏，叫“阿伊坎塔西拉仁”，游戏前将阿伊坎平均分给每个人，其中每人分得一个“额胡热”阿伊坎（立着的两面磨光的阿伊坎），首先要争头家，就是一起扔“额胡热”阿伊坎，谁扔的是正立着的为头家，反立着为第二，背着的为第三，坑着为第四。游戏开始，头家将几个人的“阿伊坎”合在一起抛在炕面上，然后将“额胡热”阿伊坎用拇指和中指合在一起弹形状相同的阿伊坎，弹中了算赢一个归自己，再继续弹，若弹不中或者碰上不同形状的阿伊坎，就该轮到下一个人弹，直到弹完所有的阿伊坎，多者为优胜者。

第三种玩法是用五个阿伊坎进行游戏，这种游戏要有一定的技巧，整个游戏过程，需要三个步骤。游戏前，先规定抓满一百或二百个数为结束第一步。首先抓一个阿伊坎在手里，剩下的四个扔在炕上，然后把手里的阿伊坎往上扔，同时快速抓住同形状的阿伊坎，然后接住扔上去的阿伊坎，如果抓两个同形状的阿伊坎为一个数，三个为十个数，四个为二十个数，抓满规定的数后，进行第二步，就是把四个阿伊坎都翻成正立、反立、背着、坑着各抓一次，然后抓一个阿伊坎扔到手背上，再把背有阿伊坎手的拇指和食指慢慢合成圆圈，将阿伊坎从圆圈中落下去，剩下的四个也依次落下去。第三步是把三个阿伊坎有距离的摆成一条线，再把一个阿伊坎咬在嘴上，然后把手中的阿伊坎往上扔，同时手尽快地抓三个阿伊坎的两头，接着拿下嘴里的阿伊坎，再接住扔上去的阿伊坎。这时整个游戏结束。如果游戏过程中抓阿伊坎时碰到不同形状的阿伊坎或者四个同形状的阿伊坎时，就该轮到下一人抓，依次类推，谁先完成游戏的全部过程为胜者。

十四、具有使用先进文化设备的传统

说到鄂温克族，对鄂温克族不了解的人，或许从中学《思想政治》课本中学到鄂温克族在“解放以前处于原始社会阶段”（旧版）或“100年以前处于原始社会阶段”（新版）等。您看了这部分内容以后，您会有什么样的感想呢？

说到“原始社会阶段”，想起吕光天执笔的《鄂温克族简史》中的一段记载：“粮食商品化和生产力的提高，促进了地主经济的发展。……其中被称为‘阿米达巴音’（鄂温克语北财主）和‘朱尔勒巴音’（南财主）的两个家族，占有一千多垧好地。‘阿米达巴音’

一家雇长工最多时达五六十人，农忙时还雇短工。后来他将大部分土地交由汉族佃农耕种。四马村的全部汉族农民，都是这家‘巴音’的佃户”。怎么早已进入“封建社会”的汉族农民，会变成处于“原始社会阶段”鄂温克人的佃户呢？

中共呼伦贝尔市党校的石双柱（蒙古族）在《鄂温克民族的历史变迁与文化的变迁》一文中的“鄂温克民族物质文化的变迁”部分写道：“据史载，鄂温克先人古沃沮国……其地东西狭，南北长，可折方千里。户五千，土肥美，背山向海，宜五穀，善田种。另据2005年9月韩国朝鲜中文网报道，俄罗斯沿海洲的克拉斯基诺（Kraskino）原古代北沃沮地区2000多年前的古屋遗址中发现了9座火炕。是年七八月韩国国立文化财产研究所与俄罗斯科学院西伯利亚分部考古学民族研究所联合发掘这一地区，结果出土了完整具备灶口和烟道的火炕设施。在部分火炕的灶口还发现了烹饪用陶器，里面装有蛤蜊和被火烧灼的谷物可以窥探到当时的饮食文化。可以说，早在2000多年前鄂温克族的先民已经学会农耕技术，其生产方式似已经进入到农耕文化阶段。1960年考古学家们在绥芬河口往南不远的阿穆尔湾西岸的佩斯恰诺半岛，发现了距今大约3200年前的铁器农具。这个铁器，样子很像新疆人使用的‘砍土曼’，也有人说是锹、锛、斧等工具，这是适合于在软质土地上刨沟平地用的工具。不论如何，鄂温克先民使用铁器是较早的，他们的物质生产技术在那个时候还是相当先进的。”

从接受教育来说，上文《学校教育的发展》部分提到，于康熙三十四年（1695年）开始在墨尔根两翼各立一学，选新满洲、锡伯、索伦（即鄂温克族）、达呼尔（即达斡尔族）每佐领下一名幼童，教习书艺。后来，在齐齐哈尔、呼兰、墨尔根、黑龙江四城均设立了学校，凡八旗子弟愿入学者，由各旗协领保送，习清文骑射。光绪八年（1882年）海拉尔城建立了呼伦贝尔八旗（即索伦八旗）官学堂，索伦八旗的鄂温克族儿童进入该学堂上学。据光绪二十三年（1897年）的《呼伦贝尔副都统衙门册报志稿》记载：“本地索伦、巴尔虎、额鲁特三部之民幸蒙圣上生养与抚育之德政，近二百年来以繁殖家畜为业，除放牧牲畜，又服兵役，家家过着丰衣足食的安定、快乐、富裕生活。这些人习惯于长年的野外游牧生活，且又擅长于文墨之道，自幼长于骑驰，秉性以忠厚为本”等。都说明鄂温克人在清末之前受到了一定的教育，不应该是处于“原始社会形态”的民族。

鄂温克人是狩猎民族，鄂温克人最早在乾隆十五年（1750年）以前就曾经用鸟枪狩猎。据《清高宗实录》记载：“即索伦等围猎，从前并不用鸟枪，今闻伊等不以弓箭为事，唯图利便，多习鸟枪。夫围猎用弓箭，乃从前旧规，理宜勤习。况索伦等皆猎兽之人，自应精于弓箭……将现有鸟枪，每枪给银一两，概行收回……收回后，严禁偷买自造，查出即行治罪。”说明在乾隆十五年（1750年）索伦鄂温克人就已经开始用枪狩猎，但被乾隆皇帝制止。据苏联M·G·列文、L·P·波达波夫编著的《西伯利亚及远东地区各民族》一书中，G·W·瓦西里维奇、A·V·斯莫尔雅克写的《鄂温克人》记载：“十八世纪末，枪支成了鄂温克人的主要狩猎武器”。说明在俄罗斯境内的鄂温克人在18世纪末已经普遍使用枪支狩猎。

我国被称为“通古斯”的鄂温克人，是在1918年至1922年间从额尔古纳河西北俄罗斯境内的“敖嫩宝日金”、“乌鲁楞古”、“乌者恩”等地迁到呼伦贝尔草原来的，现居住在陈巴尔虎旗的鄂温克苏木和鄂温克族自治旗的锡尼河东苏木，他们主要从事畜牧业生产。“通古斯”鄂温克人从俄罗斯境内迁来时，就已经有打草机、牛奶分离器、缝纫机等生产生活用品。《鄂温克族社会历史调查》记载：鄂温克人由于受俄罗斯人的影响，个别人有了马拉打草机，迁来中国后，牲畜有所增加，较富裕的牧民从海拉尔俄国人的铺子里买到了马拉打草机。孛·蒙赫达赉（蒙古族）在他编著的《鄂温克苏木的鄂温克人》中写道：“他们的运输工具也比较先进，大部分都是四轮马车。他们除了使用打草机、牛奶分离器等机械设备外，有的人家已经有了缝纫机。这些生产工具、生活用具，在当时的呼伦贝尔草原上的原住居民来讲几乎都是没有见过的东西。因此，可以这样说，鄂温克人对

先进的机械、技术的兴趣非常浓，而且接受能力也是很强。”

牛奶分离机是通古斯鄂温克人在俄罗斯境内时就有人开始使用。1958年少数民族调查组到陈巴尔虎旗莫尔格河鄂温克苏木调查时，一半以上的人家都有一套牛奶分离机，据说有三四头奶牛的人家都有。牛奶分离机俄罗斯语叫“西巴拉特”，用这种机器制出“珠楚给”，再用另一种机器“码斯盖宝义卡”，将“珠楚给”制成奶油。手摇缝纫机叫“乌勒丁刻玛西那”，从俄罗斯输入，平均每两家有一台。

在今鄂温克族自治旗的辉苏木，据《鄂温克族社会历史调查》记载：“伪满初期，有一位叫拉雅的俄罗斯人每年总是带着他的一台打草机来富裕牧户依信泰家打羊草，后来许多富裕牧户都争先恐后地雇佣拉雅打草，每天是一头三四岁牛的工资，而且还宰羊招待拉雅。收效有多、又快、又好的打草机给草原上的人们带来了很大的方便，1939年唐古达和哈拉哈斯汉二人合买了第一台的打草机。……新中国成立后，这种新式的打草工具才被广大牧民所使用，而且逐年增加。……1958年全苏木共有35台打草机和搂草机。”

1945年8月8日，苏联对日宣战，11日苏军进入索伦旗（今鄂温克族自治旗）境内，并使该旗获得了解放。1946年1月，辉苏木的哈斯挂、伊敏苏木的门莲等6名鄂温克族女青年摆脱家庭束缚，前往海拉

尔“妇女会”创办的职业学校学习纺毛线、织毛衣等技术，搞生产自救。其中哈斯挂又经过之后的一些学习，成为了鄂温克族第一代医护人员，助产士和妇科医生。

1951年5月，索伦旗成立了文化馆，让学龄外的鄂温克等族人民也能从文化馆学到知识。1957年，鄂温克族最集中的辉苏木也建立了全旗第一个苏木文化站。

据《中共鄂温克族自治旗党史大事记》记载，1960年7月8～9日，旗委在锡尼河公社乌兰哈日嘎那召开“双革”（技术革新和技术革命）现场会。工具改革先进单位、“双革”积极分子、能工巧匠及新巴尔虎左旗、新巴尔虎右旗、陈巴尔虎旗、扎赉特旗、科右中旗、科右前旗等地的党政领导46人与会。会上，旗委书记图盟巴雅尔作“双革”总结报告，报告指出：自1959年全旗“双革”运动开展以来，直接参加“双革”的干部有77人、牧民和工人1464人。收到群众所交的图样模型及合理化建议671件，创造和改革生产生活工具189种2157件。加之国家农业机械部建立牧业机械化试验站，使全旗畜牧业机械化程度进一步提高。与会人员还参观了锡尼河公社机械化试验站、巴彦托海公社等地“双革”运动成果。

1960年2月，鄂温克族自治旗牧业机械化试验站筹备委员会成立。5月，国家农业机械部调拨12台拖拉机，旗畜牧业机械化试验站正式建立。1964年1月，旗试验站划归国家农业机械部，1969年下放呼伦贝尔盟，1973年改称呼盟农牧业机械研究所，1975年迁至海拉尔。

据《内蒙古日报》1960年5月1日第三版报道的《鄂温克旗建立牧业机械化试验站》中写道：国家为加速牧业技术改造，建设新牧区，繁荣牧区经济、文化，提高牧区各族人民的物质、文化生活水平，决定在鄂温克族自治旗建立牧业机械化、电气化试验站，并计划今年8月间在该旗召开全国牧业机械化、电气（器）化现场会议。中央农业机械部已派来工作人员和驾驶员。当十二台火红的国产“东方红”牌拖拉机驶进南屯的时候，旗直属机关干部和巴彦托海人民公社的社员们，怀着无限喜悦的心情，前来迎接拖拉机队。

鄂温克族自治旗，在已实现半机械化的基础上，以全旗牧业技术改造的群众运动为基础，以机械化试验站为重点，二者密切结合，掀起一个土洋并举、声势浩大的向机械化、电气化迈进的技术革新和技术革命运动。该旗决心拿出优异成绩迎接全国牧业机械化、电气化现场会议的召开，并以此鼓舞广大牧民，鼓足更大的干劲，为实现

"百母百仔"而英勇奋战。

1961年8月2日的《内蒙古日报》中有一个《鄂温克族自治旗小统计》写道:

牲畜总增:1958年23.2%,1961年29.9%。

纯增:1958年4.31%,1961年16.5%。

学校:1958年9所,1961年17所。

学生:1958年956人,1961年3130人。

卫生院及保健站:1958年12个,1961年13个。

拖拉机:1958年没有,1961年123台。

收割机:1958年没有,1961年32台。

说明鄂温克族自治旗在60年代初,不仅用上了拖拉机,而且用上了联合收割机,使用农业机械化的时间比我国的农业地区还要早。

从80年代中期开始,鄂温克族自治旗科委就引进一些风力发电机(1984年35台),在部分苏木镇及生产队推广,解决牧民专业户、重点户的照明和看电视用电。90年代末期开始,科委还安装可以用风力和太阳能两种方式发电的设备,并带有卫星电视接收设备及电视机,解决了牧民群众的照明和收看电视的困难。

十五、逐渐消失的鼓声(宗教)

鄂温克族群众信仰萨满教。在鄂温克人对于自然界中的种种现象不能以科学来解释,认为刮风是地球边上有个老太太用大簸箕扇的结果,打雷是天上有个老头敲鼓传来的声音,下雨是天上的龙晃动身子而洒下的水。把种种自然现象和人的生老病死,都认为是某种超人力量和神灵在起作用。在这种万物有灵的思想基础上便形成了鄂温克族以多神崇拜为内容,以一定的祭祀活动为表现形式的萨满教。

(一)白那查

鄂温克族猎民信奉的"白那查"就是山神。山神白那查的形象

是在粗树上绘制的长须老人。在狩猎途中，猎人遇到高山、岩洞、卧牛石和怪石，都认为是白那查住的地方。从旁边走过时不能喧哗，否则对狩猎不利。认为一切野兽都是白那查饲养的，猎获野兽是白那查“恩赐”的结果，所以，遇绘有白那查的大树，要用兽肉献祭，在饮酒用餐时先敬白那查，以求猎获更多的野兽。

传说，很早以前有个部落长率全部落人围猎，当把一座大山围住后，他让众人估计究竟围住了多少野兽。正在谁也估计不出来时，一个老头站起来把围住的鹿、狍子的具体数都说了出来。到第二天围猎结束时，猎获野兽果然与老头说的一样，可是，部落长和众人想再见老头却怎么也找不见了。从那以后，人们就认为那老头就是白那查山神。

（二）火的崇拜

鄂温克人对火非常敬重。认为火是主人的神，每户的火主若

“死”掉，此户有绝根之危。过去，鄂温克族猎人还有保存撮罗子里的火种的习惯，搬家时也不扑灭火种。平时不可乱动火，不能用有刃的铁器弄火，不能用水浇灭火，在吃喝之前，需把一些酒肉投入火中，以示敬火。新媳妇初到婆家，要先拜火主。举行结婚仪式时，也要拜火主。

在牧区，鄂温克人把农历十二月二十三日认为是火神回天的日子，太阳落山后，要祭火神。祭时男女都参加，在火位的南、西、东侧铺上褥子，并在火的正面放一张桌子，摆上各种供物。在火架四周，点上用面做的盅灯。把5种颜色的布条，分别搭在火架的四周。在火架里用木条搭成数层木框，框上放一个整个羊的胸骨肉，外包一层羊油。然后生火，把木条框燃起，并把各种供物投入火里。这时，主祭火神的妇女跪在火前，口中念“呼日耶”，“呼日耶”，请求火神宽恕这一年中的失礼之处，并上天为主人家言好话。此时，大家都向火神磕头。从祭火那天起，3天内禁止用铁器、木棍拨火，禁止掏灰。

（三）吉雅奇神

“吉雅奇”神即牲畜之神。鄂温克人认为，牲畜是吉雅奇神赐给的，它是运气之神。吉雅奇神的偶像在一块方形毡子上用各氏族种马的鬃尾，绣成一男一女两个人形，中间缝有一个口袋，用作盛供物。鄂温克人每年把剪羊耳记子时剪下的部分用线串起，挂在吉雅奇

神两旁。出卖牲畜时，留下几根鬃尾挂在吉雅奇神的两旁。秋季宰羊后，要把羊的肩胛骨等挂在吉雅奇神下方，把煮熟的羊胃割下小块装入吉雅奇神的口袋里。也把满周岁小孩的头发剪下来团成团，系在神像两旁。

每年正月十五或六月份牲畜膘好时，要祭吉雅奇神，供物是“阿市苏”，即稷子米或大米奶粥。献祭的奶粥必须先由本氏族未出嫁的姑娘先吃，然后大家共同吃。

（四）敖卓勒神

“敖卓勒”神即祖先神。传说某氏族的祖先在外出途中被雷电击死后，上半身到天上变成“保勒索洗勒合鲁勒”神，中身在地上变成“谢考达熟勒”神，下身变成9个“道尔保尔”神。敖卓勒神的偶像是在蓝布上既有用灰鼠皮做的太阳、月亮，又有9个小人，其中5个是金色的女人，4个是银色男人。鄂温克认为敖卓勒神是保护自己氏族的神，摆在屋内最上边的位置。供敖卓勒神的目的，一是求其别生子女后代们的气，二是求其驱鬼除病。

（五）“嘎勒布勒”崇拜

居住在陈巴尔虎旗的鄂温克族每个氏族都有各自的“嘎勒布勒”。“嘎勒布勒”即图腾标志。萨满在给别人跳神时，要问是哪个氏族，什么“嘎勒布勒”？所以每个人都知道本氏族的“嘎勒布勒”。

各氏族多以鸟为“嘎勒布勒”。像那乌那基尔氏族的“嘎勒布勒”，是一种脖子长、身子细、灰色的“奥腾”鸟。靠闹克特氏族的嘎勒布勒是名叫“韩卡流特”的鸟，那妹他氏族的是“乌鲁嘎斯”鸟，西拉那妹他氏族的是一种身子黑、头顶白的鸟，造鲁奎特氏族的是鹰，“我乌特巴亚基尔”氏族的是天鹅。每个氏族的人对自己的嘎勒布勒都非常崇敬，绝不杀害。当本氏族的“嘎勒布勒”从上空飞过时，正挤牛奶的妇女要向天空挥洒牛奶，以示敬意。

（六）玛鲁

鄂温克族对“乌力楞”（家族公社）的神“玛鲁”特别崇拜。“玛鲁”是与鄂温克人祖先有关的神。玛鲁是在一个圆形皮口袋中装着的12种物件和神灵的总称。人们把装有神灵偶像的皮口袋称为“玛鲁”。

玛鲁是以“舍卧刻”为主体的。“舍卧刻”也被认为是祖先神。鄂温克人用一种“哈卡尔”树木刻制成有手、脚、耳、眼的一男一女，还有用鹿或狍皮制成的衣服。这就是舍卧刻的偶像。传说，很久以前，一个有辫子的鄂温克人发现一个大湖。在大湖的东面有一条河的水很深，水中有一个身长五丈，头上有两个大角的蛇，是从天上下来的。这个蛇与平常人不通话，但能和萨满通话。这就是舍卧刻

的由来。舍卧刻给人类做过许多好事，它喜欢油味和香味，所以人们祭它时，要往火里洒鹿、狍油，以免灾病，获得狩猎丰收。如果让舍卧刻生气，会使人生病。

玛鲁中有舍卧刻所喜欢的东西和动物。有鹿皮小鼓，舍卧刻非常愿意听鼓声，萨满一敲鼓它就会来；“嘎黑”鸟，把这种鸟的全皮剥下来，作为舍卧刻神抓驯鹿时用的；还有灰鼠皮，一公一母两张，要浅黄色或雪白色的，尾尖上有白点。当猎人打不到灰鼠时，萨满把这两张灰鼠皮拿出来在火上挥动几次，请舍卧刻赐给灰鼠。“刻如那斯”，是一身白、尾黑、身长约一尺，在岩石丛里居住的小动物，还有全套水鸭子皮，都是舍卧刻喜欢的。

玛鲁中还有对人畜生命起作用的神灵，有“舍利”，是仿长蛇做的神形，雄蛇有三个角，雌蛇有两个角，它非常厉害，生气了会让人得重病，所以崇拜它。“奥咩”，是保护婴儿生命的神，是用白桦或落叶松制成的小雀。“奥伦”，是在落叶松、桦树上生的一种弯曲的细木条。当驯鹿发生疫病时，把它挂在健康驯鹿的脖子上，就可免疫。这种条子不易找到，所以不能给每个驯鹿挂，只挂在驮玛鲁的驯鹿脖子上，这样也能保护所有的驯鹿。熊神，是一公一母的熊崽皮，也是保护驯鹿的，有了熊，狼就不敢吃驯鹿。

祭玛鲁的方式：猎人打到犴或鹿后，做一个三脚架，把犴头放在三脚架上，头朝搬家的方向，认为这样会再次打到猎物。然后在玛鲁神位前铺上叫做“奥格塔恩”的树条，把犴头拿到树条的右端上，再顺序放犴的食道、心、肝、肺等，用驯鹿鞍的苫皮盖上，不让人看到这些东西。第二天由撮罗子外请玛鲁，从袋里取出各种神灵摆列好，再掀开苫皮，把鹿的心脏切开，用心血涂每一个神灵的嘴。然后卸开两颊骨，把犴头同内脏煮熟后，放回原处。将心头上的肥肉切成小块，用小勺盛进火炭，再放上“卡瓦瓦”草，使其冒烟，在烟上挥动玛鲁，之后把玛鲁放回撮罗子外面原处。最后，按“乌力楞”户数，把兽心和头肉切成若干块，分给各家吃。

平常玛鲁放在撮罗子外，搬家前，要把玛鲁挂到三脚木架上，下边用“卡瓦瓦”草或“翁基勒”木生烟熏之，有除污之意。

（七）萨满

“萨满”在鄂温克语中有知晓、通晓的意思。萨满被认为可以交往于人与神灵之间，他们能以法术的力量，为病人驱鬼治病，为猎人祈福降恩。

鄂温克族中的每个氏族或大家族中，都有萨满。新萨满一般要在老萨满去世后三年再产生。萨满的继承人通常是老萨满的子女或近亲。当发现有人突然疯疯癫癫，并以老萨满的口气说话就以为这是成为萨满的征兆。氏族便请另一个老萨满来教导这个未来的新萨满。

在猎区，老萨满教新萨满的仪式很隆重，一般在夏天举行，届时，在撮罗子火位的北边立两棵大树，右边是落叶松，左边是桦树，这两棵树的前边立两棵小树，同样右边是落叶松，左边是桦树。两棵

大树之间拉一鹿皮绳，在绳子上挂祭神的东西，如鹿或狍的心脏、舌、肺、肝、喉等，在两棵小树上涂上鹿或狍的血。撮罗子东边挂一太阳，西边挂一月亮，都是木制的。另外还挂木制的两个大雁和两个布谷鸟。一切准备好后，老萨满和新萨满至少跳神三天，以教新萨满领神。这种领神仪式，三年内要进行数次。三年后，新萨满的法衣、法帽也逐渐准备齐全，可以独立跳神驱鬼。

此后，新萨满在每三年举行的“奥米那楞”萨满教盛会上，继续受到老萨满的领教，提高法力。举行奥米那楞盛会还有祈求神灵保佑氏族平安和人丁兴旺的内容。

鄂温克族萨满平时和其他人一样，靠打猎等劳动生活。为别人跳神治病，驱鬼祈福，也只有少量收入。

（八）受其他宗教的影响

牧区居住的鄂温克族，有的人家请了佛像，在办理丧事时，请喇嘛念经。在陈巴尔虎旗和额尔古纳左旗敖鲁古雅鄂温克民族乡居住的鄂温克族，在结婚、丧葬事宜上，有了一些东正教的内容。尽管如此，鄂温克族长期以来一直把萨满教作为主要的宗教信仰。

新中国成立以后，随着文化教育的普及和科学医药条件改善，鄂温克族对于宗教的信仰程度和信仰人数都在减少，一些过去带有宗教色彩的活动，已成为人们欢聚赞颂新生活的活动。

萨满杀害牲畜的传说：据说过去有两个萨满会杀害牲畜，如果谁家惹恼了他，他便杀害谁家的牲畜，这两个萨满，一个叫“登德”，一个叫“巴达尔钦”，特别是巴达尔钦好喝酒，如果他到谁家而没有向他敬酒，他便会害死这家的牲畜。

传说这种萨满杀害牲畜时不用刀，只用苇子做成一个小东西拿在手里，向牲畜吹一口气，牲畜便会死去，因此过去鄂温克人特别害怕这种萨满。但鄂温克人也有办法对付这种萨满，据说只要把萨满害死的牲畜的肉晒成干，经过三五年后再做成食物，给萨满吃下以后，他便会失去杀害牲畜的本领。

“奥米那仁”仪式介绍：“奥米那仁”是一个“毛哄”（家族）的萨满请其他“毛哄”的萨满一起举行的一种集会。内容有：一个是老萨满领教新萨满，另一个是祈求“毛哄”的平安和繁荣。

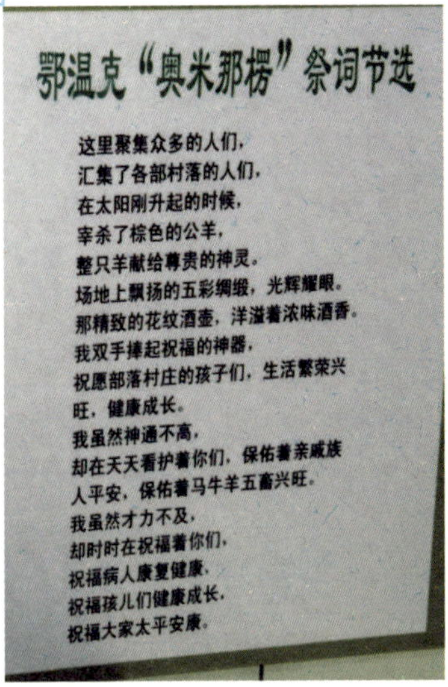

过去，索伦鄂温克人一般多在阴历四月举行；通古斯鄂温克人多在8月举行。萨满要跳神3至10天左右（一般为3天），全“毛哄”的人都参加外，请这些萨满治过病的其他“毛哄”的人也来参加。

半农半猎地区举行“奥米那仁”时，在萨满家的院内立一棵桦树（祭神树叫“托如”），屋内立一棵杨树或柳树，二棵树之间拉上一条围绳“松那热”，树枝上挂很多五颜六色的绸条和布条“哈德格”（“哈德格”是“毛哄”的人和治过病的人献的）。院内和屋内立的两棵树不能一样，由萨满的神在跳神前决定选择什么树，告知“毛哄”的人去准备。原则是山上的神喜欢桦树，河边的神喜欢杨树和柳树。“奥米那仁”必须由两个萨满来跳，一个是本“毛哄”的萨满，另一个是从别的“毛哄”请来的萨满，被请来的萨满当师傅。集会中还把全“毛哄”的男女老幼都在两棵树中间集合起来，用狍皮制成的绳子把全“毛哄”的人紧紧围起来，如果皮绳比原来长了，认为毛哄的人口将要增加，如果皮绳比原来短了，认为将发生疾病或人口减少。

牧区举行“奥米那仁”时，在萨满的“乌儒格柱”（蒙古包）旁边搭一个“仙人柱”（撮罗子），然后把四棵桦树栽在“乌儒格柱”内，“仙人柱”内两棵和距离“仙人柱”十二三步远的地方一棵，在四棵树之间的绳子上挂上各种颜色绸条和布条。取桦树时，四颗桦树在原地是同样的排列次序。第二天，牵来一头二三岁的牛，年轻力壮的小伙子们把牛弄倒在地，并坐满牛的全身，小孩和妇女坐在牛的周围。萨满便用一条皮绳绕人们围一圈，老萨满当众宣布新萨满曾经犯过的错误后，两个萨满开始跳神，拿着小鼓来往于几棵树之间又唱又跳。跳神结束后，便量一量皮绳，如果比原先长出一些，预示毛哄的人口增加。

通古斯鄂温克人举行“奥米那仁”时，在萨满的“乌儒格柱”外立162棵树，树枝上挂有各种颜色的布条。所有的萨满都参加，都穿着法衣，但只有一个主要萨满戴面具。要跳神三天三夜，不分昼夜的玩、唱。主要萨满还要找一个替他戴面具的助手，这个人要熟悉萨满的知识，要知道什么神喜欢什么颜色的牛、羊等，这个人坐在最尊贵的位置，把最好的肉先给他吃，并且萨满还要给他钱（40元、50元、100元不等），戴面具的人叫“阿巴戈勒待”；另外萨满有九个随他伴唱的人（一般是老年人），所立的树也是九排，九个人白天黑夜随萨满在162棵树的小林中绕圈转动。

使鹿鄂温克人举行“奥米那仁”时，在“仙人柱”内的火位北边立两棵大树，左边是桦树，右边是落叶松，两棵大树前边立两棵小树，同样是左边是桦树，右边是落叶松。两棵大树之间拉一鹿皮绳，在绳子上挂供祭萨满神的物品，如鹿或犴的心脏、舌、肺、肝、喉等，前边的两棵小树上涂鹿或犴的血。“仙人柱”内东边挂一个木制的太阳，西边挂一个木制的月亮。还要挂两个木头做的大雁和两个啄木鸟。并在“仙人柱”的东方搭一个四柱的棚子，棚上放供神的鹿骨、心脏、舌、喉、肺、肝等物品，这种鹿骨决不能打断或乱扔。

举行“奥米那仁”的费用都由毛哄和参加的人或请萨满看过病的人出，有的给钱，有的给羊、驯鹿或肉、奶等物品。

新中国成立后，萨满和“奥米那仁”等活动在极“左”势力的打击下逐渐减少。改革开放后又开始出现了萨满，但是“奥米那仁”活动是以一种表演的形式出现。

十六、琥珀色的篝火（民间文学）

在鄂温克族中，由古至今流传着许许多多的民间文学。新中国成立以后，鄂温克族的民间文学开始了搜集、整理、出版和研究。在报纸杂志上整理发表了许多民间文学作品，并出版有《鄂温克族民间故事》（吕光天搜集整理）、《鄂温克族民间故事》（杜梅搜集整理）、《鄂温克族民间故事》（朝克、敖嫩、耐登、莫日根布和搜集整理）、《鄂温克族民间故事选》（马名超整理）、《鄂温克民间故事》（蒙文，陶克坦其其格、吉特古勒图编）、《鄂温克民族民间故事集》上下册（敖嫩搜集整理）、《鄂温克民间故事》（杜拉尔·敖登托亚、索罕·格日勒图搜集整理）、《鄂温克族谚语谜语集》（图·敖嫩搜集整理）和《达斡尔鄂温克鄂伦春民歌》等书籍。

1.神话

鄂温克族有着许多关于开天辟地、人类起源、自然现象、远古英雄的神话。它是鄂温克族先人的远古思维的反映，也表现了对于自然界的丰富想象和征服自然的美好愿望。

在鄂温克族神话中，往往在内容上同萨满教有着密切的联系，把萨满说成是在人类初年的进化中起了重要作用。有一则神话中说，在萨满出现之前，人和其他动物差不多，穴居野外，嚼食青草。那时，人类生存的大地只像一座小山那么大。后来，人间出了神通广大的萨满，才把大地拓宽了，使人和牲畜野兽区别开了。相传，在太阳升起的地方，住着一个慈祥的白发老太婆，她是个巨人，有着硕大的乳房，人间的幼儿最初是由她哺乳长大的。她就是创世的萨满。

在关于《尼桑萨满》的神话中，说是很早以前，有个巴日肯巴格其天神，他致力于用泥土捏人造物。有一天，泥土用光了。巴日肯巴格其天神发现在阿尔腾雨雅尔神龟的庞大躯体下还积存着大量泥土。可他心地善良，不肯伤害神龟。正在发愁之际，见到一个骑着白马、背着弓箭的巨人从太阳升起的方向飞驰而来，这就是尼桑萨满。尼桑萨满拉弓搭箭，射中了神龟，使神龟离开了伏卧的地方，仰面朝天。它的四只脚成了牢牢撑起苍天的支柱。而巴日肯巴格其从此有了无尽的泥土，使他造人造物的伟业能够延续下来。

在关于自然现象的神话中，把风、雨、雷、火等自然现象，认

为是由诸神主宰的，说刮风是大地边沿有个老太婆，手持一个很大的簸箕，每逢她扇动一次，地面上就刮风。关于雷和雨的来历，认为天上有个老雷公，手中有一面神鼓，每一敲鼓，便响起隆隆的雷声。天上有一条神龙，身上有数不清的鳞片，每个鳞片盛有100担水，神龙抖动身子时，鳞片里便滴下水来，成为雨。

2009年6月3日，内蒙古自治区人民政府公布的第二批自治区级非物质文化遗产名录中，根河市申报的《敖鲁古雅鄂温克族神话》（民间文学），被列入第二批自治区级非物质文化遗产名录。

2.传说

鄂温克族有着民族来源、诸神、萨满、地方风物、历史人物的传说。在鄂温克族中有一句格言说：“老人不讲古，后人会失谱”，把讲传古事作为传承民族文化的活动，使得许多传说得以承传下来。在这些传说中，有的叙述了过去的人物和事情，与历史事件有相吻合之处，有的则是夹杂了传奇、想象的因素，寄托了人们对于历史的追念和情感。

关于民族来源的传说。

《鄂温克人的根子在撮罗子里》中，传说鄂温克族先人最早从希日克日河的发源地启程，沿西沃特哈特山背后的阴影，经过黑龙江，逐步发展而来，鄂温克人的根子在撮罗子里。

《来莫日根》传说中，说是很早以前有个来莫日根。起初人们靠吃苔藓生活，后来用弓箭打猎，架火烤兽肉吃。黑龙江一带的野兽少了，来莫日根便骑上枣红马，渡江到对岸寻找猎场。他在山上发现一匹巨马，马上乘着一个巨人，马和人都是一只眼睛。巨人向他要烟袋给他敬烟，来莫日根刚想给巨人烟袋，他的马却受惊调头往回跑。那巨人也从后面追来，来莫日根骑马过江来到南岸。他对巨人说：“你有能耐过来比一比。”巨人没有过来，来莫日根回到部落后，对大家说，江那边打猎有困难，我们到别处去吧。部落中有的人不同意，来莫日根说：“愿意跟我走的，睡觉时头朝西南。”第二天他领着愿跟他走的人往黑龙江的西南方向走了。传说随来莫日根沿河边往下来的便是鄂温克人，而留在山上的就是鄂伦春人。

关于萨满的传说，有篇目较多的《尼桑萨满》的传说，还有近代《宏萨满的传说》。

关于地方风物的传说，有《维纳河的传说》、《烟叶的传说》、《柳蒿菜的传说》、《豪英峰的传说》、《黑龙江和大兴安岭的传说》等。在《维纳河的传说》中，说是很早以前有个猎人，把一只狍子打伤了，狍子跑进一个暖泉里洗了伤口，伤口就愈合了，从此，猎人们利用这神奇的维纳河矿泉水医治疾病。《豪英峰的传说》讲的是，在大兴安岭还是一片汪洋大海的时候，天上有9颗灼热的太阳。当时，在雅鲁河流域有力大无比、善良忠厚的兄弟3人。这一天，他们登上最高的山峰，由老大豪英拉弓射日。他们一连射落了8颗太阳，落下的太阳烧干了海水，出现了千峰万岭相连的山脉。从此，百姓从水深火热中解放出来，草木禽兽得以繁生。而豪英三兄弟都化为坚硬的山峰。

关于历史人物的传说，有《海兰察的传说》、《木迪安木的传说》等。《海兰察的传说》说的是清代鄂温克族著名将领海兰察的幼年生活、在军中降伏敌将、收复城池和见达赖喇嘛的内容。《木迪安木的传说》中，木迪安木身经百战，屡建战功，深受皇帝宠爱。一天，他与皇帝在御花园里散步。突然，他猛地打了皇帝一个耳光。众人愕然之际，只见一支暗箭从皇帝耳边一闪而过，扎进墙里。多亏木迪安木这一耳光，避免了一场杀身之祸。事情过后，皇帝传下御旨，永远留下扎在墙上的箭，纪念木迪安木的救命之恩。

3.民间故事

鄂温克族民间故事篇目众多，内容上可分为幻想故事、生活故事、动物故事等。这些民间故事是鄂温克族古老历史和文化的反映，体现了人们对于自然和社会关系的认识。

幻想故事以幻想神奇的情节，反映了鄂温克族人民渴望征服自然，战胜邪恶、追求平安幸福生活的美好理想。在《西鄂勒吐和乌那格冬的故事》中，说是在古代的拉莫湖畔，住着聪明美丽的姑娘乌那格冬，她和猎人西鄂勒吐一见钟情。西鄂勒吐在求婚时，做到了说出姑娘的名字、用箭射中九重山外吃草的鹿和到日出的地方送信当天回来的3件难事，乌那格冬的父亲答应把女儿嫁给西鄂勒吐。就在这时，贪婪的魔鬼哈拉哈也要来娶乌那格冬，扬言如不答应，就奴役整个部落。西鄂勒吐勇敢应战，经过几个回合后，他拿到了魔王的灵魂蛋，打死了魔王。部落得到了平安，两个有情人喜结良缘，过上了好日子。幻想故事中还有《兴安岭的故事》、《金鱼与孤儿的故事》、《银灰色的牛犊》、《木雕女和小花牛》、《神葱的儿子》等。

生活故事以反映鄂温克族生产劳动、婚姻家庭和人际关系的社会生活为主要内容。在鄂温克族生活故事中，反映狩猎和牧业生产条件下的故事较多。狩猎故事有《那维猎熊》、《少年与老虎》、《尼库的猎犬》、《遇虎记》、《猎取野猪的故事》、《老虎报恩》等。这些故事讲述了狩猎生活的风俗、经验和趣闻，表现了猎人在狩猎生产中的智慧和勇敢。反映牧业生活的故事有《牧工唐古达》、《牧童的故事》。此外，也有一定数量的反映定居农业生活条件下的故事。在这些故事中，有反映社会家庭伦理道德关系，歌颂善良、鞭挞邪恶的；有表现鄂温克族劳动群众艰苦劳动生活的；有反映青年男女曲折却又忠贞不渝爱情的；有反映以机智反抗牧主、恶霸、奸商剥削压迫的；也有反映读书生活、民族交往内容的。在反映青年男女爱情内容的《白桦树的故事》中，一对相爱的青年，相约在分别之后，在额尔古纳河边相会。可是，当姑娘冲破险阻，来到额尔古纳河边时，小伙子由于疲劳和饥饿死去，姑娘痛哭之后，把自己和小伙子埋葬在一起。从此，那里长出了两棵美丽的白桦树。人们怀念这对有着纯洁忠贞爱情的青年，在故事中寄托了美好的希望。

在鄂温克族动物故事中，对动物的习性和特征进行了人格化的

描述，具有了幽默、活泼和深层寓意的内容。在《想上天的青蛙》中，小青蛙能潜入水中，又能跳到岸上，它感到自己比小鱼快活多了。可是，比起能远走高飞的水鸭子，小青蛙伤心了。它也多想飞上天呀！一天，聪明的小青蛙想出了让两个水鸭子叼住木棍的两头，它叼住中间，让水鸭子带它飞的好办法。可是，飞起来后，一群小乌叽叽喳喳地夸水鸭子聪明有办法。小青蛙心中受不住了，它刚一张嘴想解释，不料从天空中掉了下来。动物故事还有《机灵的小山羊》、《兔子的尾巴为什么那么短》、《猫和狗为什么结仇》、《老虎学徒》、《牛赎罪》、《老鼠怕下河》。

4.民歌和叙事诗

鄂温克族民歌的内容很广，涉及民族历史、生产劳动、社会交往、爱情婚姻、思念家乡、歌颂生活、抨击邪恶的内容。在众多的民歌中，有的形成有固定的词曲，有的根据不同场景、不同心境即兴填词，也有一些民歌可用于集体舞，在欢聚的篝火晚会、喜庆节日民间舞会上，歌唱起到烘托气氛、统一舞蹈步调、交流情感的重要作用。

鄂温克族民歌讲究押头韵，同样也是优美的诗，歌咏起来，十分上口。这种歌与诗、舞曲的浑然一体，是鄂温克族民歌的一个特色。

在表达热爱家乡情感的民歌中，歌颂了家乡的山水风光，唱出了对于养育自己故土的深深眷恋。在《美丽的辉河，我的家乡》中唱道：

金波闪光的辉河呵，
水流清澈的雅鲁河，
这是鄂温克人美丽的家乡，
是我生长的地方。
我放开嗓音歌唱，鄂温克人可爱的家乡。
我放开嗓音歌唱，用乳汁哺育了我的故乡。

在歌唱生产劳动的民歌和叙事诗中，赞美了山中獐狍野鹿的矫健，唱出了珍珠般的肥美牛羊和色泽斑斓的马群，抒发了猎人喜欢山高林密的猎场，牧人热爱辽阔无边的草原的情怀。同时，还在《黄羊之歌》和《母鹿的歌》这类叙事诗中，以黄羊、母鹿的口气，唱出了猎人的勇敢和智慧。在《母鹿之歌》中母鹿临终前对小鹿说道：

孩子们，要记住，
上有黑脑袋、下有弯弯脚的人，
他很厉害，计谋又多。
你们一定要住在山顶上，
不要住在山沟和山坡上。
走路时不要只看前面，
黑脑袋的人可能在后面跟来，
睡觉前要回头看脚印，
白天别在没草没树的地方走，
只有在密林中才安全。

在鄂温克族民歌中，歌颂爱情的很多。其中包含了对于不幸婚姻的痛恨和对于自由爱情的歌颂在《为什么把我嫁给他》中唱道：

光秃秃的地上，
白脖鸭怎能落下？
连认识都不认识的人，
为什么把我嫁给他？
不长草木地方，
黄鹂鸟怎能落下？
连一点情意都没有的人，
为什么把我嫁给他？

在《心上的人哪，代苏哥哥》中唱道：

心上的人哪，代苏哥哥，
只有你和我情投意合。
站在高处，才能望得远，
相爱的生活，比蜜还甜。
意中的人哪，代苏哥哥，
我们相爱，是因为生前有缘。
最好的烤烟，留给你卷，
美满的日子，要你我相伴。

在反映日常生活的民歌中，有对于骏马的赞歌，有酒歌，有摇篮曲，有婚宴祝辞和嫁女歌，也有想念家乡的思乡曲。这些民歌明快活泼，富有生活情趣，表达了真挚、深切的思想情感。如，在为姑娘出嫁的祝酒歌中唱道：

把用罐子盛着的酒，
敬给尊贵的亲家，
给将要出嫁的姑娘，
把最好的祝福送下，
像杨柳那样常青，
永过幸福美满的生涯！
把用酒壶盛着的酒，
敬给所有的亲家，
给将要出嫁的女儿，
致以由衷的祝福，
像松柏那样常青，
永过幸福美满的生活！

5.谚语

鄂温克族谚语以简短、生动、质朴的语言形式，揭示了人生、事物的哲理。它是鄂温克族劳动人民生产生活经验的总结，是他们智慧的结晶。在日常生活的语言中，这些谚语经常起到增强语言的色彩和力度的作用，起到鲜明地道出事物本质的作用，如谚语：

马匹好坏骑着看，
朋友好坏交着看，
外来的人不会背着自己的房子，
自己出门也用不着背自己的家。
不友好接待来客，
出门也无人关照。
遇事没主意，
就像没有方向的风。

只要功夫到，
奶茶自然熟。
成事唯有多远虑，
败事都因思考少。
香糖虽甜，不吃不知，
人员聪明，不学不知。
母亲的宝贝是儿子，
好汉的宝贝是志气。
别在人前夸自己，
别在背后论人非。

6.谜语

鄂温克族谜语以朴素而引人遐思的语言，以比喻、拟人、夸张的手法，对社会生活中的事物进行概括，揭示了具体事物的特征。如：

会走路而不留脚印
——桦树皮船
四季身上有雪的倒木
——灰鼠
三个妇女互相抓头发不放手
——出猎用的吊锅架
弟兄赛跑，永无胜负
——两条腿
四块板壁八个头，当中有水水不流
——井
有四条腿不会走，生两个翅膀不能飞
——有两扇门的柜子
比山还高，比草还低
——路

这些谜语是鄂温克族人民对于具体事物认识的结晶，在日常生活中起到了增加乐趣、教育少年儿童学语言、学知识的作用。

鄂温克族作家介绍：

“他蹲在地上，抽出猎刀，削起那截柳木，柳木外表的湿皮被削掉了，露出里面干爽的木芯，木芯很快又削成了花瓣似的木屑。这一切他做得很熟练、很迅速。随后，他从贴身衣兜里掏出一个小巧的桦皮盒，打开木塞，抖出一盒火柴。嚓地一声，微小的火花在那堆木屑上跳了一下，冒起一缕青烟。紧接着，木屑变成火团，发出呼呼的燃烧声。他在火团上横竖交叉压了几块木柈。一堆篝火着了起来，火光是琥珀色的，很好看。在这满是水气、被暴雨糟蹋的林子里，用这么短的时间生起一堆火，他觉得挺愉快。”《琥珀色的篝火》讲的是鄂温克猎人尼库和14岁的儿子，用驯鹿驮着病危的妻子到镇里看病的途中，通过自己长年累月在森林活动的经验和猎人明锐的眼睛，观察出有三个人已经在森林里迷路，在妻子的理解和支持下，丢下妻子和儿子，走夜路在林中寻觅，凌晨又遇到暴雨，找到三个奄奄一息在森林里迷路的“为干件大事儿，甘心来冒这么大风险”，而进入森林的“穿着野外作业服的陌生人”，并救了他们。这时儿子却跑来告诉他,妻子已生命垂危，等着要见他最后一面……这是鄂温克族作家乌

热尔图的短篇小说《琥珀色的篝火》的基本内容，此短篇小说在1983年获全国优秀短篇小说奖。短篇小说集《琥珀色的篝火》还被译成日文，在日本出版。另有其它作品译成英文、俄文等多种文字。

乌热尔图代表作《一个猎人的恳求》、《七岔犄角的公鹿》、《琥珀色的篝火》，他连续获得1981年、1982年、1983年全国优秀短篇小说奖。短篇小说《老人与鹿》获得1988年首届全国优秀儿童文学奖。还出版有《乌热尔图短篇小说选》、《你让我顺水漂流》、《沉默的播种者》等。

鄂温克民族独特的生活历史，具有独特民族心理素质的猎人和猎区大森林色彩绚丽的自然风景，构成乌热尔图短篇小说的一个独有的世界。

乌热尔图，出生于1952年，童年生活在莫力达瓦旗嫩江畔。1968年初中毕业后，回到大兴安岭使用驯鹿的鄂温克人中间，同他们一起生活10年之久。1976年开始文学创作。80年代初，他的反映鄂温克人生活的短篇小说连续三年获得全国优秀文学作品奖。1985年，在第四次全国作家代表大会上乌热尔图被推举为中国作家协会书记处书记；在中国作家协会工作几年后，按自己的意愿返回呼伦贝尔草原，在贴近大自然的环境中读书、写作。现任内蒙古自治区文联副主席、

内蒙古自治区作家协会副主席、呼伦贝尔盟文联主席。1992年作为有突出贡献的专家享受国务院颁发的政府特殊津贴。1997年当选中共十五大代表。2004年当选为内蒙古自治区文学艺术界联合会第六届主席团副主席兼作家协会副主席。

乌热尔图出版作品有：《琥珀色的篝火》、《七叉犄角的公鹿》、《乌热尔图小说选》、《乌热尔图小说选》（蒙文）、《琥珀色的篝火》（日文）、《你让我顺水漂流》、《沉默的播种者》、《述说鄂温克》、《日出日落看人生》、《鄂温克风情》、《鄂温克族历史词语》、《鄂温克史稿》、《草原秘藏——游牧族群的人形雕像》、《草原秘藏——游牧族群的动物形器》、《呼伦贝尔历史地名》、《蒙古祖地》等。

鄂温克族女作家涂格敦·安娜，现任内蒙古鄂温克研究会副会长，中国少数民族作家协会会员，内蒙古作家协会会员，1978年开始文学创作。主要作品有：散文诗《欢腾的伊敏河》、《摇篮·摇篮曲》、《心潮》，短篇小说《金霞和银霞》、《牧野上、她发现一颗星》、《绿野深处的眷恋》、《心波》、《飞驰的天使》、《芦苇

荡的回声》、《哈迪姑姑》、《静谧的原野》等，其中《金霞和银霞》、《飞驰的天使》、《摇篮·摇篮曲》分别获得1984年、1994年、2002年呼伦贝尔“骏马奖”。

鄂温克族女作家杜拉尔·梅，又名杜梅。现任内蒙古电视艺术家协会副主席兼秘书长，一级作家，全国第十届、十一届政协委员，中国作家协会会员，中国电视艺术家协会理事，内蒙古鄂温克族研究会理事，内蒙古自治区青联常委。1981年开始创作，著有中短篇小说集《银白的山带》、散文集《在北方丢失的童话》、民间故事集《鄂温克民间故事》、和母亲一起著的家史《我的先人是萨满》，还与他人合作的长篇报告文学《草原之子廷·巴特尔》。曾获得全国第三届、第六届少数民族文学骏马奖，全国“五个一工程”奖，全区第二届、第三届索龙嘎文学奖，全区首届敖德斯尔文学奖，自治区“五个一工程”奖。

鄂温克族作家涂志勇，作品有：长篇小说有《剑海柔情》、《索伦骠骑》等，短篇小说有《路，在山那边》、《呵，主旋律》、《悠远的牧歌》、《企业家的风度》、《彩虹在远方》等。

涂克冬·庆胜，内蒙古作家协会会员。1956年出生于呼和浩特市，1974年在锡林郭勒草原插队当知青，后来当过工人、刑警、大学教师、商人、律师。1994年创办“内蒙古庆胜律师事务所”。出版有《第五类人》、《跨越世界末日》、《萨满的太阳》等三部长篇小说。

十七、尊老爱幼的良好风俗（民族风俗、礼仪、禁忌）

鄂温克族是一个尊老爱幼、家教严格的民族，又是一个非常好客的民族。

过去，鄂温克人都特别尊敬老人和上辈人，遇见老年人和上辈人必须屈膝请安，就是骑马或坐车在路上，也要下马、下车给老年人请安，并给老年人敬烟（也可以用鼻烟敬烟），对老年人的问话要一一回答，不知道时就请求老年人的谅解。过去，都在一个村屯居住，一般天天都能见面，过了三天以上才能再见面时，也要请安问好。到春节时，年三十白天已经和长辈和老年人见过面，三十晚去他们家拜年，不仅要请安问好，还有给长辈和老年人敬烟、敬酒、磕头。就是在自己家，年三十晚和初一早晨，也要给爷爷、奶奶、父亲、母亲请安、磕头。

鄂温克人把房屋叫“柱”，柱也有家、家庭等含义。过去，在农业地区屋内的座位最西边的炕头是祖父祖母或和他们同辈人的座位，接着是父母哥哥等按辈分顺序排列座位。在牧区对于“乌日格柱”（蒙古包）来说，柱的正中间是炉灶的位置，老年人坐在炉灶北面正对着门的床上，也是老年夫妇的床位；一般男性坐在进门后的左侧（炉灶的西面）的床上，一般单身男性都住在这个部位；女性坐在进门后的右侧（炉灶的东面）的床上，女性一般住在这个位置，也是年轻夫妇住的地方。猎业地区的“仙人柱”的中间也是烧火做饭的位置，居住的顺序基本和“乌日格柱”相同。过去，仙人柱中火位以北是放“玛鲁”神的位置，一般女子不许到火位以北，主妇和未满15岁的女孩子可以到“玛鲁”附近，但必须从去的方向回来，而不能绕着火位转圈。

过去，老年人问话，晚辈必须站着回答，得到老年人的允许，方可坐到一定的座位。到老年人家串门时，老年人正在做活，等老年人放下手中的活后，才能问安敬烟。

过去，作为儿媳妇的，每天早晨必须给长辈先敬烟和拿洗脸水等，祖父母和父母以及上辈的人叫儿孙媳妇时，儿孙媳妇必须立即站起来答应。现在，这种情况也在逐渐消失。

吃饭必须老年人和上辈人先开始吃，然后小辈的人才吃。如上山打猎时必须“塔坦达”（狩猎长）先吃，然后其他人吃，“塔坦达”一般都是同伙中岁数最高的人或有威望的人担任。

和一般人见面问好，也是鄂温克人不可缺少的礼节之一，一般

问“身体好吗”、“家人好吗”、“老人们是否安康”、“子女们好吧”等。有时，牧区也有人问到牲畜的膘情、发展等情况；农区问到农作物的生长、丰收等情况；猎民们互问各自的驯鹿的发展情况，有时还要交流狩猎经验。

据《鄂温克族社会历史调查》记载，和“阿围达”（围猎）时代一样，对于村里的鳏寡孤独、没有劳动力的人，回来时分给他们肉和皮子。有时，他们分得的比一般人还多，因为谁都给他们一些。在鄂温克人的习惯中，如果老年人没有儿女，就会有人把他（她）接到自己家。如本人不愿意，大家在经济上帮助他。人们认为被帮助的人会高兴，也会留下很多福气。他们这样做是因为：“谁知道自己以后怎样呢？”鄂温克人有句话：“尼玛达弄”（意思是无代价地养活老年人），社会上认为人们有义务养活没有劳动力的老年人。

鄂温克族是非常好客的民族，鄂温克人中流传这样的几句话：“外来的人不会背着自己的房子，你出门同样也不能带着你的家，如果你不招待好外来的客人，你出门就不会有人照顾你”、“有火的屋子才有人进来，有枝的树上才有鸟落”、“客人虽然年轻，但作为主人应该招待客人使他满意”，因此，对外来的客人必须给倒茶和敬烟，来客如是老年人时必须给做饭吃。因此对外来的客人不管你认识与否，不管年龄大小，首先对他的生活上给予照顾，尽力使客人满

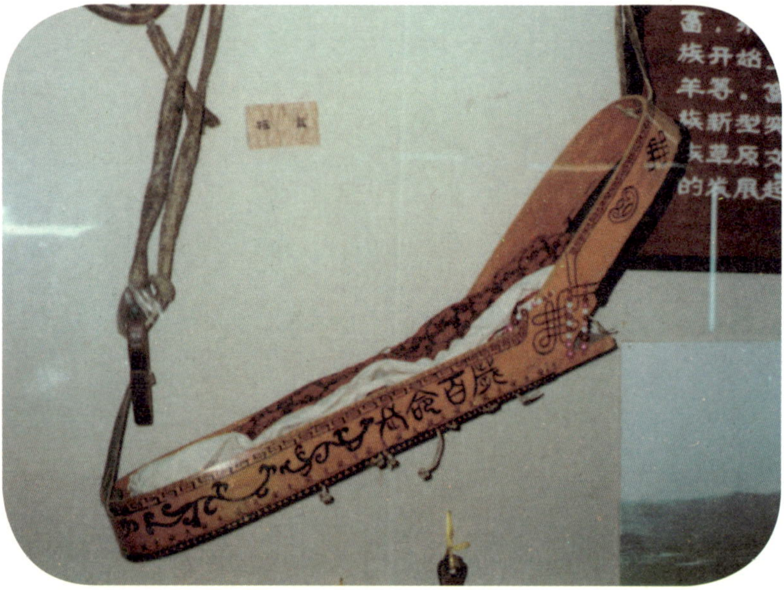

意。客人吃饭时，不能叫客人盛饭，主人一碗一碗的给他盛，直到客人吃饱谢绝为止。

如果老年人、长辈等骑马或坐车来做客时，主人必须出到大门外迎接，给老人请安，并抓住缰绳后扶老人下马或下车，给老人开门，等老人进屋坐下后给老人敬烟、敬茶。主人和孩子不许从客人座前走过，只能从这里过时，要从客人背后走过去。客人要出门时，主人和年轻人站起来让路，再进来时同样站起来请客人入座。

在牧区，贵客来到家后，先熬新奶茶招待，然后宰羊煮上“手把肉”，把羊肉中的最好部位——羊胸脯肉、羊尾、羊肥排骨肉、羊坐骨肉等摆上桌，边吃肉边喝酒，吃完肉喝羊肉面汤或羊肉大米粥。上“手把肉”时，刀不能插入肉内，要放在肉上。喝肉面汤、肉粥时，筷子不能放在碗上面。上了羊尾后，客人把羊尾回敬给主人，主人用刀割羊尾的两侧，然后再让客人吃，客人才可以下刀吃肉。主人和客人在吃肉前，都要切一小块肉扔进火里或放在桌上；喝酒前用右手无名指蘸酒，向上弹三次，表示肉和酒在吃、喝前要献给“白那查”等各种神灵。主人敬酒时，客人必须把前两盅喝干，客人回敬主人同样是两盅酒，喝干两盅酒后主人和客人边说话边吃肉边喝酒。招待没有时间限制，客人表示吃饱喝好为止。主人家中的年轻人或儿童不允许入座。客人启程时，主人送行，有时送到半路，分手时要预祝客人“一路平安”。

在猎区，过去客人到家后，首先要拜神，再和主人握手说“道洛”，其次主人把垫子放在那里客人就坐在那，然后相互敬烟。主妇放上桌子倒茶，煮兽肉。当兽肉端上桌后，客人吃前稍切下一小块放进火里，然后再吃。敬酒是对客人的最大尊敬，客人吃肉时拿出酒来，主人先敬给火，然后主人先喝一口，再敬客人，客人同样接受酒盅后先敬火，再喝。

接待客人的贵重食物有鹿、狲的胸脯肉，野兽的脊椎骨、肥肠、驯鹿奶等也属于贵重食物，待客时讲究丰盛。

使鹿鄂温克老人在祝福新婚夫妇结婚的舞会中一般要唱到：

为了祝福新婚的人永远幸福，
在今天的舞会上都要服从我，
新婚的人要记住：
劳动要流汗，
对鳏、寡、孤、独要扶持，
对失去劳动力的人要关怀，
这样你们就会有成群的驯鹿，
走起来尘土连天！
你们要和人们团结一条心。

在猎区，对不相识的女客来时，必须让她坐在主人夫妻之间，女客人不能越过火位以北，主妇也同样不能超过火位以北。

长期离别的亲属（如出嫁的女儿）初次回来时，主人拿火盆或火把在屋外迎接，火盆或火把放在地上，让客人（亲属）跨过火进屋。对于参加葬礼的人回家，也同样要跨过火盆进屋。

客人在家做客时，不许扫地、洒水，不许打骂孩子。年轻人不许在老人或长辈前喝酒、吸烟。

在阿荣旗查巴奇鄂温克民族乡对尊敬的客人拿出猪尾骨和猪肩骨招待，因为猪尾骨和猪肩骨是他们最贵重的食物。

鄂温克人的一些禁忌习俗，对保护自然环境、保护生态平衡等也起到了一定的作用。因为他们过去信仰的是万物有灵的萨满教，认为任何地方、任何物质都有他的一种神灵存在。特别是大自然，它能给你风，能给你雨；能给你温暖，也能给你寒冷；你不听话时，夏天下雨用雷劈你，冬天用暴风雪袭击你。因此他们不破坏大自然，不对各种野生动物及家养动物赶尽杀绝，即不对各种生灵赶尽杀绝。鄂温克人的一些禁忌中也表现出萨满教的一些思想。如：不许无故钉橛子，否则土地神不满。认为钉橛子的人不吉，拔橛子的人得福气。不许杀或卖未停奶的母畜，否则家里会有母子分离的事情发生。鄂温克猎民狩猎时，也不打带幼崽的母兽。有一群野物，应该全部都能捕获时，也要把几只放生。

小故事：山神“白那查”的来源传说

在很早以前，有一个部落的人在部落长的带领下去围猎，他们把方圆二三百里的大山围住了。傍晚，部落长发布了停止当天缩小包

围圈的指令，叫人们原地不动住下来，第二天早晨要继续缩小包围圈。晚间，部落长召集人们开了会，叫大家估计究竟围住了多少野生动物，其中哪类野兽有多少？但被召集的人谁也不敢估计，最后出来一位老人说：我们今天的包围圈里已经围住了很多野兽，鹿有多少只，狍子有多少只，狼有多少只，把具体数字都说了出来。部落长听完后向大家说，刚才老人的话大家要记住，明天围猎结束后好对证数字，看究竟对不对。第二天围猎结束后，部落长带领几个人去数所打到的野兽，结果和老人说的完全一样。部落长很奇怪，他是究竟凭什么猜的这么准确？这时看到老人坐在一棵大树下，部落长走过去就问：你是怎么知道包围圈里的野兽数的？当部落长说完话再一看时，老人已经不见了。部落长更加奇怪了，派人找也找不到这个老人了，部落长和大家都认为这老人是山神，是一切野兽的主人，故在那棵大树上绘了一个老人像，并将所获野兽肉拿出来，祭献了那棵树，从此猎人们相信山上有“白那查”神。

对自己家的长辈，不能直呼其名。在因公事被询问时，可以叫长辈的名字。对其他长辈们及比自己年长的人，一般也不直呼其名，表示对长辈及年长人的尊重。

父母在世时不留胡须，不能和老人并列着坐，更不许打骂和虐待老人。

骑马或骑自行车到别人家，必须在大门外下车，绝对不能骑马或骑自行车走进院内，不懂礼貌的人才能作出这样失礼的事情。骑马路过其他人家门口时，不能急驰，不准打人家的狗。

串门时，牧区不准拿鞭子、马绊进别人家，会受到别人的谴责；猎区不能拿枪进入人家，特别是绝对禁止进入刚生小孩的房间里。

对孕妇不许说怀孕，而是说“有了”；对生了孩子不能说生孩子，说“添了孩子”或“有了孩子”。

老人去世，不许说死了，而是说“成佛了”。死去小孩不能说死了，而是说“少活了”。

在任何情况下，禁止用有刃的东西（刀子、剪子）在别人面前晃动或指人。

一般情况下反对下跪，认为有罪的人才下跪。

夫妻不得在日落后吵架，否则全家不得安宁。

不许背后说别人坏话，否则本人要受到报应，或子孙尝到恶果。

不能谩骂饲养的牲畜，不然会变成赤贫。

不得用刀子捣锅或代替筷子，不许拿刀子进畜圈，不许用刃的东西打狗和用火吓唬狗。

禁止滥用水和乱泼水，讲究节约用水，认为生前浪费了多少水，死后在阴间，会将你一生用过或浪费过的水都让你喝进肚子里。所以生前一定要节约用水，还要教育下一代千万不要浪费水。

傍晚牲畜回来时，家里不许断火。

不宰杀脖子上带绳子的羊，如宰杀必须先解开绳子。

不能洒掉牛奶等奶食品，如一时不慎洒掉，应该把所洒之奶涂在前额少许。认为奶类是宝贵的东西，哺育了人类及各种哺乳动物的生长，洁白代表着圣洁，象征福气和吉祥，洒掉圣洁的东西，意味着丢掉自己的福气。

十八、用貂皮和大轮车进行的交易（贸易）

鄂温克族很早以前就有了对外的商业交往。在明末清初就到京城朝贡貂皮朝贡后皇帝赐以的物品，也相当于以物易物的交易。三百多年来，鄂温克族与外界的商业交易成为民族发展的一个重要内容。

1.毛皮交易

北魏时，鄂温克人就已经以猎貂著称。《全辽备考》中记载：“北史室韦传，南室韦、北室韦皆捕貂为业，冠以狐貂，大室韦尤多貂及青鼠之类。岁止宁古塔交易者两万余，宁古塔人得之，在七八月间，售贩之京师。索伦盖以索伦貂，毛深而皮大。”

外族商人们也长途跋涉到森林中收购貂皮和狐皮，从而使鄂温克人的部分猎物产品进入商品市场。

明代，每年有行商带着生产工具和生活用品，乘船或徒步到黑龙江与精奇里江汇合处附近的瑷珲等地，和黑龙江上游的鄂温克人交易，换取黑龙江上游的貂鼠、狐狸、猞狸等珍贵毛皮。

光绪末年，汉、俄商已深入到鄂温克人的猎区，坐商和行商多了，收购的品种也多了。鄂温克人用貂皮、灰鼠皮、鹿茸、猞猁皮、水獭皮，换

取布匹、粮、酒、锅、瓷盆、黄油、烟、糖。

在19世纪末期，少数鄂温克族贵族与鄂伦春人建立“安达”（朋友）关系。这种“安达”关系是鄂温克贵族把鄂伦春人生活上缺的粮食、盐、火药、铅、单衣等供给他们。鄂伦春把所打到的猎物都交给“安达”。

2.卜奎的商品交易

清朝在建卜奎（齐齐哈尔）城时，由北京找来了几家山西商人在卜奎设商号，如福盛公、裕盛公、金银堂、北恒利、西恒利等。不仅如此，这些山西商人在瑷珲、讷河（原称博尔多）、海拉尔、布西等屯镇都设有分号，店员们都学会了鄂温克族的语言。而且每个地区的鄂温克人都有固定的交易商号。例如阿伦河和格尼河的鄂温克人主顾的铺子是金银堂；雅鲁河鄂温克人主顾的铺子是西恒利和北恒利。那时，鄂温克人经常在卜奎出卖的东西有：马匹，最好的值11～12两银子，好犍牛8～9两银子，好乳牛5两银子；好水獭皮可换6两银子，次的换4两银子。土特产榛子、木耳也在市场出售。鄂温克人买回的生活用品有：食盐、豆油、布匹、瓦盆、铁锅、菜刀、白面、挂面。生产工具有：锯、铧子、斧子、马镫、镰刀等。

在中东铁路开通以前，海拉尔市场商铺数目不多，物资不全，所以索伦八旗的鄂温克人都去卜奎进行交易，同时很多鄂温克人在卜奎至海拉尔之间拉脚（运输）。据说拉脚收入很大。到卜奎所卖的东西主要有牲畜、皮张和大轮车。市场通用铜钱、碎银、银元宝和纸币等。砖茶也曾经是交换时起货币作用的商品。比如到馆子里吃饭，也可以用砖茶付饭费，馆子也用砖茶给找零。拉脚的脚费，商人也多以货物支付。据说拿去一张牛皮，可换回一“呼勒”（一呼勒是26斗，一斗是30斤）粮食。当时唯一的运输工具是大轮车，路途又远，往返要40多天。

3. “楚勒罕”市场交易

清朝时期，黑龙江将军为征收布特哈打牲鄂温克等各部的貂皮，从嘉庆年间，每年的5月在卜奎（今齐齐哈尔）西北40里的因沁屯有定期的互市，号曰“楚勒罕”，意译“盟会”。瑷珲、墨尔根、布特哈等地的鄂温克、达斡尔、鄂伦春人与官方及汉商进行交易。

在“楚勒罕”期间，首先由黑龙江将军选入贡貂皮，分一、二、三等及寻三等。选貂时，搭棚，将军等前往选看。一、二等定好将印章盖到皮背上，将皮存于库内以备送京。（鄂温克、达斡尔、鄂伦春人的貂皮为红签标记）入选后余下的貂皮，可由猎人在市上出售，但必须是去掉一个爪，皮背上有印的貂皮才可以去卖，而且官员们还故意压等级，逼着他们贱价出卖，猎人们怒不敢言。

“楚勒罕”市场上，布满了

"仙人柱"，鄂温克等族人民以他们的土特产，如皮张、鳇鱼骨、药材、牲畜、木材、桦树皮工艺品、山货等，与汉商交换各种金属生产工具及丝绸、布匹、茶、糖等生活用品和用具。各族人民在购买汉商的物品的同时，汉商收买鄂温克等族人民带来的猞狸、水獭、灰鼠皮、桦树皮工艺品及其他山产品。这种交易，不仅促进了鄂温克人民的经济文化的发展，而且加强了与其他兄弟民族的经济文化交流。

4.海拉尔的商品交易

清末以前，海拉尔只有八家商铺。1903年中东铁路开通后，海拉尔逐渐繁荣起来，鄂温克人进行交易的市场，逐渐由齐齐哈尔转移到海拉尔。与鄂温克人关系密切的商铺主要有：大利号、福生利和广兴恒三家。其中大利号和福生利主要的交易对象是辉河一带的鄂温克人；广兴恒，则以伊敏一带的鄂温克人为对象，他们除了推销货物外，每年按季节收购鄂温克人的猎获品。

清末时没有统一的货币，小宗的交换多以碎银和砖茶进行。铁路开通后，以俄罗斯币通行最广，有银币和纸币两种，为了便于携

带，人们都喜欢纸币。约至1917年左右俄罗斯币才停止流通。在这以后，货币种类繁多起来，军阀和各大商号都发行自己的货币。有铜钱、银圆、银元宝、碎银及多种纸币，以哈大洋流通时间最长，直到“九一八”事变时期。

鄂温克人出卖的东西有：木材、犍牛、乳牛、马、羊、羊皮、牛皮等。买自海拉尔的主要商品有：稷子米、砖茶、白面、粗大布、大连布、小布衫、裤子、曲绸、棉花、铁锹、铁锅等。当时鄂温克人每年出售两头牲畜，可解决一年的生活用品。

交易是用讨价还价的方式进行，一般是用对袖口、伸手指法表示价格（如搦7，挠6、勾9、叉8等）。

商家进到牧区进行交易时，商品的价格比城市高出三分之一。收购上，比城市压低20%~30%，特别是酒类，质量远低于城市酒，但价格却高于城市二分之一。中东铁路的开通，取代了鄂温克人从齐齐哈尔至海拉尔的拉脚运输生意及驿马站等差事。

5.甘珠尔庙会交易

约在清乾隆五十年（1785年）开始，每年一次的甘珠尔庙（乾隆皇帝赐号为“寿宁寺”，因为藏有甘珠尔经书而俗称“甘珠尔庙”）庙会中云集了众多群众，也构成了集市贸易的客观环境。据清末宋小濂的《寿宁寺市场记》写到“沙草荒凉人烟寥落，忽开一大市场，焉人则索伦、额鲁特、布特哈、新旧巴尔虎各旗。喀尔喀蒙古各部内，而燕晋外，而俄罗斯各商以万计，畜则驼牛马羊以数十万计。货则金玉锦绣布帛，菽粟输与鞍鞯，凡蒙旗日用品物之属无弗备，穹庐环绕，烟火上腾，周数十里，支帐于野，连车为营，偕妇子以供处者弥望，皆是蒙言汉语。驼啸牛鸣，车驰马走之声。彻夜不绝于耳，大观哉”。说明甘珠尔庙会市场非常庞大。

鄂温克人进行交换的主要对象是蒙古人。当集市开始前后，鄂温克人也给商人拉货（海拉尔至甘珠尔庙），挣取脚费（一车拉600斤，挣20元脚费）。也出租役牛，如出租4头牛，可挣一台大轮车。集市结束后，鄂温克人也为买下大批牲畜的汉人或俄罗斯人看管牲

畜，或帮助送到目的地，得到每口2元的工资。

鄂温克人出售给蒙古人的物品有：套马杆、大轮车、羊草、木材、大轮车的半成品等。

鄂温克人买自集市的商品稍贵于海拉尔市场，主要有砖茶、稷子米、面类、毡子、靴子、皮张、牛、马、羊等。据说一个屯落都要赶回五六千只羊。

6.“郭尔别达”市场

在1910年前后，布特哈境内的猎鹿区，出现了兴旺一时的“郭尔别达”市场。每年4月初至7月末，市场上搭上许多大棚，像山中的城镇一样，大小商人几十家。鹿茸一般400至500哈洋。最初商人们只收鹿茸，四年后开始收买鹿胎、鹿尾、鹿鞭等，商品有衣服、鞋、帽、大米、白面、挂面、糖、各种点心、各种酒等。这个时期靠山区的鄂温克人也产生了个别的“包买商”，在村中，猎民把猎品交给他，先不给钱，他拿猎品去卖，从中取利，并利用所得的钱放高利贷。

7.扎兰屯

清朝末期，随着中东铁路的通车，代替了鄂温克人从齐齐哈尔至海拉尔的拉脚运输及驿马站等差事。原鄂温克人的章聂尔屯设一个大站——扎兰屯，交通便利起来，扎兰屯的商铺逐渐增多。渐渐由一屯，具备了城镇的条件。原来去齐齐哈尔交易的阿伦、格尼、音河的鄂温克人部分转到扎兰屯交易，成为鄂温克、鄂伦春人猎物产品的集散地之一。

8.甘南

从民国初年甘南设县以来，商铺逐年增多，形成集镇，是阿伦河鄂温克人常去交易的市场之一。按交易比重来说仅次于齐齐哈尔，远超过扎兰屯。一般不能去齐齐哈尔交易的鄂温克人，拿产品去甘南卖，买回粮食及生活物资。

鄂温克人卖到甘南的产品有：木耳、榛子、大轮车、车材、木炭。买自甘南的物资是：粮食及一般生活物资，价格高于齐齐哈尔15%~20%。

除了以上几个市场交易外，还有一些其它民族的行商到鄂温克人居住的地区去收购和销售物品。还有一些其它民族的坐商在鄂温克族居住的地区开小铺，收购和销售物品。此外，还有一些人之间建立

"安达"（朋友）关系，进行交易。结"安达"关系有季节性的和几年的不等，主要是猎民在出猎前，"安达"帮助解决猎民缺少的物资设备，猎获物交由"安达"处理。

总之，在旧社会鄂温克族经历了各种方式的交易活动，在交易中据《鄂温克简史》记载，有时是吃亏为多。

新中国成立后，鄂温克族地区的商业贸易有了很大的发展。

1950年11月，索伦旗（今鄂温克族自治旗）由牧民自筹资金入股的供销社成立，标志着索伦旗有了商业部门，并在各苏木建立了供销社分社。供销社不仅供应农牧民及人民群众所需的生产生活用品，而且还收购农牧民群众要销售的牛马羊驼及各种动物的皮张、动物的骨头、金银铜铁制成的物品及废品（物品和废品都是一个价）、珍珠玛瑙等制成的物品（当时的人们都不知道收藏）、草原白蘑及各种蘑菇。在1960年又成立了食品公司，每年秋季下到苏木基层收购牛马羊驼等牲畜，进入11月中旬以后开始屠宰牛羊，并供应当地人民群众所需的肉食。夏季，多数是供应猪肉。

巴彦托海镇民族贸易商场。1996年鄂温克族自治旗政府投资550

万元兴建2900平方米的民族贸易商场，主要经营蔬菜、水果、肉禽蛋、调料、副食、服装鞋帽等日用百货和生产生活用品，为巴彦托海地区的居民提供方便。

2002年，旗民族贸易商场投入15万元建设700平方米的露天菜市场，主要经营蔬菜、瓜果、鱼类等。

友谊超市。鄂温克旗友谊超市是呼伦贝尔友谊超市的连锁店之一，于2004年11月27日正式营业，面积328平方米，主要经营食品、日化、百货等4000余种商品。

十九、欢庆收获的季节（节日）

历经艰苦的劳作，当劳动的付出有了丰盛的回报，谁能不由衷地喜悦，纵情放歌，举杯欢庆呢？鄂温克族与丰收相关的欢庆节日有“米阔鲁”。“米阔鲁”节，又叫“伊市讷”，是从事牧业的鄂温克人的节日，在每年5月中旬举行。5月的草原铺满了绿草、鲜花，当年出生的幼畜欢蹦乱跳，草原一派盎然的生机。“米阔鲁”就是这样一个庆祝牲畜增长的节日。

米阔鲁没有固定的日期，各家根据天气和准备的情况而定。这一天，鄂温克族牧人要聚集亲朋好友，请他们帮助自己给羔羊剪耳记，还要给公羔羊割势。老人们根据过去的习惯，赠给自己的外甥、侄子、女儿母羊羔，祝福他们以后拥有更多的羊群。之后，牧马人把马群赶回，小伙子们拿起套马杆，跨上自己心爱的骏马，从马群中套两岁马。老牧人为了锻炼青年人，常常让青年人套马，每当烈马被套中后，强壮的牧人就赶过去，用双手揪住马耳朵，将马绊倒。或是揪住马尾巴，纵马前奔，一拽尾巴，用一股寸劲使其倒地，牧人们赶上去，有的用剪子剪鬃、割尾梢，有人用刀子割耳记号。这时马的主人早就把自家的畜印烧红，烙在马的后腿上部。过去，为献给萨满的马剪耳记时，由主人在一个木碗里盛满牛奶，从马的两耳中间直洒到尾根。

这一天，主人还要杀牛宰羊祭祀“吉雅奇”神（护畜之神），用全羊熟肉供神，祈求畜群安全、人畜两旺。把剪羊耳记时剪下的部分，用线穿上后悬挂在“吉雅奇”神的两旁。

富裕的人家还要举行赛马、摔跤等活动，以牛、羊奖励优胜者。

此后，举行酒筵，敬酒时，由男女主人端一市盘，盘里放两个酒杯，按席位的顺序，由首席开始，依次轮番敬酒。酒敬到一周时，主人拿出一条“哈达”，上放几十元人民币，向割势人敬礼致谢，同时郑重地向大家报告新的一年增加了多少幼畜。这时给羊割势的人也致以简短的祝词：祝主人家养的牲畜旺盛，烙印割势的数目与岁俱增。

吃喝结束后，要尽情地欢乐，尽情地歌舞。这时，准备第二天举行“米阔鲁”的人家，正式邀请参加宴会的人们到自己家欢饮。这样一家接着一家，一直持续半个月左右。

“瑟宾”节是鄂温克人古老的传统节日，“瑟宾”意为欢乐祥和。据《太阳的崇拜者》记载，“瑟宾”节源于熊崇拜。过去他们猎到熊时，都要举行全部落人参加的盛大宴会。在神圣的落叶松树下点燃熊熊篝火，宴会持续三天三夜。

第一天，煮熊脖子，一直煮到深夜。人们围着篝火跳起舞来，有的人还故意将两脚尖向里钩，顽皮地模仿着熊走路的姿势。

第二天，举行隆重的“瑟宾”节，猎人们从受尊敬的“大森林的统治者”熊的内脏里挑选一块最嫩、最鲜美的肉放在石块上，恭恭敬敬地献给“巴伊安奈”神（即山神“白纳查”）。猎人们欢快地跳起舞来，从黎明跳到黄昏。深夜，人们又聚坐在篝火旁，盛大的宴会又开始了。

第三天，男人们围坐在煮好的熊头四周，女人们坐在旁边的树林里，那里有摆着供她们食用的熊腿。连续三天的宴会这才接近尾声。

三天的宴会结束了，鄂温克人跳着舞，去寻找一棵长得匀称、挺拔、高大的树，然后将熊的颅骨盖挂在树枝上。这样做的目的是让人们能够经常看到它，回想起那唱歌、跳舞的欢乐情景，激起猎人对这位“大森林的主人”的崇敬之情。

“瑟宾”节在我国鄂温克族中曾失传。1994年根据广大鄂温克族人民群众的要求和愿望，认为“瑟宾”节含意“欢乐祥和”，不论哪一部分鄂温克人都能接受。经鄂温克族自治旗人民代表大会批准把每年的6月18日定为“瑟宾”节。从那时起，聚居在各地的鄂温克人都要举行“瑟宾”节庆祝活动，他们跳“彩虹舞”、“努日给勒”舞、“斡日切”舞、熊斗舞、野猪搏斗舞等，并以婀娜、奔放、粗犷的舞姿，优美动听的歌声，表达鄂温克族人民对家乡，对伟大的社会主义祖国，对中国共产党的热爱。此外，在“瑟宾”节上要进行抢“枢”、抢银碗、摔跤、赛马、腕力、颈力、拉棍、夺宝、抢银碗等传统的体育项目比赛。晚宴后，还要举行篝火晚会，载歌载舞直到深夜。

敖包会是鄂温克人的宗教节日，具有广泛的群众性。关于敖包的来源，传说从前一个夏天的夜晚，一个坐骡子轿车的女子，出现在

村子里，她哭哭啼啼大闹不休，招来了暴风骤雨，把整个村子搅得人心惶惶。冬天，人们打冰洞取水时，洞口出现一个披头散发的女人头，吓得人们丢弃水桶慌忙跑回了家。同时，又刮起大风下起大雪，人们不得安宁。于是村里请了萨满，施法力捉住了这个作怪的妖女，并把她的头压在石头下面。人们深恐其日后抬起头来再行作怪，所以经过这里时，都要搬上一块石头，放在上面。长久如此，便形成了“敖包”。但仍恐其日后为患，又定期祭祀，祈求风调雨顺，四季平安。

祭敖包，通常是供祭山神和水神。一般在每年农历五月十三日或在五月间选择吉日祭祀为多。也有在其它月份进行的，如鄂温克族自治旗在8月1日举行旗庆那达慕时，早晨也要去祭敖包。

从前敖包有“哈拉”（氏族）敖包，还有“毛哄”（家族）、苏木、旗和盟的敖包。《鄂温克族社会历史调查》记载：“如宝格德敖拉敖包，便由全盟（呼伦贝尔盟）行祭，巴彦呼硕山的敖包，每年由全旗去祭，伊敏河东莫和尔图近处的敖包，是由涂格敦姓的人们主祭，查干套拉盖敖包，则由杜拉尔姓的人们主祭。”

还有萨满死后所葬之地堆的敖包。其子弟或信仰他的人，每年祭祀。这样的敖包叫“前达尼”敖包。

祭敖包时，为敖包换上新的柳树，系上五颜六色的绸缎或哈达，拣来石头堆在敖包上，把祭品摆放在敖包前，点燃香烛，向敖包磕拜。然后，参加赛马者骑马绕敖包三圈后，由主持人带领走向30华里远的起点。之后，把祭献的牛羊带到敖包前，由萨满或长者念祭辞，用碗中牛奶从头顶浇至尾部，带走宰杀，最后把煮好的全羊、牛头等摆放在敖包前，再念经致祭。赛马结束，进行摔跤、射箭等文娱体育活动。黄昏来临，人们吃着手把肉，喝着美酒，载歌载舞。这一天，许多年轻人相识，许多恋人相会。人们也把祭敖包称为“敖包那达慕”，老人们认为，现在的各种“那达慕”（意为娱乐、游戏或玩）都是由“敖包那达慕”演变而来。

在农业地区居住的鄂温克人，他们祭敖包树，在认为有神灵的大树周围堆积很多河卵石，树枝上挂彩色布条，形成敖包树。干旱年头，祭敖包求雨。用一头牛或一口猪来献祭敖包树。祭完敖包树后人们互相泼水，认为这样龙王爷就会下雨。有人说农历五月十三日还是

关公的磨刀日，老天爷多少要下点雨，以不致于让关老爷干磨刀。鄂温克人的“索伦劲旅”在清朝时期打遍了二十几个省，他们非常崇拜关羽，参加征战的人家还画关羽像在家中供奉。

春节，也是鄂温克族最盛大的节日，鄂温克语叫“阿涅”。从腊月二十三开始，便拉开了过年的序幕。家家都要清扫房屋庭院，清洗衣物用具。传说这一天要用麻糖堵灶王爷的嘴，为的是灶王爷上天不要说人们的坏话。牧区鄂温克人在这天晚上祭火，用木条垒成六七层木框，把五种颜色的布条分搭在火架中间和四周。火架上放有用羊油包好的羊胸。在火位的四面放上供桌，用面做成供盅添油点燃。祭火仪式开始时点燃木条火架，把各种供品投进火中，主祭人口里念“呼日耶”、“呼日耶”，大家都向火叩头。这一天也叫过小年，要吃手把肉、炒菜或饺子，重要的是不要忘了吃麻糖。从这天以后，各家都要准备过春节，包冻饺子、炸馃子、蒸豆包或黏豆包、烤山丁子或槆李子馅的面包，准备各种乳制食品，购买糖果、点心、酒类等。腊月二十七供北斗星。如果腊月是小月，在二十七，大月在二十九或者三十那天，要带食品、酒类等到祖坟烧纸叩头。

除夕，要清扫房屋庭院，在房门和仓库门上贴门神，还要贴年画、春联等。傍晚，各家院门外都燃起一堆篝火，一直烧到初五，不能断烟。正月十四晚还要重燃到正月十五。这时，忌从院里往外拿东西，垃圾也不能扔出去，怕把一年的运气、财富扔掉。

吃罢年饭，把各种神像展开，摆放上各种供物，燃香叩头。然后到院外跪拜篝火，点香并向火堆投放食品，燃放鞭炮。谁家的篝火最旺，就预示着这一年家境兴旺。回到屋内，向老人敬酒磕头，老人以说或唱的方式祝晚辈们子孙满堂，家业兴旺，出门发财等。

除夕午夜，全家走出大门，迎“玛音”神（财神），放鞭炮吃饺子，这一夜讲究守夜到天亮。

“阿涅”这一天，人们见面要互相问安，向各神磕头、向长辈兄长跪拜，趁天没亮就在老年人的带领下拎着酒瓶到家族近亲长辈家拜年，认为在人们没有出门拜年前赶到最为吉利。每到一家，先向长辈屈膝请安，然后在盘中放两盅酒，敬给长辈老人，磕头拜年。这一天把本村亲属家都要走完。来拜年的晚辈，老年人要给一点礼品，如哈达、毛巾等，儿童还有压岁钱，特别是要让吃点东西再走。晚上，男女老幼聚集在一个较大的房子里尽情欢乐歌舞。一般都是老年人召集这种娱乐晚会，由妇女领舞、唱歌，接着众人跟着翩翩起舞。

从初二开始，人们到邻近村屯亲友家拜年。对来拜年的亲友，用肉汤饺子、手把肉和酒菜等款待。

从正月初一到月末每天都有一个名称，初一叫“哈哈然依尼格”（鸡日）；初二叫“聂尼黑依尼格”（狗日）；初三叫“乌了给依尼格”（猪日）；初四叫“胡念依尼格”（羊日）；初五叫“乌胡日依尼格”（牛日）；初六叫“毛仁依尼格”（马日）；初七叫“贝依尼格”（人日），这一天天气好，认为这一年对人类有好处；初八叫“帖日干依尼格”（庄稼日），这一天如果天气好，认为这一年庄稼要丰收，这天要用绳子把剪子绑住，怕动剪子会把庄稼剪掉；初九叫“图布给依尼格”（水果日），这一天天气好，认为今年水果要丰收；初十叫“索勒给特依尼格”（蔬菜日），这一天天气好，今年蔬

菜要丰收；十四叫“卡钦布通”（小年的初夕）；十五叫“卡钦”（小年），家家户户都吃饺子，喝酒尽情玩乐；十六叫“霍衣呢格”（抹黑日），人们见面互相抹黑，传说具有避邪消灾的作用，并把给别人脸上抹黑当作一种游戏；十七叫“尼希洪贝依尼格”（小孩日）；二十七叫“萨跌贝依尼格”（老年人日）。

正月十五，停止劳动，供诸神，家家户户吃饺子，喝酒娱乐。

农历二月二日，是龙抬头的日子，传说这一天起，被冻僵的生物复苏。很多家庭在这一天吃牛、猪或羊头肉，并停止劳动，尤其是禁止打猎。这一天不许用刀子、斧子等有刃的工具。需要用刀子切的食物都在前一天准备好。

清明节，鄂温克语叫“汉西”，这一天主要是祭奠已故的先人，备菜、酒和乳肉食品到祖坟烧纸祭祀。

五月初五，认为从那天起水有了生命，因此，太阳出来之前要用河水沐浴、洗脸或用露水洗手，并在头发上插艾蒿，以求一年无疾病。

斯特罗衣查节，意为欢庆丰收，是我国使用驯鹿的鄂温克人的节日。这天各氏族共同举行酒宴，这也是各氏族青年男女相互认识、订婚、结婚的日子。在1918年之前，我国的使鹿鄂温克人在每年的6月10日到额尔古纳河对岸的“普克罗夫克”村过斯特罗衣查节，后来就在乌启罗夫（今奇乾）举行节日活动。

农历七月十五，也要到祖坟祭祀。

八月十五中秋节，也吃月饼、西瓜。

农历十月二十六日，是“通古斯”鄂温克人的“米特尔”节，这一天是气候变冷的转折点，从此可以存放冻肉，所以从这天开始宰杀牛羊，为过冬储存准备，并决定出栏哪些牲畜。有羊群的人，从这天起把种养放进羊群里。

腊月八日，吃带黄油加糖的“拉里”（腊八粥）过腊八节。

1958年8月1日是鄂温克族自治旗成立纪念日，从这年起，鄂温克族自治旗每5年和10年要举行2至3天的大型“那达慕”进行庆祝。各地的鄂温克民族乡也有自己的建乡纪念日，也在每5年和10年举行大型乡庆。此外，鄂温克族自治旗从2000年起，每年12月份举办冬季“那达慕”冰雪旅游节。

冬季“那达慕”一般在每年的12月中旬举行，是冬季草原牧区生活的集中展示。雪地赛马、赛骆驼、马拉雪橇、雪地博克比赛等尽显北方少数民族豪气和强悍，也是冬季风情和民族服饰的大展台，是草原人们挑战寒冷、超越自我的盛会，近几年增加了滑雪、冬泳等比赛。

上述节日习俗中，有的是鄂温克族固有的风俗习惯，有的可能是和其他民族在长期交往中移植而来的。被称为“通古斯”和“雅库特”的鄂温克人信仰东正教后过“帕斯克”节、“米特尔”节等。总之，各种节日不仅给鄂温克人带来了欢乐、祥和、喜庆和祝福，还给他们带来了丰收的喜悦。

主要参考文献

《鄂温克族社会历史调查》，内蒙古自治区编辑组，内蒙古人民出版社，1986 年。

《鄂温克族简史》,《鄂温克族简史》编写组，内蒙古人民出版社，1983 年 7 月。

《鄂温克族人物志》，吴守贵主编，内蒙古文化出版社，1996 年 5 月。

《鄂温克风情》，乌热尔图主编，内蒙古文化出版社，1993 年 7 月。

《北方民族文艺论集》，白杉著，内蒙古文化出版社，2005 年 5 月。

《鄂温克族自治旗志》，鄂温克族自治旗史志编纂委员会，内蒙古文化出版社，2008 年 6 月。

《鄂温克族历史资料集》，巴德玛、卜伶俐、达西尼玛、都古尔巴图编辑整理，内蒙古文化出版社，1993 年 7 月。

《鄂温克族历史资料集》第二辑（内部资料），鄂温克族自治旗民委古籍办、呼盟民族事务委员会古籍办，1996 年。

《鄂温克族人物志》，吴守贵主编，内蒙古文化出版社，1996 年 5 月。

《中共鄂温克族自治旗党史大事记》，鄂温克族自治旗档案史志局，内蒙古文化出版社，1998 年 7 月。

《乾隆朝武臣之冠——海兰察》，政协鄂温克族自治旗委员会编，阿力主编，中央民族大学出版社，2009 年 9 月。

《海兰察》（内部资料），内蒙古自治区鄂温克研究会，2004 年 11 月印刷。

《史集》【波斯】拉施特著，余大钧、周建奇译，商务印书馆出版，1997年5月北京第4次印刷。

内蒙古自治区鄂温克族研究会主办的《鄂温克研究》杂志。

后　记

《内蒙古旅游文化丛书》是一部专门展现内蒙古独特旅游资源，集趣味性与知识性为一体的大众化旅游读物。

时值该《丛书》出版之际，恰逢内蒙古自治区党委于2013年3月提出“8337”发展思路，要把内蒙古建设成为“体现草原文化、独具北疆特色的旅游观光、休闲度假基地”。为更好地体现这一重要的发展思路，同时满足更多旅游者和广大读者的需要，2013年初，经内蒙古人民出版社提议，决定重新编撰出版《内蒙古旅游文化丛书》，为内蒙古打造“体现草原文化、独具北疆特色的旅游观光、休闲度假基地”尽绵薄之力。

此次出版的《内蒙古旅游文化丛书》由《内蒙古古塔》、《内蒙古古城》、《内蒙古寺庙》、《内蒙古清真寺》、《内蒙古自然奇观》、《蒙古包文化》、《蒙古族服饰》、《蒙古族民俗风情》、《蒙古族饮食文化》、《春天里盛开的映山红——达斡尔族风情》、《天边那绚丽的彩虹——鄂温克族风情》、《高高的兴安岭——鄂伦春族风情》、《内蒙古考古大发现》组成。此次出版，对2003年9月出版的《内蒙古旅游文化丛书》进行了调整，将原《来自森林草原的人们——达斡尔、鄂温克、鄂伦春族风情》，一分为三：《达斡尔族风情》、《鄂温克族风情》、《鄂伦春族风情》，同时，除整合《丛书》初版时的个别分册之外，还增加了《内蒙古考古大发现》一册作为《丛书》之一种。同时，每种图书，增加了大量的彩色照片。即将出版的《内蒙古旅游文化丛书》共计13册，170余万字。

经过《丛书》全体新老作者近一年的不懈努力，《内蒙古旅游文化丛书》的编撰工作已圆满完成，并再次得到内蒙古自治区宗教局等有关部门、单位的大力支持。在《丛书》付梓之际，我谨对付出辛劳的各位作者表示衷心的感谢！《丛书》的出版，得到内蒙古人民出版社领导、各汉文编辑部的大力支持，特别是武连生副总编在《丛书》的总体策划方面提出了很好的意见，付出了艰辛的劳动，在此一并表示衷心的感谢！

马永真

2013年11月

于内蒙古社会科学院